# 福星小財迷

4

完

風文創 303

雙子座堯堯 著

# 目錄

# 第八十一章 一生一世一雙人

安然現在是郡主，不用每日給冷老夫人請安，回府之後也就是第一日去慈心院問個安，然後就只躲在靜好苑裡趕製鍾離浩的裡衣。

各處準備的嫁妝在第二日就陸續送來了，滿滿當當地擺滿了靜好苑的整個大廳。冷府門口圍著好多看熱鬧的人，看著那一抬抬壓彎了擔子的大紅木箱抬進府，都嘖嘖讚嘆。

「不是安然郡主要出嫁嗎？難道是王府送聘禮來了？」

「你知道什麼？後日才送聘禮呢，這是郡主的嫁妝，是大長公主府和大將軍王府準備的，剛才還有蓉軒莊園的人送嫁妝過來，聽說那毒公子黎軒是郡主的義兄。」

「哇，我都在這兒看了半天了，還沒完，估計超過六百抬了。」

「冷府自己應該也要準備吧，你們說郡主的嫁妝會不會超過一千抬？這麼多嫁妝，兩輩子都花不完吧？郡主真是好福氣！」

靜好苑裡的安然卻沒空關心自己那些驚人的嫁妝，她正一臉欣喜地看著庶妹安菊的來信，分享喜悅呢。

安菊本來要進京參加安然的婚禮，卻在出發前幾日被診出懷了兩個月的身孕，不得不放棄這一行程，真是又欣喜又難過。

安然真心替安菊高興，有了孩子，安菊在秦府的日子自然會更好，將來的生活也更有保障。秦宇風是發燒燒壞腦子的，並不是先天癡傻，不會遺傳，這一定會是個健康的寶寶。

安菊在信中毫不掩飾自己的幸福，請安然不用為她掛心。

「小宇很懂事，說了都會聽，就是比較黏我，只要我在他眼睛能看得到的地方，就可以忙自己的事，他不會吵鬧。但如果我離開他的視線，不出兩刻鐘，他就會鬧著要找我了。

「小宇很疼我，有什麼好吃的好玩的首先都想到我。不瞞二姊姊，我有了身孕後，也有丫鬟打了爬床的主意，但小宇可聰明了，丫鬟拿了他最喜歡的東西哄他都沒有騙到他，還大喊大叫把其他丫鬟婆子驚動了。事後他把什麼都告訴我，還說我婆婆說的，只能跟自己媳婦躺在一張床上，只能在媳婦面前脫衣服，他記得牢牢的。二姊姊，其實跟不少人比，我已經很幸福了，只是要自己操心家裡家外的產業罷了，但這總比成天跟別人搶相公好吧？

「謝謝妳，二姊姊，這些年，也就是因為有妳這個姊姊，秦家的那些嬸子妯娌的不但不敢欺負我，還都想著與我交好呢，否則我的日子一定沒有這麼順當。」

安然動容，她本是動了幫助安菊離開秦家的心思，現在看來，如果真的那樣做了，豈不是好心辦壞事？

讓舒安拿來筆墨，安然給安菊寫了回信——

「菊兒，日子是自己過的，只要妳真的喜歡這樣的日子，就好好過吧。任何時候，我和君然都是妳的娘家依靠。」

準新娘清閒悠哉得很，準新郎鍾離浩卻是相當忙碌，此刻正在皇宮的御書房裡向皇上彙報親事的各項準備。

鍾離赫看著自己從小看到大的堂弟。「浩兒，朕也給安然準備了九十九抬的嫁妝，你後日去送聘禮的時候一起送過去吧，朕祝福你們的幸福日子長長久久！」

鍾離浩趕緊拜謝。「謝皇兄，臣弟代然然謝謝皇兄的祝福。」

鍾離赫修長的手指輕敲著桌面。「浩兒，安然是一個與眾不同的女子，他們姊弟因為惡毒姨娘的迫害自小離散，還早早失去了母親。朕聽君然說，他姊姊厭惡那種妻妾爭鬥的日子，嚮往『一生一世一雙人』的生活。」

鍾離赫深知鍾離浩很愛安然，但這是一個男人三妻四妾非常正常的時代，就是一個農夫，只要口袋裡多積攢了幾個錢，都想抬一房妾室回家，何況鍾離浩這樣一個有財有勢有地位的親王？可他雖然貴為皇上，也不能下旨不讓鍾離浩納妾吧？按照皇家規制，鍾離浩還可以娶兩個側妃、四個夫人和無數姬妾呢！

鍾離浩猜到皇上的心思，他聽安然說過，在他們原來那個世界裡，只能一夫一妻，多娶一個就是犯了重婚罪，皇上這是在替安然擔心呢。

鍾離浩正色道：「皇兄放心，我一直清楚地知道我的母妃為什麼早早離世，我又為什麼自小驚險不斷，不得不躲到宮裡來，母妃所受的苦，我不會讓然然再受一遍，我自己所經歷的危險，我也不會讓我的子女再嘗一遍。此生，臣弟只會有然然一個女人。」

鍾離赫看著鍾離浩離去的背影，心裡有欣慰，更有酸楚。不過，既然答應放手了，他便不會再糾纏。

前世，因為他，安然沒能獲得一份圓滿的愛情、一個幸福的婚姻。這一世，眼看著鍾離浩能夠帶給她美滿和甜蜜的生活，他又怎能去破壞？不，他承諾過，她這一世的幸福，他會替她守護。她也答應過，下一世，他們一定要在一起。

若是在以前，人家跟他說下輩子、下一世，他一定會覺得好笑，但是現在，他和他心愛之人都在死後來到這大昱重活一世，還有什麼不可能的？他堅信，來世，他和然然必定還會遇上，那時，他一定會緊緊抓牢和她之間的紅線。

「皇上，皇后娘娘求見。」福公公萬般無奈地打斷了鍾離赫的思緒。其實他也不想的，深知皇上心思的他知道此時皇上的心裡一定不好過，可若是其他妃嬪他還能先斬後奏擋一下，皇后嘛，真是不好擋駕呢。

「請皇后進來吧。」鍾離赫摁了摁兩邊太陽穴。

皇后扶著古嬤嬤的手款款走了進來，後面的兩位宮女，一人手裡端著湯盅，一人手裡捧著一疊紙。

「皇上，您先喝點老鴨菊花湯吧，我按照然兒說的配料和方法，細細煲了兩個時辰了，然兒說這湯可以幫皇上消除疲勞呢。」皇后親手端過湯盅放在皇上面前。皇上最近越發辛苦，她著實心疼。

鍾離赫點頭，接過湯匙慢慢喝了，湯的味道很好，鹹淡適中。他最近雖然辛苦，但真是有口福，安然透過皇后和鍾離浩讓他每日都能嚐到自己愛吃的菜式、點心、煲湯，嗯，還喝上了紅茶。

其實這樣也很好不是嗎？可以感受到身邊家人濃濃的關愛。最重要的是，然然仍然敬愛他，自己在然然心中仍然有一席之地。

見鍾離赫愉悅地喝完了整碗湯，皇后很是高興，讓宮女收了湯盅，把那疊紙擺在案几上，原來是一疊女子的畫像。「皇上，這些都是備選秀女中出類拔萃的，臣妾挑了出來，皇上看到滿意的，臣妾再讓人召集來一起見過。」

鍾離赫怔了片刻，才想起正在選秀的事。「這樣吧，皇后看看若有合適的，給幾個未訂親的皇弟、堂弟還有二皇子瑞兒張羅張羅，朕就不用挑了。」

皇后一愣，這選秀首先是為皇上充實後宮，其次才是給皇子、皇室宗親指婚，皇上這是……難道他還是放不下安然？

皇后對古嬤嬤揮了揮手，古嬤嬤帶著眾宮女退了出去。

皇后這是有話要說？鍾離赫想了想，讓福公公也出去了。

「皇上，您看看這兩位，臣妾覺得很不錯呢。」皇后從那疊畫像中抽出兩張。

鍾離赫心裡奇怪，就細看了兩眼，倒是有兩、三分像安然，一個是臉龐和小梨渦像，一個是眼睛和嘴巴有點像。鍾離赫大驚，深深看了皇后一眼，她知道了什麼？

皇后面色不變，輕聲說道：「皇上，你我是結髮夫妻，您可以相信臣妾，臣妾沒有別的意思，只是希望皇上能開心。皇上和浩兒兄弟情深，那然兒也是個好女子，又是個倔的，臣妾實在不願意看皇上兄弟反目，可又不忍心您自苦，所以……皇上放心，臣妾只是自己留心挑選，沒有跟任何人表露分毫。」

鍾離赫呆愣了半晌，頭腦中重播的都是這個身體和皇后兩小無猜的甜蜜片段，以及這麼多年皇后為他所做的點點滴滴。對於這個妻子來說，也許自己這個異世靈魂的闖入和這幾年對她的冷待，比真正死去，更讓她心痛吧？然而，她依然一直在默默為他付出，想他所想，急他所急。

就在皇后以為自己做錯了，急得正想跪下道歉的時候，鍾離赫輕柔地握住她的手。「薇兒，妳想多了。我是喜歡安然，但她就像妹妹一樣，何況她還是我的弟媳。我是真的不需要充盈後宮，另外，那些沒有侍寢過的美人、才人，薇兒也幫她們安排一個好出路吧。」

皇后的眼淚奪眶而出，多少年了，皇上都沒有喊過她的閨名「薇兒」了。

鍾離赫心裡一痛，輕輕摟過皇后。「薇兒，妳先是我的妻，才是皇后。這幾年我傷了腦袋，有很多事沒有做好，我們從頭來過好嗎？」

皇后笑著點頭，臉上滿是幸福的眼淚。

鍾離赫從她腰間抽下帕子，輕柔地幫她抹去淚水。「等我看完這些摺子，去坤寧宮陪妳用晚膳，我又有幾天沒看到小四了，這時候的孩子一天一個樣，我可不想錯過，我們一起陪著他長大。」

皇后「嗯」了一聲。「我親手做幾樣皇上愛吃的菜，再把衍兒叫來，我們一起用膳。」

鍾離赫笑道：「好啊，我很懷念薇兒的手藝呢。」

皇后激動地離開了，鍾離赫靠在龍榻上微笑，還將舊時意，惜取眼前人，自己既然占據了這個身體，還是好好孝敬太后、愛護好妻兒吧。人，總不能只顧自己活得肆意妄為。

消息傳到旻和宮，德妃又摔了一地瓷器碎片，她在心裡忿忿地吶喊著——

「鍾離赫，你最好不是真的對那個賤人舊情復燃，否則，你不仁，我不義，我要做的是這天下最尊貴的女人，你給不了我，我只好找別人！」

靠枕的邊上，躺著一封信和一個玉葫蘆，那玉葫蘆本是一對的，是那人祖上傳下來的，自己留一個，給了她一個。

她的那一個放在了兒子的襁褓裡，兒子生死不明，那個玉葫蘆也跟著失蹤了。

# 第八十二章　有人歡喜有人恨

慶親王府的聘禮抬進冷府前，首先抬進去的是宮裡賞下來的九十九抬嫁妝，所有箱籠都是明黃色的，有著明顯的皇家標誌。一個大太監手捧著明黃色的冊子在大聲宣讀，是那九十九抬嫁妝的單子。

冷弘文帶著全府上下在大門處跪接，這真是史無前例、光宗耀祖啊！冷弘文激動得手腳哆嗦，嘴皮子都在抖動。這一筆，一定要記入家譜才行，這不僅是安然的榮耀，也是冷家後世子孫的資本。

連聚集在府外等著看王府聘禮的人群，還有特意趕來冷家祝賀的同僚、親朋都跟著激動了，這安然郡主得是多大的福分啊！

就是真正有皇家血統的郡主出嫁，宮裡也只是各大主子賞下幾樣添妝罷了，受寵的多幾樣，不受寵的少幾樣。可哪裡有過這樣正兒八經地賞下這麼多嫁妝——九十九抬呢！

剛剛趕到的冷幼琴一家還來不及進府，就在門外一起跪下了。當然，這次俞老爺可不敢帶俞慕雪那個災星來，與他們夫婦同來的是長子俞慕山和長女俞慕泉兩口子，還有親家田老爺。冷幼琴那個悔啊，真恨不得時光倒流，她一定會把在莊子上的安然接進府裡好生侍候。

在門口跪迎的人群裡還有齊榮軒一家，齊大人在杜宰相的幫助下已經調到京城幾個月了，在吏部任職，不過只是平調，還是正五品。齊大人和齊夫人的心都在滴血，要不是當年昏了頭，現在這一切的榮耀可都是他們齊家的，沒看那資歷還沒他老的冷弘文現在都是從三品，連冷弘宇都已經跟他平級了，天不佑他們齊家啊！跪在齊夫人身後的杜曉玥和冷安梅幾乎同一個表情——緊緊咬著下唇，就要咬出血了。只有齊榮軒一臉麻木，不知道在想什麼。

早早進府，此刻跪在冷弘文旁邊的秦尚書卻是老懷安慰，當年提拔冷弘文這步棋還真是走對了，聽說安然郡主很疼愛庶妹安菊，他也算對得起兄嫂、對得起因為他燒壞腦子的小侄兒了。

鍾離浩親自來送聘禮，不過此時他避在馬車裡。因為皇上賞賜嫁妝，安然必定要出來跪接，他只好避開了。新人成親前六日不可見面，這是百年傳下來的風俗，否則不吉利。雖然鍾離浩想他的小丫頭想得心痛，雖然安然也說過這些風俗不靠譜，但鍾離浩還是強忍住了，他一點都不敢冒險，何況，再忍幾日就可以光明正大地日日把嬌妻摟在懷裡了。想到幾日後的美好生活，鍾離浩心裡甜蜜蜜的，眼前不斷冒著粉紅色的小泡泡。

九十九抬皇家賞賜接完，安然回了靜好苑。冷弘文帶著一眾人跪迎慶親王之後，才起身繼續迎接王府聘禮。

王府聘禮倒是出乎大家意料，誰都知道慶親王爺愛重安然郡主，這聘禮少說也得五百抬吧？竟然只有三百三十三抬？這是唱的哪齣？雖然三百三十三抬在別人家算是很多了，但這可是慶親王爺欸，是視安然郡主如珠如寶的慶親王爺欸！

不過，在看到最後兩抬的時候，眾人驚呆了，整整一箱金元寶一箱銀元寶，還有厚厚一疊銀票。

有人恍然大悟地呼出聲來。「郡主的嫁妝太多了，王爺這是擔心沒處擱呢。」

「對對對，還是真金白銀和銀票實在，那麼多該有多少銀子啊？王爺太牛了，真是把郡主放在心尖尖上了。」許多人紛紛連聲附和。

鍾離浩聽到眾人的驚嘆，心裡暗暗得意，他何止把他的然然放在心尖尖上，然然根本就是長在他心口的一顆痣。黃金白銀算什麼？有什麼能比他家然然貴重？

聘禮展示完，冷弘文想都沒想，大手一揮，直接下令把所有聘禮抬進靜好苑。他那個娘真的是不開竅，還有冷幼琴一家又來了，他可不想再出什麼差錯。

聘禮跟那些嫁妝不一樣，按禮制是可以抬進正院，冷府還可以收起一些的。

冷老夫人心疼啊，近千抬嫁妝呢，那二丫頭幾輩子也用不完吧？留幾十抬給她的兩個孫子多好啊，就是拿幾張銀票也可以啊。可是冷弘文發話了，她也不敢哼哼，現在的冷弘文已經不像以前那麼聽她的了。

謝氏也有些不樂意，王府的聘禮可都是好東西呢，她也不貪心，留一點意思一下也好嘛，冷府有那麼多口子要養，何況聘禮本來就是可以留下部分的，無可非議啊。

鍾離浩瞇著眼打量了冷弘文一番，這個岳父進京以來的表現都還不錯，尤其是上次誤以為安然落水，和今天這毫不猶豫的態度，拿然然的話說，還不是太「渣」。

離開之前，在別人看不到的時候，鍾離浩塞了兩張銀票給冷弘文。「岳父大人，這是小婿的一點孝心。大喜的日子，好好請您的同僚們樂呵樂呵。」

鍾離浩離開後，還在暈乎乎的冷弘文一瞥那兩張銀票的金額，都是三千兩的，頓時愣住了，隨即差點老淚縱橫。這個號稱「冰山王爺」的女婿，跟他那個女兒一樣，面冷心軟，還是把他這個岳父放在心裡的。

冷弘文拿了其中一張給謝氏。

「這幾日的待客宴還有回門宴，都要往最好的張羅，可不能丟了我女兒女婿的臉，剩下的妳就收好留作家用吧。對了，給大家都張羅兩套好的新衣，然兒不是拿回來那麼多好布料嗎？最近家裡客人多，太寒磣了讓我女兒女婿的面上不好看。」說完「雄赳赳氣昂昂」地離開去招呼同僚了。

謝氏展開銀票一看，笑得見牙不見眼，難怪這個「老泰山」底氣這麼足！不過她可是偷瞄到了，王爺塞給他的銀票是兩張呢。她不由暗自慶幸，幸好自己剛才還足夠理智，沒有因為聘禮的事跟冷弘文發難，否則，恐怕這一張都不會交給她。

很快到了成親的前一天，也就是添妝的日子，蓉兒、秋思、陳之柔還有梅琳和薛瑩都來了，連鄭娘子都趕到了。

鄭娘子拉著安然的手，流著眼淚感慨。「然姊兒，記得妳第一次到麗繡坊嗎？雖然瘦瘦小小，面色黯黃，但通身的靈氣和貴氣。那時候，看著妳一臉泰然地跟我談合作，我就知道，妳這個小丫頭日後必非池中之物。然姊兒，妳的好日子還在後頭呢。」

安然笑道：「如果不是鄭娘子那麼多年一直關照我們，說不定我早就餓死病死了，連池中物都做不成。就是我掙的第一筆錢，也是鄭娘子給機會。」

鄭娘子搖了搖頭。「那不是我給妳機會，是老天給我、給我們麗繡坊機會，就憑然姊兒妳的畫稿和繡技，任何一家繡坊都不會拒之門外的。然姊兒，沒有妳，哪有麗繡坊的今天？」

儘管鄭娘子認定安然是麗繡坊的福星，但安然還是非常感激鄭娘子的，她不會忘記瑾兒的阿娘錦繡的遭遇，她當年只是一個無依無靠的孤女，如果當時遇到的不是鄭娘子，指不定如今會怎樣呢！

聽著安然和鄭娘子的對話，眾人唏噓不已，站在一旁的冷幼琴和俞慕泉羞得悄悄往後退，生怕別人注意到她們，繼續提起當年的話題，甚至，嘲笑她們、驅趕她們。

梅琳悄悄打量著光彩照人的安然，怎麼也無法把她們口中那個可憐的棄女，那個要自己下河摸魚，要賣繡品、繡稿討生活的鄉下女孩，和眼前這個光芒四射的安然郡主聯繫在一起。而且，安然說起舊時的窘迫是那麼從容，就好像在說別人的故事。

這樣一個與眾不同的女子，連她也不得不讚嘆，難怪薛天磊一直放不下。

梅琳突然覺得這對薛天磊和自己太不公平了，憑什麼安然就可以這樣無憂無慮、毫無愧疚地跟慶親王恩恩愛愛？而薛天磊為了一份沒有希望的感情忽視她，又折磨了他自己。安然一開始就不應該跟天磊走得那麼近，就不應該讓天磊喜歡上她！她要跟安然「好好談一談」。

薛瑩拉住了蠢蠢欲動的梅琳，不動聲色地拉著她退到了屋外。

薛瑩看了看四周，拉著梅琳到院角的一棵大榆樹下，壓低聲音道：「嫂子，我不知道妳要做什麼，這裡也不方便說太多話。只是我來的時候，大哥讓我轉告妳，安然郡主什麼都不知道，如果妳擾了她的生活，就等於撕開了大哥的面皮，那麼他也不需要努力維持現在的生活狀態了，為了避開王爺和郡主，他再也不會踏入京城一步。還有，大哥說了，王爺視郡主為眼珠子，如果到時候發作在妳和梅家上，他也無能為力。」

梅琳呆住了，大顆大顆的眼淚滴了下來。他們一個、兩個的都視安然郡主為眼珠子，那她呢，她算什麼？同樣是女人，她就不值得疼惜嗎？她做錯了什麼？

薛瑩嘆了口氣，大哥果然瞭解梅琳，昨晚大哥對她說，梅琳與安然一向走得不近，這次卻突然提出要去給安然添妝，讓她緊跟著梅琳，千萬不要讓她惹事。

薛瑩掏出帕子幫梅琳抹掉眼淚。「嫂子，其實大哥也只是一廂情願，妳找安然的麻煩對妳並沒有什麼好處。大哥說了，他現在只是把安然當妹妹看，妳也看得出來，大哥還是很敬重妳，也努力想過好現在的生活。妳就不要破壞大哥的努力吧，他能做到這樣已經很不容易了。」

熱熱鬧鬧的添妝儀式完成，安然在冷府的日子就剩最後一個晚上了，冷弘文提出全家一起吃個團圓飯，安然想想也點頭同意了。

從這幾日在冷府裡冷弘文的表現看來，他現在在與自己相關的安排上也是萬分小心，連謝氏都不讓單獨進入靜好苑，除非跟他一起，應該是那次壽宴後回味出了什麼。既然他還有幾分父親的樣，總要給他些面子為好。

在正院大廳裡，冷府眾人總算找到了同安然說話的機會，這幾日裡，冷弘文不讓其他人靠近靜好苑。

安然看見二叔冷弘宇身後的冷安和，笑著說道：「安和哥哥，王爺已經讓人安排你進禮部當差，讓葉姊夫帶著你。王爺說，入翰林雖然清貴，但是也擠得慌，裡面競爭太激烈，還不如早日當差積累經歷。」

安和開心得差點沒跳起來，他們父子也是這麼想的，二榜進士那麼多人大都入了翰林，人才濟濟，自己才入了三榜，什麼時候才能熬出來？找路子入翰林不值當。可是進六部當差比進翰林院還難，要找個有前途的職位更是難上加難，現在慶親王爺都幫他安排好了，還是熱門的禮部，甚至連帶他的人都是安然熟悉的葉子銘，他們能不感激萬分嗎？雖然是自己的堂妹，冷安和還是行了大禮。「多謝郡主和王爺提攜，愚兄一定努力做事，不會辜負王爺的栽培。」

安然笑笑，又看向好幾次想張口卻被冷弘文瞪回去的俞慕泉。「大表姊，田老爺若是想跟麗繡坊合作，盡可以去找鄭娘子商談。妳跟田老爺說，田家繡莊對這幾次福城麗繡坊的同業培訓，以及福城錦繡女子學堂刺繡班給予的大力支持，還有對畢業學員的積極安排我們都很感謝。另外，聽說大表姊夫想在福城諸縣代理錦繡布莊的銷售，也可以去福城找李大掌櫃商談，我都會交代好的。」

鄭娘子今天跟安然談起了田老爺這兩年的改變，自從麗繡坊公開教授雙面繡，而且發邀請函給業內各繡坊並沒有避開田家繡莊後，田老爺真的變了很多，在福城麗繡坊的業內培訓上也主動申請了一個課程，教授田家繡莊總結出來的一些技巧。

俞慕泉不敢相信地瞪大眼睛。「郡主，這……這是……真的？」她一件事都還不敢張口呢，安然就這樣答應了兩件事？俞慕泉激動得眼淚都滾了出來。

不料冷老夫人涼涼地來了一句。「自家人，還要去找什麼掌櫃商談？也不知道是真心還是假意。」

俞老爺大急，重重推了冷幼琴一下，冷幼琴趕緊拉住她娘。「娘，您晚上喝多了，瞧您說話都亂了，我扶您回院子休息去。」容嬤嬤在冷弘文的示意下也跑過來，跟冷幼琴一起半攙半拉著冷老夫人出去。

俞慕泉則急急跪下。「謝謝郡主、謝謝郡主！我代我公公和相公謝郡主提攜之恩。」這天上砸下來的餡餅可千萬別被她那糊塗的外祖母給毀了，否則婆家眾人非怨死她不可。

那邊，冷老夫人邊被拉著往外走，邊不停嚷嚷著。「誰喝多了？誰喝多了？妳這沒良心的閨女，我是在幫泉兒呢！」

俞老爺暗自腹誹。「您老人家趕快離開，就是幫我們大忙了，差點害死泉兒了！」

安然似乎沒有聽到冷老夫人的話，面上一派恬然。「大表姊請起，自家人不用這麼客氣。不過，麗繡坊和錦繡布莊都有明確的合作條款，我也不會特殊照顧的。」

俞慕泉點頭笑道：「那是自然，我公公他們都很清楚這一點。」在商圈裡，眾所周知，安然旗下的生意規矩都很嚴，合作條款完善嚴密，但是都很公平，多勞多得，有能力就讓你掙。

只是他們挑選合作對象都很挑剔，田家得罪過鄭娘子和麗繡坊，也算間接算計過安然，所以不敢相信能輕易有這樣的合作機會，何況還是一次得兩？

因為冷安和和俞慕泉這兩件事，大廳裡的氣氛一下子變得融洽溫馨，此時冷弘文突然發現冷安松竟然不在，是跑哪兒去了？

剛想問身邊的謝氏，就聽到門口遠遠傳來熟悉的聲音。「祖母，您怎麼出來了？祖母，安梅好想您！」

冷弘文臉色大變，謝氏也急了。「一定是安松偷偷去帶進府的。六月、七月，讓人把齊家姨娘轟出去，不要衝撞了郡主。」

話音未落，冷安梅已經撲進來了，舒安、舒敏把她擋在了距安然十步之外。

冷安梅跪在地上大嚎。「二妹妹救救我！二妹妹救救我！我要跟齊榮軒和離，我不要待在齊家守活寡！」

安然坐在那兒沒有反應，冷弘文已經大怒。「和離？妳已經被逐出冷家，和離也好，休妻也罷，都與我們冷家沒有關係。郡主大婚在即，妳竟敢來此晦氣?!來人啊，給我拉出去！哪個門房敢讓此人進府的，全家趕出去！」當值的門房剛追進來，聽到這話趕緊跪下來。「老爺饒命啊，奴才拚命擋著的，可是二少爺踢倒了奴才，硬拉著齊家姨娘跑進來的。」

站在門邊的冷安松一聽到安梅的話就嚇了一跳，姊姊明明說是要進來向安然磕頭道歉、與父親搞好關係的，怎麼是求安然幫她離開齊家？和離？妾有和離之說嗎？一張放妾書便了事了！他被自己的親姊姊擺了一道！

冷安梅還在大叫。「二妹妹，妳若不幫我，我就撞死在這裡，在大婚前逼死自己的親姊姊，我看妳還有什麼臉面？我……唔唔唔……」

管家帶著幾個大力的婆子堵住了安梅的嘴，又五花大綁起來。

冷弘文厲聲道：「把她丟到齊家門口去，告訴齊家，冷家早已將這個人逐出冷家，讓他們管好自己府裡的姨娘，要休要剮隨他們的便。」

冷安梅的眼裡滿是驚恐，她不想死啊！她想體體面面地離開齊家，回到冷府，到時候再倚仗安然的身分另嫁一戶好人家。冷弘文這番話遞過去，齊家一定會毫無顧忌地「處理」掉她的，那些人可不敢得罪慶親王，他們現在連冷弘文都不敢得罪。

冷安松再生氣，冷安梅畢竟還是他一母同胞的親姊姊，而且今天還是他帶進府的，躲也躲不過去。他跪在冷弘文面前。「爹，看在我和安竹的面子上，再饒她一次吧。我這就送她回齊家，等郡主大婚後，我就跟齊家商量，讓他們放妾，把她送到福城庵堂去跟姨娘在一起，這樣對兩家都好。」

在一旁半天沒有說話的安竹一撇嘴。「我才沒有這樣的姊姊，少把我跟她扯在一起。」

安梅傷心而憤恨地看了安竹一眼，這就是她從小疼愛的親弟弟？

冷弘文卻是覺得安松說的也有道理，當初，安梅如意搶了安然的未婚夫嫁進齊家，卻是進門不到兩個月就因給嫡妻下毒未遂而從平妻貶為妾，如果不是齊家多少還有一點忌憚冷家，應該早就休她出門了吧？而冷弘文在齊家因安梅下毒的事找上門時就說了，嫁出去的女兒潑出去的水，而且這個庶女勾結被逐姨娘謀害嫡女，早已經不為冷家所容，如果她在齊家真的犯了事，要打要殺請隨便，與冷家無關。

只是雖然冷府已經將安梅逐出府，但在別人眼裡畢竟還是冷家的女兒，真鬧騰出什麼來安然和自己的臉上也不那麼好看。他重重「哼」了一聲，冷聲道：「就這樣吧，十日後就將她送到福城去。弘宇，讓人安排一下，福城還有很多人不知道這母女倆被逐出冷家呢，別讓她們再有機會壞了我們冷家的名聲。還有你安松，這次暫且記下，以後再與這兩人有任何關聯，你也滾出去吧！」

安松悔恨得眼睛都發紅了，拖著安梅出去，本以為安梅開竅了，伏低做小道歉至少可以讓父親對他們緩和一點，安然面子上也不好太計較，畢竟上位者要有上位者的氣度。誰想安梅不但沒有聽進他的話，還騙了他……經過這一場，他更別指望安然會不計前嫌幫他了。

冷安梅姊弟的一場鬧劇並沒有影響到安然，她純粹當作看戲。戲看完了，就回靜好苑睡覺去了。

# 第八十三章 大婚

第二日天還沒亮，安然就被兩個嬤嬤從被窩裡挖了出來，反正現在天還未轉涼，她們也不擔心她凍著。

安然就這麼閉著眼，半睡半醒地在嬤嬤和舒霞幾個服侍下洗漱，然後坐在那兒任由她們折騰，連大清早趕來的瑜兒和瑾兒都「嘖嘖」佩服自家大姊姊的睡功。瞧瞧，劉嬤嬤在餵她吃小湯圓，她閉著眼睛張嘴、咀嚼、吞嚥，愣是沒有清醒過來，腦袋還時不時輕點一下。

舒安幾個也是好笑，不過她們都知道自家郡主最重視睡眠，從來都要睡到自然醒，被弄醒是要發「起床氣」的，今天這樣已經是難得了，幸好還沒忘記今天是什麼日子。

待眾人七手八腳地幫安然穿好一層層的王妃嫁衣，安然才幽幽醒轉，「全福夫人」和眾閨蜜也到了。

「全福夫人」還是安然及笄禮上的正賓衛國公夫人，安然起身行禮，衛國公夫人伸手攔住，慈愛地笑道：「還沒睡醒吧，成親都這樣，我當年也是被挖起來的，呵呵，一輩子就這麼一次，少睡些也開心。」她本來就很喜歡這個一身靈氣的孩子，前幾天進宮看女兒，皇后告訴她，多虧了安然的幫助，現在皇上又像以前一樣對她溫柔體貼了。

國公夫人只知道，安然給了皇后不少對皇上身體大有補益的膳食方子。這幾年，皇上對皇后突然冷淡，只是維持表面的夫妻情分，讓皇后很傷心，她這個做娘的也跟著揪心，如今皇上皇后和好了，她鬆了一口氣之餘，更加感激安然。

這次安然大婚，大長公主原本也是打算請衛國公夫人做「全福夫人」的，還沒來得及開口，她自己就主動請纓了，真心想為這個孩子盡點心。

桂嬤嬤拿來一塊大紅棉布披在安然的嫁衣外面，用小夾子夾好，有點像前世在髮廊裡的圍衣。

衛國公夫人拿著一把精巧的牛角梳，準備給安然梳頭，新娘梳頭很有講究，還要有人唱梳頭歌。舒妙和舒悅很激動地擔任了歌者的角色，兩人美妙的聲音輕輕緩緩唱起來——

一梳梳到頭，富貴不用愁；
二梳梳到頭，無病又無憂；
三梳梳到頭，多子又多壽；
再梳梳到尾，舉案又齊眉；
二梳梳到尾，比翼共雙飛；
三梳梳到尾，永結同心珮。
有頭又有尾，富富又貴貴。

衛國公夫人的梳子隨著她們的歌聲有節奏地從頭到尾、從尾到頭地梳著。梳新娘頭必須梳六下，先三下從頭梳到尾，後三下從尾梳到頭，取有頭有尾之意，預示著新娘和新郎以後順順當當、百年好合。

梳完六梳子、唱完梳頭歌後，衛國公夫人將安然的長髮分成幾綹，細細地編成辮子，然後全部盤在頭頂固定好。

接著是開臉，冬念先將一塊棉帕在溫熱的水裡浸透絞乾，敷在安然臉上，然後取下帕子，衛國公夫人開始輕柔地為安然絞面。

安然的皮膚細白，一點看不到毛孔，真正如剝了殼的雞蛋，讓人忍不住就想像那絲滑的手感。

開臉完成，桂嬤嬤請衛國公夫人淨手，端上紅豆湯圓和一些小點心，衛國公夫人也不客套，開心地用了。大昱之前只有實心小湯圓，後來才從大長公主府傳出安然郡主「發明」的紅豆湯圓和肉餡湯圓，雖然各府現在自己也會做，但安然的專用廚娘都是她親自調教出來的，做的東西自然更美味更正宗。

那邊喜娘正準備給安然上妝，被安然攔住了，她之前看過陳之柔、蓉兒等人的正宗新娘妝，實在不喜，臉太白，而且連嘴唇一起敷成白色，然後點出嬌小濃豔的「櫻桃小口」，活脫脫前世某島國的藝妓妝，醜死了。

不過那是傳統新娘妝，別人成親，安然不好干預，現在是自己成親，還是兩輩子才一次的重大婚禮，她才不要頂著一張藝妓臉呢，她要自己化今天的新娘妝。

安然走到裡間，舒妙已經捧了一個扁木盒子過來，打開盒子，裡面是各種顏色的胭脂。

舒安和舒敏都看呆了，她們平日裡只見過紅色的胭脂，深淺不同而已。

安然莞爾一笑，這些胭脂可沒處買去，這是舒妙和冬念兩人親手製的。

舒妙跟歌舞坊製作香脂水粉的娘子學過一些日子，雖然技藝不是很精，但是用料和製作方法都知道。有一次跟冬念聊天，得知冬念小時候也跟她娘學過製作口脂，兩人有共同的興趣，一拍即合，有時間就在一起搗鼓，希望能親手做出兩盒口脂、香粉作為給她們家小姐成親的賀禮。

安然發現後開心壞了，她身邊人才濟濟啊，想不發財都不行。她把自己「回憶」得的一些古代化妝品配方都拿出來給她們參考，包括肥皂和手工皂。其中有的是小說中提到的，有的是曾經在網路上查到的，有些還是唐代孫思邈《千金方》中的記載。

古代脂粉中沒有眼影這東西，不過安然想，反正都是用鮮花做原料，紅色的花做成紅色的胭脂，那其他顏色的花不是同樣可以做成各色眼影？

於是，在安然「顧問」的熱心參與和「指導」下，經過幾個月反覆的試驗，舒妙和冬念成功製成了面前這些五顏六色、粉質細膩、帶著淡淡清香的胭脂系列。安然大婚之後，她們就準備開始研製面脂、洗面乳和香皂了。

安然前世接受過公關禮儀培訓，其中有項課程就是學習各種不同場合妝容的化妝方法，所以，化一個新娘妝對她來說真真是小菜一碟。

因為現在這具身體正是青春逼人的時候，安然化了一個嬌豔欲滴的水果妝。

水果妝的重點是燦爛的眼影，今天穿的是紅色的喜服，安然用了紅色、粉色和紫色來化眼妝。為了凸顯古典美，安然還在額間細細描畫了一朵牡丹，在上面撒了點點金粉。

當安然化好妝，去了圍衣，走到外間的時候，所有人都驚呆了，怎一個「美」字了得？連小瑾兒都誇道：「大姊姊，妳比天上的仙女都好看。」

安然得意地笑笑，她的化妝品店以後一定是生意火爆，店裡還可以教顧客化妝，她今天這妝也算是提前打廣告了。

因為安然化個妝就用了半個多時辰，眾人雖然好奇也不敢在這會兒追問討教了，生怕耽誤吉時。桂嬤嬤趕緊幫安然戴上鳳冠，這個特製的鳳冠造型奇巧、製作精美，飾有大量的珍珠寶石，華貴倒是真的華貴，可是真重啊。剛戴上，安然就暗自叫苦，要這麼頂上一天，真是「痛並美麗著」，也不知道明天這脖頸可還能轉動？

舒霞等人剛幫安然配戴好各式珠寶首飾，穿好紅色的喜靴，就聽到外面有小丫鬟回報。

「君然少爺來揹新娘子。」

話說今天是君然第一次進冷府，他進門的時候，冷紫鈺和冷安松還在暗自較勁，都想揹安然上轎，這可是在眾多賓客和圍觀人群前露臉的好機會。可是，當他們看到劉嬤嬤領著一身紅袍的君然進來時，都歇菜了。

也不知道為什麼，冷弘文今天一早就想到君然會來，所以對紫鈺和安松的明爭暗鬥也沒什麼表示。君然走到冷弘文和謝氏面前，恭恭敬敬地行了個晚輩禮。「冷大人、冷夫人好，我來送我姊上轎的。」

冷弘文壓抑住心裡的百般滋味，點頭笑道：「去吧。」

「謝冷大人。」君然再次行禮，然後轉身跟著劉嬤嬤走了。

冷弘文盯著君然的背影瞧了好一會兒，有種想哭的衝動。

安然蓋上紅蓋頭，伏到君然溫暖堅實的背上時，突然感覺這個雙胞胎弟弟真的長大了，她將臉側靠在君然的肩上，眼裡有了淚意。「君兒長大了，真好。」

君然的聲音也哽咽了。「姊，妳要一直都好好的，妳在，君兒才是有家的孩子。」

聽到這姊弟倆的話，衛國公夫人、蓉兒、陳之柔，以及屋裡一眾夫人、小姐們的眼眶也都濕了。

君然雖然跟安然一樣大，但畢竟是男孩子，足足高出安然一個頭，又長期習武鍛鍊身體，揹著安然毫不吃力，走得沈穩堅定，還有些戀戀不捨，因為一身喜袍的鍾離浩就在前面等著了，以後，陪著姊姊的就是姊夫鍾離浩了。

站在八人抬大紅花轎前的鍾離浩看見君然揹著新娘過來，笑得陽光燦爛，差點眩暈了圍觀小姐們的眼。慶親王爺長得極其俊逸，但平日裡一副冷臉嚇到了不少人，沒想到笑起來如此溫暖魅惑，看得她們的心跳都加快了。

君然走到鍾離浩面前。「姊夫，我姊交給你了，你一定要好好對她。」

鍾離浩被君然一聲「姊夫」叫得快飄飄然。「君然放心，我這一輩子都會對然然好的。」說著伸手接過安然，親自抱進花轎，還乘機在安然耳邊快速說了一句。「寶貝然然，我好想妳。」

安然手裡抓著一顆蘋果，暗暗好笑，不過，心裡還是甜滋滋的，整理了一下衣襬，坐端正了。

這八抬大轎就是比平日坐的兩人抬小轎舒服穩當多了，一點都不顛。待停轎時，安然還覺得路程似乎很短，沒有他們說的要一個時辰吧？

王府前喜慶的樂聲響起，鍾離浩又親自抱了安然下轎，下來後卻沒有放手，直接抱著走向廳堂。

安然聽到四周一片羨慕嫉妒的唏噓聲，還有善意的調笑聲，輕輕掙了一下，說道：「放我下去自己走。」

鍾離浩低笑。「寶貝兒，今日都隨了我吧，好嗎？我想抱著妳。」

安然心一軟，終於不出聲了。

到了廳堂，鍾離浩才放了安然下來。眾人沒有想到的是，太后娘娘竟然親自出宮坐鎮慶親王爺的婚禮，那麼這拜堂中的「二拜高堂」自然就沒有了吳太妃的分。誰不知道，慶親王爺四歲進宮，是太后娘娘這個伯母兼姨母一手帶大的。

太后真是一點面子都不給吳太妃啊！沒辦法，她老人家只要一想到吳太妃屢次派人暗殺鍾離浩，最後那一次若不是安然相救，鍾離浩說不定早都死了，她就恨不得將吳太妃撕了，只是苦於沒有抓到有力證據罷了。

吳太妃帶著許側太妃站在一旁侍候，一聲都不敢吭，別說她現在沒有娘家支撐，就算娘家沒倒，也輪不到她跟太后娘娘叫板啊！

太后坐在主位上，接受一對新人的跪拜，眼淚都笑出來了，激動地說道：「哀家的小冰塊終於成家了，以後就有人疼有人照顧了。然丫頭，你們以後要好好的。」

安然和鍾離浩趕緊雙雙應下，吳太妃的臉都憋成紫色的了，這分明是在一眾賓客面前打她這個「母親」的臉啊。

隨著一聲「禮成——送入洞房」，安然感覺身子一輕，又被某人抱了起來。

安然人一懸空，出於本能，趕緊雙手圈上鍾離浩的脖子，還發出輕輕的一聲驚呼。鍾離浩低笑，滾熱的氣息噴在安然的臉頰，隔著紅蓋頭，安然都能感受到他火熱的視線。

這個傻冰塊！安然白了他一眼，不過自己知道，人家看不到。

安然知道鍾離浩正抱著自己走向新房，聽動靜，後面可是跟了不少等著看新娘和鬧洞房的人。安然對自己的容貌和今天的妝容可是大大地有信心，嘿嘿，兩世為人，虛榮心還是這麼強，安然很自知地鄙視了自己一下下。

鍾離浩的院子距離大廳好像挺遠，走了大約一盞茶的工夫，安然才聽到他在自己耳邊輕聲說：「到了。」然後把自己輕輕放在柔軟的床上，還體貼地幫著整理了一下裙襬。

安然立即聽到一個男聲笑道：「喲，這還是不是我們的冰山王爺啊？都已經化成繞指柔了！」

屋裡一眾人頓時跟著笑了起來，接著是一道悅耳的女聲。「快快快，皇叔快揭蓋頭，我剛回京，都還沒見過王妃嬸嬸的模樣呢！」

一道中年女人的聲音。「王爺，請掀蓋頭。」

安然聽出來了，是王府這邊喜婆的聲音，剛才下轎時也是這個聲音喊的「王爺，請踢轎」。

安然正想著，眼前一亮，不由抬起頭來，鍾離浩手裡還拿著挑蓋頭的喜秤，就那麼滿臉驚豔地、華麗麗地呆住了，四周也發出一片驚豔的吸氣聲。

雍容華貴、鮮活動人、絢麗奪目、明豔迷人、嬌俏柔媚……各人腦袋中閃現出不同的形容詞。

靠在門框上的薛天磊，低垂著眼眸暗嘆——這個女子就是多面的、多變的，可是無論哪面，無論變成哪樣，都如暗夜裡的星星，誰都擋不住她的光彩。

新郎官鍾離浩此刻只能想到兩個字——「鑽石」，他的然然就是一顆神奇而璀璨奪目的鑽石，純淨與魅惑集於一身。他一直知道然然美，可是今天才知道她的美可以讓鳳冠上那些珍貴的寶石、珍珠通通失色。他的然然，就是這世間最美麗的珍寶。

而安然的眼裡也滿是驚豔，鍾離浩一向都是一根玉簪、一襲墨袍，今天的喜慶打扮真是顯眼——滿頭烏髮用金冠束起，一身正紅色的精美袍服襯得他面如冠玉、目如朗星、俊美絕倫。

饒是安然作好了「驚豔四座」的心理準備——主要是這個時代的化妝水準太差，尤其新娘妝千篇一律，還像藝妓——也很高興能夠讓鍾離浩「花癡」自己一回，但還是被大家的過激反應和鍾離浩的「花癡」程度「嚇」到了。

「咳咳！」安然不得不打斷旁若無人地發呆的新郎，「羞怯」地低下頭。

鍾離浩和屋裡眾人，包括「工作中開小差」的喜婆這才回過神來。

喜婆很慚愧啊，可是她做了十多年的喜婆，就沒見過這麼美麗的新娘，在她看來，只要不是五官太醜，新娘基本上都是一個模樣的。

回過神的喜婆趕緊積極投入工作。「請王爺、王妃喝交杯酒！」

冬念端上一個托盤，鍾離浩先取了一杯遞給安然，自己再拿了另一杯。兩人先各自喝了一半，再互換酒杯，喝了對方杯中的另一半。安然注意到，鍾離浩是特意對著酒杯上印著自己口脂的地方喝的，頓時臉上發燙，又低下了頭，避開鍾離浩滾燙的目光。

鍾離浩見到小妻子含羞帶怯的小模樣，真是恨不得立刻摟在懷裡好好親親，那本來就誘人的粉嫩雙唇今天更是瑩潤嬌豔，看著就想咬一口。可是，這屋子裡還有一堆人呢！

喜婆見王爺一副「猴急」樣，也不敢拖延時間，讓新郎新娘並排坐好，取了喜剪在兩人的頭上各剪了一小綹頭髮，打成兩個結，裝入兩個紅色小荷包繫好，壓在枕頭底下。她一邊熟練地做著這些動作，一邊大聲喊道：「白頭偕老，百年好合！」

到這裡，合巹禮就完成了，喜婆接了冬念遞過來的大紅包，高高興興地退了出去。

喜婆「識相」，屋裡眾多人卻不肯放過這個「調戲」冰山王爺的難得機會啊！嚷嚷著要看新郎新娘表演節目，其中一人還笑哈哈地嚷道：「鬧洞房，鬧洞房！不鬧哪能讓你洞房呢？」

擱在平日，鍾離浩早一腳把起鬨的人踹出去了，可是今天不行啊，今天他就得乖乖地接受欺負。他站起身，眉頭一揚，哪裡還有前一刻對著安然時柔情萬千的模樣？酷酷地說道：「行，但是就一個。」

先前那嬌俏的女聲又道：「一個節目那麼少？那得皇嬸和皇叔一起表演才成。」

安然大大方方地笑道：「好啊，王爺前陣子作了一支曲子，滿好聽，我們就為大家合奏一曲如何。」

眾人當然叫好，大家都知道慶親王善於撫笛，可沒幾人有榮幸聽到呢，何況是王爺為王妃作的曲子，還是兩人合奏。

冬念帶著小丫鬟捧上安然的箏，南征也取來了鍾離浩的玉笛。

鍾離浩與安然心有靈犀，一下就知道安然想演奏的是他最喜歡的〈知心愛人〉。現在，凡是太出眾、太扎眼的東西，安然都推在鍾離浩身上，鍾離浩全都屁顛屁顛地接了，不就是厚著臉皮冒名頂替一下嗎？總比自己的小妻子太扎眼好。

兩人相視一笑，悠揚的樂聲響起。

光是前奏就已經讓眾人陶醉了，接著如同天籟般的歌聲入耳，是王妃邊彈邊唱——

「讓我的愛伴著你，直到永遠。

你有沒有感覺到，我為你擔心？

在相對的視線裡才發現，什麼是緣。

你是否也在等待，有一個知心愛人？」

安然停下，繼續彈奏，讓眾人驚掉下巴的是，冰山王爺放下玉笛，開口了，略帶沙啞的歌聲卻更加讓人迷情——

「把妳的情記心裡，直到永遠。

漫漫長路擁有著，不變的心。

在風起的時候讓妳感受，什麼是暖。

一生之中最難得，有一個知心愛人。」

最後是兩人合唱——

「不管是現在，還是在遙遠的未來。

我們彼此都保護好今天的愛，不管風雨再不再來。

從此不再受傷害，我的夢不再徘徊。

我們彼此都保存著那份愛，不管風雨再不再來。」

曲子纏綿婉約，填詞更動人心扉，尤其歌者脈脈含情的目光，無不讓人沈醉其中，不想醒來。

待歌聲停止，眾人好不容易回過神來，才有人發現在王爺王妃合唱的時候，伴奏的樂聲除了箏，好像還有不知哪裡傳來的簫聲。

安然和鍾離浩對視一眼，心中瞭然，這個世上，還能吹出這曲子的只有一人。

果然，門外走進一男一女，男的手裡正拿著一支玉簫。

眾人一看，嘩啦啦全都跪下。「叩見皇上皇后！」

能進這屋裡的人，大部分都是皇親國戚。

鍾離赫親手拉住鍾離浩和安然。「大家都起身吧，朕今天只是一個最普通的兄長。哈哈哈，朕就知道，你們這起子調皮的要鬧朕的弟弟弟媳，現在曲子也聽了，可以去外面喝酒了吧？還有啊，看在朕這個大哥的面子上，今天一律不許灌浩兒。」

聖上開口，金口玉言，誰還敢接著鬧騰？鍾離赫深深看了安然一眼，也攜著皇后出去了。

冬念和南征關了門，退遠幾步守在門口。

鍾離浩一把摟住眼角盈淚的安然，額頭頂著她的額頭。「然然，明日再感動，今天心裡只許想我。然然，妳這麼多天沒看到我，想我了沒有？」

安然雙手圈著鍾離浩的腰。「想了，很想。」話音未落，雙唇就被鍾離浩緊緊含住，發洩著排山倒海的思念……

突然，安然一把推開鍾離浩，看著一臉委屈的新郎官，指著自己頭上的鳳冠。「重，脖子痠疼。」

鍾離浩恍然大悟，一臉愧疚和心疼取代了之前的委屈，趕緊小心翼翼地幫安然取下了那個好幾斤重的鳳冠，生怕手勁重弄疼了她。

再次把安然摟在懷裡，鍾離浩噘起了性感的唇。「寶貝兒，以後不許在人前這麼美，我會吃醋。」

安然撫額。「你這個霸道狂，你不怕我在人前醜醜的，丟你的臉啊。」

鍾離浩不以為然。「妳平時就已經夠美的了，妳剛才是沒看到，那些臭小子盯著妳的樣子，我真想把他們趕出去。」

安然好笑地伸手擰了一下鍾離浩腰間的軟肉，誰知沒有弄疼他卻激起了他壓抑許久的慾火，猛地低下頭繼續剛才被打斷的激吻，火熱的雙手也開始在安然柔軟的嬌軀上游移。

安然深知這把火一燒起來可能就再也打不住了，外面客人可還都等著新郎官出去敬酒呢，忍這麼久了，可不能在今天丟臉，太后和皇上皇后都在呢。

安然抓住了鍾離浩作怪的大手，被堵住的嘴含含糊糊地說道：「浩哥哥，外面很多客人等著呢，太久不出去人家要笑話你的。」

鍾離浩喘著粗氣，終於克制住，若不是太后伯母和皇兄皇嫂在，他還真不管那些人了。他發狠似地再重重吻了安然一下。「寶貝兒，妳等著爺，爺去去就回。」說完扭頭就跑，生怕自己再多看一眼就真的邁不動步子了。

安然笑著搖了搖頭，叫了冬念進來。「舒安、舒霞她們還沒過來？」

冬念一邊幫安然卸了身上的珠寶首飾，一邊回道：「可不是？都在庫房清點和整理嫁妝箱子呢，太多了，剛剛才全部抬進府。幸好王爺早準備了兩間大屋作庫房，專門放置嫁妝。」

安然點頭。「我要趕緊洗一洗，身上都黏糊了。」這麼一層層的喜服悶著，不悶出汗才奇怪。

冬念忙應道：「剛才南征跟我說，屋內就有洗浴室，王爺剛找人修整過的，還引了溫泉水來。喏，應該就是那邊了。」

安然順著冬念手指的方向，見到屋子西角的一個小門。推門進去一看，哇，好大一個石砌的洗浴池，霧濛濛的，池子邊上一個竹架子上，還放著一盒玫瑰花瓣。

# 第八十四章 洞房花燭

安然洗浴出來，換上紅色的錦緞長睡袍，一頭烏髮解了下來柔柔地披在肩上，因為之前紮成辮子盤了整日，這會兒披下來倒像現代的鬈髮，整個人立刻從白日裡的古典新娘變成了充滿洋味的現代美女，別具風情。

「啊呀，這王府的浴室就是豪華，洗得真舒服。冬念，有東西吃嗎？我餓了。」安然一邊說著一邊走出浴室，腳上趿著一雙紅色的羊皮拖鞋，猛地發現屋子裡多了一個小丫鬟打扮的人，桌子上擺著一個湯盅和幾碟點心。

「王妃，她叫小紅，說是王爺讓她給您送點心來的。」冬念在一旁解釋，這個丫鬟真的很奇怪，非要等王妃出來吃了點心才肯走，說是好跟王爺交代。冬念多長了一個心眼，拿銀針試了一下，沒有問題，暗想可能是自己太緊張了。

安然看了一眼那小丫鬟，鍾離浩說過，從他母妃過世後，他就只用小廝侍候，院子裡少數幾個丫鬟婆子都是他母妃留下的人，還都不許進屋。唯一能進屋的奶娘玉嬤嬤身體不是很好，她的兒子去年生了孫子，鍾離浩就給了一大筆養老錢，讓她回兒子那裡含飴弄孫。

安然坐下，不動聲色地拿起湯匙，在那盅燕窩粥裡輕輕攪動，很快捕捉到小紅眼裡一閃而過的一絲喜色。

「燕窩粥啊？浩哥哥知道我最不喜歡燕窩煮粥呀！妳們是不是搞錯了，王爺是讓妳們送銀耳粥吧？」安然一副很不耐煩的樣子，故意說道。

小紅一愣，緊張地回道：「是……是……王爺是說銀耳粥，但是廚房剛好沒有銀耳了，所以就做了燕窩粥。王妃實在不喜歡，就吃點心吧，這些點心味道很好的。」

安然笑道：「好啊，可是這點心太乾了，我等一會兒讓冬念弄點蜂蜜水再吃。來，小紅是吧？辛苦妳了，這燕窩粥就賞給妳了，妳把它喝了吧。」

小紅面色大變。「王……王妃，這如何使得？奴婢……奴婢怎麼能吃這麼好的東西？」

安然笑得一派「可親」。「本妃賞妳喝的，妳自然就能喝，怎麼，本妃不是這王府的主子嗎？賞丫鬟一盅燕窩粥有什麼不可以的？快喝了。」

這時，剛剛悄悄退出去的冬念帶了兩個婆子進來。

安然一揮手。「灌進去。」

兩個婆子反剪了小紅的雙手捏住她的鼻子，冬念拿起湯匙一勺接一勺地灌了進去，雖然一部分被小紅吐了出來，但大部分還是灌進去了。

安然對那兩個婆子說：「把這人綁了堵上嘴，連這個湯盅和點心一起送去交給太妃，就說此人假借王爺之名送來吃食，本妃從不吃來歷不明的東西，就賞給她自己吃了。」

話音未落，舒安和舒敏進來了，手裡還提著一個食盒。「郡……王妃，王爺擔心您餓了，特意讓我們趕回來……欸，這人是誰，怎麼了？」

冬念簡單說了，舒敏面色一變，拿起湯盅聞了聞，又抓了一點燕窩粥放在手掌上細細看了下。「極品絕子散！這人喝了半盅？哈哈，好啊，其實兩湯匙就夠了。」那個小紅聽了舒敏的話，臉上更加慘白，眼裡一片絕望之色。

舒安放下食盒。「舒敏、冬念，妳們服侍王妃用餐，我把這人送去。」

安然見舒安二人回來，踏踏實實地祭五臟廟去了，這一天就清早吃了幾個湯圓，真餓了。

用了一碗燕窩粥，又吃了幾個煎餃，安然簡單地洗漱了一下，撲在床上，讓舒敏幫她按摩，否則真擔心明天脖子轉不了彎。

昏昏欲睡之際，安然突然感覺不對，皺了皺小鼻子。「去，先洗洗去，一身酒味醺著我了。」

鍾離浩笑哈哈地把人翻了過來，睡袍的大翻領斜斜地敞開，露出修長的脖頸和小巧的鎖骨，還有一道誘人的溝壑。鍾離浩眼眸一黯，埋頭吮吻。「誰讓妳不等我一起洗，就是要醺妳。」

安然用力推開，在他唇上吻了一下。「乖，去洗洗，等下有禮物送給你。」

鍾離浩曖昧地笑著，咬了一下安然的耳垂。「我乖，一件禮物不夠，然然要把自己送給我才行哦。」說完真的乖乖跑進浴室去了。

當鍾離浩把自己洗乾淨，穿上安然早已備好的帶著茉莉花香的紅色睡袍時，心裡充盈著一種很溫暖、很安心的感覺，今天之後，他不再是一個人，他有了心愛的妻子，以後還會有很多孩子……

鍾離浩一踏出浴室，就看到側臥在貴妃榻上的安然，她一手撐著腦袋，正對他甜甜地笑著，一頭烏黑的髮髮隨意地披著，落了一綹在胸前。她……竟然穿著一襲透明的紅色薄紗，裡面短短的紅色肚兜好像還沒有他的一個巴掌寬，裹著鼓鼓的前胸，肚兜中間裁出弧度，讓那半露的雪團勾勒出一條美麗誘人的溝兒來。

下面是窄窄的楊柳腰，平坦的小腹上可愛的圓圓小肚臍看得一清二楚，再下面是小小短短的紅色褻褲、修長瑩白的雙腿。

鍾離浩喉嚨一緊，隨即就撲了上去。「寶貝然然，妳在誘惑我？」

安然眯著眼。「你是我的夫君，誘惑你怎麼了？不喜歡？」

「喜歡，太喜歡了！」鍾離浩一把抱起安然，向大床走去。「我今天才知道，我的然然就是一個小妖精，專門為我而來的小妖精。」

安然急道：「等等，等等，還沒看禮物呢。」

「等不了了，寶貝兒，妳夫君我已經等得太久了。」鍾離浩一邊走，一邊手還利索地褪下安然身上的那層輕紗，幽暗的雙眸染滿了情慾。

當安然被輕輕放在床上，鍾離浩已經一手褪掉了自己身上的睡袍撲了上來。兩人的肌膚大面積相觸時，都不由地輕顫起來。安然這時才發現鍾離浩竟然玩中空，睡袍下面沒有半片布。

「你你你，你怎麼什麼都沒穿？」安然趕緊閉上了眼睛。這是原裝的古人嗎？不會也被穿了吧？她好歹還穿了內衣小褲，他竟然一絲不掛。

鍾離浩細細地從安然的額頭往下吻，含糊地咕噥著。「穿了馬上又要脫，多麻煩。寶貝然然，睜開眼睛看著我可好？求妳了，妳答應過今日由著我的。」邊說著，一雙火熱的大掌還不忘在那粉膩的肌膚上游走，到處點起激情的火花。

安然一急，張開眼睛爭辯道：「誰答應了？」身上已經被那雙使壞的大手燙得發軟，柔若無骨。

鍾離浩吃吃地低笑。「妳沒反對，就是答應了。寶貝兒，我等了三年了，忍了那麼久，妳好歹也心疼一下妳夫君唄。」

安然的心思被鍾離浩牽著，沒有注意到胸衣繫在頸後的蝴蝶結已經被解開，聰明的鍾離浩沒有被那仿現代胸衣給難住，三下兩下就把兩團鼓囊囊的雪團給解放出來，幽暗的眸色更深了，一口含住左邊雪團上粉紅色的花骨朵，細細地吮吸品嚐著，一手覆上右邊雪團輕輕揉捏，另一手四下游移，感受那凝脂般的柔膩肌膚。

這樣的親密觸感帶來的異樣感覺，讓兩人滾燙的身子都開始不由自主地扭動，緊密地往對方身上貼，似乎想要融入彼此的身體。

安然雙手抱住埋在自己胸前的大腦袋，纖纖十指插入柔軟的烏髮，輕輕揉壓，這一舉動更加刺激了鍾離浩體內不斷叫囂的慾望，忽然咬住口裡的蓓蕾重重吮吸了一口，令得安然渾身顫抖不已，那種瞬間輻射到全身各處的酥痲感，讓她不能自已地弓起身子迎向鍾離浩。

鍾離浩一手去掉了安然身上最後的小褲，輕輕分開兩條玉腿，感覺那裡如書上描述的濕潤了，一手扶著自己早已脹疼得厲害的物什重重一頂，似乎穿破了一層什麼阻隔，擠入安然緊致的身體，頓時，一種噬骨的美妙感覺讓他從每一根頭髮絲舒服到每一個腳趾尖。

而可憐的安然卻沒有體會到任何銷魂的感覺，撕裂般的疼痛讓她的整張俏臉都皺成一團。「壞蛋，你不會慢點啊，痛死我了！」安然的眼淚不受控制地啪啪直掉，真TMD痛啊！以前還以為小說寫得誇張了，就那麼一層膜會痛到哪裡去？這會兒才真正知道了「破瓜之痛」的威力。

正飄在雲端的鍾離浩見著一臉痛苦的安然心疼得半死，嚇得不敢再動，覆上安然正癟起的雙唇安撫地親吻著，雙手也在那柔軟的嬌軀上撫摸，還在身下兩人契合的地方輕輕按摩，希望緩解安然的疼痛。

「寶貝然然，女子第一次都很疼的，妳忍忍，疼一次之後就好了。」鍾離浩的嗓音因為濃濃的情慾而格外沙啞，有著一種說不出來的魅惑。

安然睜開眼睛，看見鍾離浩俊美的臉上脹得通紅，額上都是細細的汗珠，可見忍得難受，當下覺得不忍心了。「這會兒好點了，你輕些。」

鍾離浩大喜，開始輕輕抽動，那裡好緊，他只要輕輕一動，便帶來入骨的銷魂感覺，四肢百骸都舒服。不過他沒有光顧著自己舒坦，一直輕吻著安然，注意著她，雙手也不停地撫摸著她的身體，隨著安然臉上的表情慢慢轉緩，鍾離浩逐漸加快了力度和速度……

也不知過了多久，安然覺得自己的腰都快斷了，鍾離浩突然低吼一聲，快速抽送了幾下，一股滾燙的熱流噴在安然的體內，這才喘著粗氣伏在安然肩頭，發出一聲滿足的喟嘆。

「寶貝兒，妳真正是我的了。」

安然是被熱醒的，感覺自己靠著一個大火爐子。幽幽地睜開眼睛，發現自己被摟在某人的懷裡，難怪越睡越熱。

安然不敢有太大動作，怕弄醒了鍾離浩，這傢伙昨天那麼賣力，一定累壞了，自己老公自己心疼。

昨天完事後，安然累得不行，昏睡過去，只是模模糊糊地感覺到鍾離浩抱著自己去浴室清洗，後面就什麼都不知道了。她輕輕地活動了一下自己的身體，發現沒有小說中描述的像被車輾過的痛楚，只是腰還有一點痠罷了，私密處也不疼了，倒是有些清涼的感覺，應該是這傢伙給她上藥了。

想到他看著那處上藥，安然的臉立刻又火燒了起來。再想想，他們是夫妻，夫妻一體，什麼親密羞人的事都做了，看了就看了唄。

安然略略抬起臉，看著鍾離浩熟睡的臉龐，真是帥啊，比前世的什麼明星名模都帥多了。她不由得伸出右手，柔軟細嫩、纖長如蔥白似的手指輕輕撫過鍾離浩的眉、眼、高挺的鼻梁，來到性感的雙唇。突然，「睡著」的鍾離浩張開唇，一口含住了安然的手指吮吸起來。安然一驚，視線從那唇上移，對上鍾離浩清亮的雙眸，精光灼灼，還帶著得意的笑，哪裡有絲毫剛醒來的樣子？

「裝睡，討厭！」安然的聲音嬌媚慵懶，帶著一點點剛睡醒的沙啞，聽在鍾離浩耳裡效果如最厲害的催情香。

他曖昧地輕笑一聲，緊接著一個翻身將安然壓在身下，親吻著安然的鬢角、臉頰，還有那微腫的嬌嫩紅唇，唇齒相依，越吻越深，雙手也四處使壞。

被吻得迷離的安然趕緊推開這一早就「性」致勃勃的大灰狼。「喂，你不會忘了今早要進宮謝恩吧？」宮裡一堆人等著呢，不僅是謝恩，也是認親，這樣的場合若是遲到，她以後還要不要見人了？

鍾離浩顯然也還記得輕重，埋首於安然脖頸中平息了好一會兒，才滿臉寵溺地哼了一聲。「臭丫頭，看我晚上怎麼收拾妳。」

因為要進宮，安然和鍾離浩用過早餐後直接換上了「制服」，見安然對著鏡子，對那些繁複的行頭嘰哩哇啦地抱怨，鍾離浩好笑地擺了擺手，服侍安然穿衣的冬念和舒霞趕緊退了出去。她們早就養成了習慣，只要王爺在她們家主子身邊的時候，她們都會躲遠點，沒吩咐儘量不出現。

鍾離浩拉著安然的小手笑道：「一般情況下，都要成親之後，再上摺子正式為王妃請封，然後宮裡才會賜下冠帶朝服。太后伯母和皇兄皇嫂昨天不但親自來參加婚宴，還直接賜下妳的冊封憑冊和冠帶朝服，為什麼？還不是為妳撐腰。妳這沒良心的小東西，竟然還嫌七嫌八。」

安然這才知道原來裡頭還有這麼多曲裡拐彎的東西，笑道：「我穿著這身去敬茶，他們是不是就不敢過分啦？」

鍾離浩捏了捏她的鼻尖。「當然，除了吳太妃，不是妳拜見他們，而是他們拜見妳。雖然我們還是要跪拜給吳太妃敬茶，但是穿著這身朝服，只要形式做到，意思一下就可以了，她不敢拿喬。」

安然吐了吐舌頭。「這樣啊？那重就重些好了。」話音未落，唇就被鍾離浩擒住，用舌裹著安然的小舌重重吮了一口才放開。

對著安然惱怒的小臉，鍾離浩很無辜地道：「不能怪我，誰讓妳伸出舌頭來誘惑我？」

「欲加之罪，何患無辭？」羞惱的安然只想到了這一句話，不過此時時辰已經不早了，而且跟這個腹黑皮厚的傢伙就此類問題爭論一定不會有結論，有這個時間和精力還不如把唇妝補補，趕緊去大廳敬茶、認親的好，還要趕著進宮呢！

鍾離浩見著安然的神色變化以及眼裡的壓抑，知道她心裡所想，得意地揚起唇角。門口傳來舒霞的聲音。「王爺、王妃，太妃身邊的王嬤嬤來取元帕。」

「進來吧。」安然回覆之後才想起自己早上好像沒有看到那塊鋪在床單上的白綢，詢問地看了鍾離浩一眼。

鍾離浩笑笑，握著她的手，對跟著王嬤嬤一起進來的舒霞吩咐道：「將床邊櫃子上的那個紅木盒子打開給她看，本王昨晚收起了。」

舒霞依言取來盒子，打開，有著落紅點點以及黃白液體痕跡的白綢靜靜躺在盒子裡。安然臉上立刻又火燒紅雲起來，畢竟，這是多麼私密的東西，卻要在幾個外人的眼前展示。

王嬤嬤正要伸手接過盒子，鍾離浩冷聲道：「妳們可看清了？」

王嬤嬤以及身後的兩個婆子趕緊回道：「是，恭喜王爺王妃。」

「看清了就出去，告訴太妃，她喜歡留這物，還是快點給鍾離麟娶個媳婦的好，本王的東西自己保存，就不煩勞太妃了。」

王嬤嬤愕然，王爺這話的意思很明確——太妃沒資格收著王妃的元帕，要收收自己的嗣子，也就是三爺的去。

這樣回去怎麼跟主子交代呢？可是王嬤嬤實在不敢在這個冷面王爺面前多停留一刻，身後的兩個婆子也悄悄拉扯她的衣襟，她們再多留一會兒，只怕要腿軟得走不動了。

# 第八十五章　國色天香

王嬷嬷三人離去後，舒霞也退了出去，鍾離浩親自把那個紅木匣子鎖進一個大箱子。

安然紅著臉道：「那東西留著做什麼？還是燒了吧，給下人看到多羞人。」

鍾離浩得意地眨了眨眼。「這可是證據，怎麼能燒了？然然，現在我完完全全是妳的人呢，這輩子都是妳的人，妳可不能拋下我。」

安然無語。「那上面是我的血欸，怎麼成了你的證據？」

鍾離浩嘿嘿一笑，摟過安然，在她耳邊吹著氣。「寶貝兒，沒有我的用力，妳的血怎麼會落在上面？再說了，帕子上不僅有血，還有我的東西呢。」

看著安然的臉瞬間紅得像要滴出血似的，鍾離浩得意地在那滾燙的臉頰上重重親了一下。「寶貝然然，妳中有我，我中有妳，我們再也分不清彼此了。對了，然然，我的禮物呢？」

安然一撇嘴。「你昨天不是不想要？」

鍾離浩涎著臉。「誰說我不想要了，只是我急著先要我的然然，總有個輕重緩急不是？寶貝兒，妳又不是不知道我想要妳想了多久。」

這人！以前怎麼沒發現這個所謂的冰山王爺就是一個頂著面癱臉的十足十的厚臉皮痞

子！安然「狠狠」瞪了鍾離浩一眼，從梳妝檯的下層取出一個紅色錦盒。

打開盒子，裡面是一對翠綠的玉瓶，瓶蓋都是一朵白玉雕成的茉莉花，花心有細細的小孔。安然拿起其中一個玉瓶，將茉莉花旋了小半圈，再將玉瓶輕輕搖晃，屋子裡頓時瀰漫著淡淡的茉莉花香。

鍾離浩樂呵呵地接過玉瓶，倒了一點香水在手上，用手指輕點在安然耳後、頸部和手腕，剩下的都抹在自己的手腕上，還很諂媚地笑道：「我要跟然然一個味道。」

安然也沒有阻止他，大家族都有給衣服薰香的習慣，而她的香水是淡淡的香，還添加了黎軒推薦的一種草藥，讓香味更加持久清新。這樣的香味不會讓鍾離浩變得「娘氣」，卻可以稍微中和一下他身上的「凍」力。

桂嬤嬤過來提醒，時辰差不多了，兩人這才向正院走去。

廳堂裡似乎很多人，安然大奇，慶親王府應該沒有幾位主子啊？何況鍾離浩的叔伯嬸嬸那些皇家親戚，今日都會在皇宮裡見，他們不屑於跟吳太妃打交道。

鍾離浩捏了捏安然的手，輕聲道：「都是一些無關緊要的人，不用在乎。」

廳堂裡，一位渾身翠綠的中年夫人正在跟吳太妃吐槽。「新娘子架子真大，要這麼多長輩等著。」

吳太妃沒有接她的話，但是面色鐵青，腦袋裡都是王嬤嬤帶回來的話。這個鍾離浩太不把她當回事了，不，他從來就沒有把她當作母親。要她趕緊給鍾離麟娶媳婦，然後就可以讓她跟著鍾離麟一起分出去是吧？

吳太妃緊緊握著袖子遮掩下的拳頭，鍾離浩她無可奈何，一個十幾歲的新婦她還拿捏不了？鍾離浩總不能日日待在府裡吧？無論如何，那麼多財產不能讓鍾離浩一房霸著。

「王爺王妃到！」

門口丫鬟的通報聲打斷了吳太妃的思緒和眾人的交頭接耳，大家連忙正襟危坐，擺出一副等候新婦見禮的樣子，卻見雙雙進來的兩人穿著王爺王妃的全套朝服，一愣之下，趕忙撲通撲通都跪了下來。「拜見王爺，拜見王妃。」

怎麼回事？一般王妃的冊封最早都要在大婚之後半個月左右，他們還想趁這個空檔擺擺親戚長輩的譜、拿拿小姑小叔的喬呢。

吳太妃也恨得直咬牙，聽說皇上皇后昨晚也來了，不過只是去新房道賀之後就走了，他們都沒見著，想是那時候下了冊封吧？

她也是皇家媳婦，現在仍是慶親王府的太妃，就這麼不招皇家待見嗎？昨天南征和那個叫舒安的大丫鬟提了一個什麼小紅過來，說是冒王爺之名，給王妃下絕子藥。她壓根兒不知道是怎麼回事，可在場所有人都用一種鄙視和輕蔑的目光看著她。

散席的時候，一個從前的閨蜜、平日還算有些來往的侯夫人「好心」地勸她。「趕快把那丫鬟處置了吧，安然郡主可是公認的福星，又深得三位大主子的恩寵，妳又何必找不自在？」

她本來確實想過趁著婚宴混亂、容易混進鍾離浩院子的時候讓人下手，可是太后突然駕臨，她害怕之下就取消了，那個什麼小紅根本不是她安排的。

「起身吧！」鍾離浩冷冷地叫起，對那些人看都不屑多看一眼。

南征、北戰請來先王爺和先太妃的靈位，置於主位的桌上。鍾離浩面無表情地對吳太妃說道：「還請太妃先讓一讓，我們拜過父王母妃，給他們敬茶之後，再給您敬茶。」

吳太妃的後牙槽被自己咬得生疼，人都快坐不穩了。先王爺先太妃的靈位都供在皇家祠堂，鍾離浩他們進宮時再去拜祭就可以了，沒想到他竟然大費周章，一大早派人去皇家祠堂請來靈位。續弦在原配靈位前是要行妾禮的，他們先給靈位敬茶後再給她敬茶，她的氣勢就明顯被壓了一截，何以立威？

可是，想一千恨一萬，她還是不得不乖乖地站起來，大管家親自帶人搬來三把椅子放在主位下首，一邊是吳太妃的，另一邊兩張是王爺和王妃的。

安然跟著鍾離浩跪下，向先王爺和先太妃的靈位磕頭敬茶。

安然舉著茶杯道：「父王、母妃，您們放心，兒媳一定會照顧好王爺，讓他每日都開開心心，享受到家的溫暖。」

鍾離浩心裡輕顫，甜蜜溫馨的感覺漫向全身，也舉著茶杯朗聲說道：「父王、母妃，您們安歇吧，我和然然會互相照顧，過得很幸福。」

兩人相視一笑，將茶水輕輕倒在地上。

他倆的甜蜜卻與廳堂裡的一眾人無關，那些人明顯地感覺到自己就是被排離在外的閒雜人士，酸、澀、麻、苦……除了甜，此刻品嘗什麼滋味的人都有。

安然起身後，移步到先太妃牌位下首的吳太妃前面跪下，舉起冬念端過來的茶杯。「太妃請喝茶。」

吳太妃已經被重重敲了一記，此刻沒有了拿喬的氣勢，低哼了一聲。「以後好好侍奉王爺，早日為王府開枝散葉。」說完伸手接茶杯。

就在她準備「滑手」的時候，安然卻牢牢握住了杯托。「太妃拿穩了嗎？安然要鬆手了哦，茶水還有些燙呢。」

吳太妃一震，這死丫頭會讀心術？還是一早就防著她？她咬著牙穩穩地接過杯子，放在唇邊碰了一下就放下了。王嬤嬤放了一個早幾年前宮裡賞賜的金鑲玉步搖在托盤裡，是吳太妃給的見面禮。

安然謝過，站起身，看著吳太妃那一臉吞了蟑螂的表情，心裡樂開了花——本姑娘那麼多宅鬥小說和電視劇可不是白看的，這樣被人用爛了的伎倆還在用？真是小兒科！

安然送給吳太妃的回禮是一疋撒花錦緞，錦繡布莊新出的面料，上面的牡丹花都鑲著金邊。

眾人暗自驚呼，那個一身翠綠的夫人卻似乎好不容易抓到了攻擊的機會——

「就一疋布啊……」尾音拖得老長。

吳太妃對那牡丹錦緞稀罕得不得了，眼睛都快看直了，卻是順著綠衣夫人的話。「小輩的心意嘛，不用計較，雖然我不喜歡這麼花的面料。」

不料安然當即恭恭敬敬地回道：「送禮物自然要人喜歡，太妃不喜歡不必勉強。舒安，把錦緞收回去，冬念，拿那對宮裡新賞賜的金鑲玉手鐲來，太妃一定喜歡。」

吳太妃氣結，她真沒想到安然一個新婦如此桀驁不馴，不過她能說什麼，人家一臉恭敬，說的話還好聽，既然妳不喜歡，人家就換妳喜歡的，總不能說自己不喜歡金鑲玉首飾吧？不喜歡妳還送給人家金鑲玉步搖？妳送幾年前的舊款，人家送新款，妳送一根，人家送一對，妳還能說什麼？

冬念捧上手鐲，吳太妃只得笑著讓王嬤嬤接下，看見舒安抱著那疋錦緞回去了，她的笑比哭還難看。

誰都知道錦繡布莊定下的規矩——每新出一種面料，第一批只出三十八疋，還要分到整個大昱的各大市場，三個月以後再出一百八十八疋，半年以後才全面鋪貨。所以，能最先用上錦繡布莊的新出面料，簡直就是身分和財力的象徵，還大大出盡風頭。

而且一個月以前，錦繡布莊就放出風聲，這個月會推出兩種女用花色面料，其中一種叫「國色天香」的是限量版，只會出八十八疋，一年之後才會再織，聽說那些持高級貴賓卡的還要排隊競價，普通顧客就更別指望了，說是千金難求都不為過。

牡丹花不就是「國色天香」嗎？吳太妃真是腸子都悔青了。

綠衣夫人完全震住了，不知道要說什麼，雖然她家現在的光景讓她沒有財力去關注錦繡布莊新出款和高檔面料，只能買些大眾款，但她還是有點眼力勁的，像剛才那疋花色面料一定很值錢，而且很稀有。現在市場上僅有的兩款花色面料都是錦繡布莊推出的，是男裝用的暗花紋，而那疋豔麗的牡丹錦緞一定是剛剛推出的女用面料，那得多值錢啊！看見吳太妃那張比哭還難看的笑臉，綠衣夫人悄悄地往後躲去。

鍾離浩靠在太師椅上，一臉驕傲地看著安然同吳太妃「暗鬥」，暗爽得不得了。欺負他家然然年紀小？看看以後沒地找哭去。

安然為了讓他放心，早就跟他說過，她在原來那個世界看了很多真人演的話本，都是像大昱這樣朝代大戶人家的「宅鬥」，他的小丫頭還說憑著她看來的經驗都可以給吳太妃這些人當師傅了。呵呵，就讓她玩吧，反正自己小心點護著她就是。

給吳太妃敬過茶後，安然就回到鍾離浩身邊坐好，鍾離浩說過，其他人都只有向她見禮的分。

安然給鍾離浩的幾個弟弟妹妹都備了禮——二爺鍾離麒是美麗花園男裝鋪新出的一款錦袍，三爺鍾離麟是一套上好的徽墨加一件錦袍，唯一的嫡出小姐三小姐鍾離菡是一件美麗花園襦裙加一支珍珠步搖，許側太妃所出的大小姐鍾離青和姬妾所出的二小姐、四小姐都是一支新款步搖，只是鍾離青的步搖上鑲嵌了兩顆紅寶石，要相對貴重一些。

安然的禮物都是極拿得出手的，嫡庶之分也很清楚，無可挑剔。加上剛才吳太妃明顯的

「重大損失」，沒有人敢發牢騷，都趕緊先收好了東西謝過。

至於許側太妃和先王爺留下的兩名育有女兒的姬妾，安然也意思了一下，一人給了一疋中等檔次的面料。

幾位爺和小姐剛退下，吳太妃趕緊介紹她的大哥大嫂、二哥二嫂，還有姊姊姊夫，生怕鍾離浩和安然起身進宮去。多拿幾樣禮物也是好的，更重要的是見過禮以後好經常進府做長輩，行事也方便，那位綠衣夫人正是吳太妃的娘家二嫂。

吳太妃看著安然笑道：「來，安然，快來見見你們的舅舅、舅母。」

安然一臉「驚訝」地看向鍾離浩。「兩位舅舅我在敬國公府已經見過很多次了呀，連庶出的幾位都見過，他們是？」

鍾離浩心裡笑翻了，面上一本正經地答道：「是鍾離麟和鍾離菡的舅舅。」

安然恍然大悟。「哦，是吳家兩位老爺啊。太妃您這是怎麼了？二爺、二小姐還有四小姐可以跟著叫舅舅，王爺和本妃可不行，要是讓敬國公府的舅舅們知道了可不得了，那是對太后娘娘家家族的不敬，也是對太后娘娘的大不敬呢！」

吳家曾經犯過事，雖然沒有抄家滅族那麼嚴重，但也是剝奪了爵位，貶為庶民，怎麼可以跟先太妃的娘家兄長敬國公相提並論？何況還有太后娘娘在呢！

吳太妃差點沒有背過氣去，她的幾位兄姊嫂嫂嚇得趕緊跪下來，連說不敢。這麼大的帽子扣下來哪裡敢接？他們才不敢跟太后娘娘稱姊道弟。

有的時候事情就是這樣，從不同的角度去談，結果天差地別。同一件事，你可以看成是府內的家務小事，也可以「分析」成天大的陰謀，尤其是在這個皇權社會，皇家的一切不可侵犯。

南征「適時」地走到鍾離浩跟前提醒。「王爺、王妃，時候不早了，該進宮了。」

鍾離浩拉著安然站起。「是啊，別讓太后姨母和皇兄皇嫂等我們，趕緊進宮吧。」

安然暗笑——這個腹黑的冷面狐狸，配合得真好，平日都是稱太后伯母，今天改成太后姨母了，哈哈。

眼見吳太妃和吳家幾人的臉色越發慘白，安然不露聲色地給吳太妃福了個禮。「太妃你們慢慢聊，王爺和本妃先告辭，進宮謝恩去。」

鍾離浩轉身前丟了一句。「對了，太妃，昨天下毒謀害王妃的那個什麼小紅，她的家人已經全部被捉拿歸案，送到京城府尹那裡去了，按照律法應該是要送到西北為奴。這會兒府尹的人已經候在前院，您讓管家把案犯交給他們吧。」

鍾離浩和安然還沒走出門，就聽到「撲通」一聲震響，原來是許側太妃暈倒了。

安然奇怪地回頭看了一眼，就被鍾離浩拉走了。

一上馬車，鍾離浩便把安然摟進懷裡重重親了一下。「寶貝兒，我的寶貝然然，妳太厲害了，哈哈哈。」

安然好笑地推開他，整理好衣服，一會兒要進宮，縐兮兮的可不讓人笑話？不過她很是好奇。「浩哥哥，你們一個晚上就弄清楚那個小紅的來歷啦？不會是許側太妃的人吧，要不她怎麼好好的暈過去？」

鍾離浩抓起安然的手啄了幾下，笑道：「然然真聰明，那個小紅就是鍾離麒的表妹，許側太妃親二哥的女兒。」

安然驚道：「也就是說許側太妃二哥一家都要被送到西北去了？」

鍾離浩無謂地聳聳肩。「下毒謀害親王妃可是株連大罪，沒有連許側太妃母子一起拔起來，已經是我給他們的最後一次機會了。不管怎麼說，鍾離麒和鍾離青都是父王的親生兒女，現在我們又是新婚，就再放過他們一次，希望他們真的知道收斂。」

王府，許側太妃的院子裡，剛剛醒過來的許側太妃哭著捶打自己最疼愛的兒子鍾離麒。「你不是說萬無一失嗎？你不是說王妃身邊只留有一個不會醫的丫鬟嗎？現在不僅搭上你表妹，還把你二舅一家全害了。你怎麼這麼狠心、這麼狠心啊？」

鍾離麒懊惱道：「我也不想啊，誰知道那個女人這麼厲害，還是表妹露了馬腳。您當時也不反對做這事啊，可是這種事只能交給自己人，又不能是府裡的，以免將來碰上，因此表妹才主動提出幫我們的。」

許側太妃的這個二哥從小就被過繼給叔父，前幾個月才認回，一家人都還沒在慶親王府出現過。

鍾離青焦急地喊道：「你們不要擔心二舅了，還是先擔心我們自己吧。二舅他們也真是的，不是昨晚就讓他們跑了嗎？怎麼還會被抓到？他們要是供出我們怎麼辦？」

許側太妃慘然一笑。「妳不用怕，鍾離浩一個晚上就查清楚妳表妹的身分，還把人直接抓了，早知道這事與我們脫不了干係，他只是大婚不想下狠手，而且他跟你們父王一樣，根本不屑我們，只當我們是跳梁小丑罷了。」

鍾離麒臉色發白，握緊的雙拳上青筋暴起。

# 第八十六章　原來是她

安然二人到慈寧宮的時候，皇上和皇后已經先到了。

看見安然的眉眼之間增添了一分少婦的柔媚，鍾離赫的心裡仍然隱隱作痛，不由又想起那日在御書房裡安然的嬌美，這輩子，那份嬌美已經注定只屬於另一個男人……

不過，他確信那個男人有心、也有能力護著她，他們此生定能夠幸福甜美，這就夠了，不是嗎？前世，他對她有愧疚，今生，他希望能看護著她的幸福，來生，他才能安心地牽起她的手。

太后見那小倆口，卻是越看越開心。先慶親王是先皇的幼弟，先王妃是她最小的么妹，而這個侄兒兼外甥跟她的孫子都差不多大，又是在她跟前長大的。在太后心裡，她對鍾離浩的感情就如那些老來得子的人對么兒的寵愛。

現在，這個自小可憐、幾經生死的么兒總算有了一個家，有了自己心愛的女子，太后可不卸下心頭一塊重石？如果鍾離浩真的如之前傳言的那樣對任何女子都沒有興趣，她還不心疼死？都不知道百年之後怎麼去見自己的小妹和妹夫。

安然和鍾離浩陪著太后說了一會兒話，幾位王爺就攜家帶眷來給太后請安了。說是給太后請安，可是來得這麼齊整，宮裡誰都知道這是讓慶親王妃認親來了。宮裡消息傳得快，很快，跟後宮各位主子、小主相關聯的人家就收到消息。看來慶親王府那位太妃真的是被皇家厭棄，被太后壓得死死的。太妃都沒力氣了，其他幾人就更蹦達不了幾天，還是離他們遠點，免得得罪了王爺、王妃兩位正主。當然，這些都是後話，而且不在安然和鍾離浩的關注範圍內。

鍾離浩這些伯伯、堂兄皆是皇族子弟，如今都是王爺、郡王之流。鍾離浩這對小夫妻又是皇上和太后面前的紅人，見面禮自然不可輕慢。磕頭、見禮一圈下來，安然收入頗豐，心裡盤算著這一圈的收入頂她賣幾件衣服、多少疋布。

鍾離浩見安然烏眼溜溜開小差的樣子，就知道她又犯了「財迷癮」，暗自好笑。整個大昱，比他們夫妻富裕的沒幾家了吧？他原先並不是很在意錢財，不過現在錢財能讓他的財迷小妻子開心，也算有點意義了。

一派歡樂的氣氛中，突然傳來尖銳刺耳的女聲——

「啊呀呀，本宮來遲了，今日母后這慈寧宮可真熱鬧，本宮一早去尚食局和尚儀局安排所以遲到了，還請新郎新娘不要介意。」

這幾年，德妃居四妃之首，雖然還沒有封為貴妃，但一直在「為皇后分憂」，接管了近一半事務，還多是「重要崗位」。皇上現在雖然不像以前那樣「獨寵」德妃，但她沒有明顯錯處，也不好一下收回她手上的權力，而且德妃相貌與前世的安然一模一樣，皇上還是有些憐惜，「不看僧面看佛面」嘛！他對皇后有著因為身體原主而生出的責任和愧疚，對德妃，卻是曾經「利用」她而感到歉疚。

德妃先向太后、皇上和皇后行過禮之後，才坐到自己的位子上。「安然那孩子呢？我這可精心準備了賀禮呢。」

自從出了二皇子和冷紫月的事，德妃很清楚鍾離浩已經知道自己在算計他，是不可能再有機會「交好」了。既然不能為她所用，也不能留給皇后那個賤女人和三皇子，她記得那人說的話——「可用，賂之；不可用，毀之。」

而且，不能為己所用後，她更加憎恨鍾離浩，若不是他多管閒事，三皇子現在早已「病死」了。三皇子一死，視兒子為唯一支柱的皇后就算不死，也會成了行屍走肉的活死人。還有，若不是他橫插一槓，安然就能成為二皇子妃，為她和二皇子增加財力和福運、拉攏大長公主和大將軍王府。

偏偏以鍾離浩的實力和狡猾，以及皇上對他的信任，不是輕易動得了的，搞不好沒傷到他分毫，反而害死自己。他不是愛重冷安然嗎？或許可以從她那兒下手。

安然聽到德妃指名召見她，便對燕王妃笑了一下，向德妃這邊走來。其實一開始，她還是挺喜歡這個長得跟自己一模一樣的古代女人，誰又會討厭一張跟自己一個模子刻出來的臉呢？前世可是看了三十多年了，而且，前世的自己長得像老爸，對著這張臉，還可以懷念一下遠在另一個世界的父母。

不過，自從那件事發生，後來又聽鍾離浩說了他對德妃毒害三皇子的懷疑，她只能感慨古代皇宮就是製造惡毒女人、變態女人的溫床。女人一旦捲入皇位之爭，比男人更狠更惡。

氣只氣這個可惡的女人，頂著自己前世的臉，想著就彆扭，虧得自己還曾經懷疑這女人是自己的轉世。老天啊，千萬不要，她冷安然雖然不是大善人，可也不要做一個蛇蠍毒婦啊！

安然一臉招牌式的微笑，款款走向德妃，突然，她愣住了，連腳下的步子都頓了下來。德妃身後那個嬤嬤，不就是那天站在大鬍子身旁的「農婦」？難怪她事後在腦海中梳理了一遍自己在莊子上見過的所有人，就是沒有找到答案。原來，那人不是真的農婦，只是喬裝打扮的假農婦。

可是，德妃的貼身嬤嬤為什麼要喬裝打扮成農婦呢？她跟那個大鬍子又是什麼關係？既然不是真農婦，自是不可能在向那大鬍子賣東西，鬼鬼祟祟，一定不是什麼好事……哼，別不是給老大戴綠帽子吧？安然惡趣味地想。小說、電視裡都是這麼安排的，那些紅杏出牆的女人總是透過貼身嬤嬤、貼身丫鬟之類的人與姦夫互遞信息。

旁邊的人見安然突然停下腳步發愣，很是奇怪。鍾離赫和鍾離浩則是在想——然然還是不習慣面對著一張自己前世的面孔？

安然很快回過神來，先是不動聲色地向德妃行了禮，然後不好意思地笑道：「臣婦上次就沒想起來是否在哪裡見過德妃娘娘，今日又失態了，還請娘娘寬恕。」

德妃本是心中疑惑，此刻聽了安然的道歉，又想起她第一次見到自己時目瞪口呆的樣子，相比較起來，今日這麼小小發愣倒是沒什麼奇怪，遂笑著擺了擺手。「無妨，安然覺得本宮面熟，也是一種緣分不是？來，這是本宮的一點心意。」

尤嬤嬤捧了一個紅色錦盒過來，裡面是一套紅珊瑚首飾，包括一條珠鍊、一對手鐲，還有一對耳璫，那紅珊瑚一看就是極品。

安然趕忙謝過，讓舒安收了錦盒。

德妃一副語重心長的長輩模樣。「妳這麼年輕，平日裡穿著卻是素淡，多戴這套紅珊瑚，不但喜氣，還有養顏保健的功效呢，不如現在就換上？」

安然恭恭敬敬地答道：「昨日太后伯母新賜了一套紅玉首飾，臣婦今早剛戴上呢。謝德妃娘娘美意，臣婦日後必定常戴紅珊瑚。」

安然這麼說了，德妃也不好再勉強，難不成讓安然把太后賜的首飾摘下，換成她賞的？她的面子還沒有那麼大。

在太后宮裡吃了午宴，皇后又在坤寧宮設晚宴，一直到月亮上來了，小夫妻倆才被放出宮。下了馬車，兩人沒有乘坐轎子回靜好苑，而是攜手走回去，當作散步消食。

今日的夜空，連一絲雲彩都沒有，皎潔的月亮漸漸升向高空，調皮的點點繁星三三兩兩地冒出，爭相眨著眼睛。

自古，天空就是一個神奇的所在，人們總是寄予它無數美麗的幻想——救苦救難的菩薩、巧手織出雲彩的仙女、降甘露於人間的雨神……即使到了高科技的現代，人類已經飛上太空，知道天上沒有美麗多情的仙女，月球上也沒有桂花樹和砍樹的吳剛，可是，天空、月亮、星星、彩虹……仍然寄託了人們各種各樣的感情和思緒。

這個時空是不是也是銀河系中的另一個地球？在自己原來那個世界仰望星空，能否看到她如今所在的星球？自己來這裡三年多了，那個世界的時間又是多久？父母、家人還好嗎？應該不再傷心了吧？安然的眼眶漸漸濕潤。

鍾離浩敏感地察覺懷裡仰望天空的妻子情緒不對，長長密密鬈翹起的睫毛上有水光閃亮，他知道安然又在想念另一個時空的父母了。

鍾離浩輕輕摟著安然柔聲說道：「也許然然的爹娘此時也在看著星星想念然然呢，天上的星星會告訴他們然然在這裡很好，有很愛很愛她的相公陪著她、照顧她，然然的爹娘就會很開心、很放心地繼續好好生活……然然快看，那顆最亮的星星對妳眨眼呢，一定是妳爹娘對著它想念妳，現在星星把他們要說的話轉達過來了，讓然然知道妳爹娘過得很好，也很想妳呢。」

安然「噗哧」一笑，反手抱住鍾離浩，貓在他堅實溫暖的懷裡，那裡有讓她安心的味道。回不去了，傷感也沒用，而且現在這裡也有了她的牽掛，有同樣愛她的愛人、親人和朋友。

「然然，妳不是說在你們那個世界，男人和女人可以在一起工作、做朋友？皇兄和妳還是好朋友啊，下次皇兄偷溜出來的時候，可以跟他說說你們那個世界好玩的事，就沒有那麼想家了。」鍾離浩大氣貼心地提議。

安然抬起頭看著他，打趣地問：「哦？可以嗎？你不吃醋啊？嗯，不對，你不是不讓我告訴老大你已經知道所有事了？」

鍾離浩緊了緊手臂，低頭重重吻了一下安然。「吃醋，當然吃。所以然然以後都要好好疼我，好好補償我。」說著曖昧地往安然耳裡吹進一口氣。

「色狼！」安然大羞，推開鍾離浩，一跺腳，往臥室的方向跑回去了。

鍾離浩笑呵呵地對著逃走的人兒喊了一句。「然然先回屋休息，我去前面書房一下，很快就回來。」看見站在遠處的舒安和舒敏跟上了安然，鍾離浩才走出院門，愉悅的笑容還掛在臉上，捨不得褪去，看得守院門的兩個婆子不斷唸著阿彌陀佛、太妃保佑。當然，她們口裡的太妃是已故的先太妃，而不是現在府裡的吳太妃。

鍾離浩的書房本來在自個兒的院子裡（現改名靜好苑，因為安然很喜歡「唯願歲月靜好，我心安然」這兩句話），現在靜好苑裡有了女主人，南征他們不好頻繁地進進出出，鍾離浩就在前面的院子增設了間外書房，這個院子住著鍾離浩的四大隨從——南征、北戰、東成、西勝。跟靜好苑一樣，這個院子裡侍候的也都是先太妃和先王爺留下的人或其子女，在這裡設書房談事也方便。

剛才在馬車上安然提供的消息讓鍾離浩既興奮又不安，原來那日跟大鬍子趙煊碰面的農婦竟然是尤嬤嬤。興奮的是多了一個找那人的線索，虎衛已經鋪開搜索網查探，一直沒有查到那人可能還活著的跡象。何玉母女自從進了慶親王府，並沒有出府過，盯著她們的人也沒有發現可疑的形跡。

不過現在安然發現跟大鬍子接觸的人竟然是德妃身邊的尤嬤嬤，就多了一條跟蹤探查的路線，只要有接觸，一定還會有第二次、第三次。

既然有德妃介入，鍾離浩更加肯定那個大鬍子就是八年前本該死了的那個人——晉王趙煊。

自己五歲時無意中撞見的那一幕他一直記得。而讓他不安的也正在於此，如果當年那一幕不是誤會，那麼，當年晉王起事、謀劃刺殺、黑衣死士劫去太子也就是當今皇上等事，是否有德妃做內應？當然，德妃那時還只是葉良媛。

本來他想等查出點眉目再上報皇上，不過現在既然懷疑了德妃，還是要先跟皇上通個氣，畢竟若是枕邊人要謀害皇上，機會可要大上許多。

# 第八十七章 回門

第三日是新娘子回門的日子，一早，君然帶著瑾兒就來王府接人了。一進靜好苑，看見迎上來的安然，一大一小兩人圍著安然轉了兩圈，上下左右前後檢查了一遍，還算滿意地討論起來——

瑾兒說：「大姊姊好像更白了。」

君然說：「沒瘦，不過也沒胖。」突然想起自家姊姊最怕人家說她長胖了，趕緊補上後面那句。

瑾兒又說：「祖母說，要看氣色是不是紅潤。哥哥，氣色紅潤是不是就是臉紅撲撲的？大姊姊的臉還滿紅的。」

君然回道：「嗯，還行，看著挺精神的。」

安然好笑，這倆孩子在幹啥呢？白、胖、紅潤？精神？挑小豬仔呢？

鍾離浩則暗自慶幸，昨晚自己回來時安然睡著了，他卻摟著香香軟軟的嬌人兒獨自煎熬，又捨不得放開，結果快到天亮才算迷糊了兩個時辰。

他慶幸自己只是輕手輕腳地偷偷親親摸摸，究竟是忍住了沒有折騰醒小妻子，否則這會兒若是寶貝兒頂著個黑眼圈，像之前那樣手腳發軟，眼前轉圈圈的這兩小舅子會不會發飆，嚷著把他們姊姊搶回去啊？

府裡有長輩，無論如何，君然和瑾兒既然來了，還是要去向吳太妃問安的。

吳太妃的廳裡還是一堆人，不過吳家那些舅舅舅母姨母姨父之類的都趕緊跑了，留下的都是「表妹」，還有何月瑤、何月盈姊妹，聽到丫鬟回報王爺王妃到，馬上各自較勁、擺出了自己認為最美的姿態和最甜的笑容，希望能借這個難得的機會一舉吸引王爺的目光贏得青睞——沒辦法，平日裡她們沒有機會見到王爺啊！

安然等人一踏進門就覺得要發暈，著實是滿眼花花綠綠，滿屋子的香氣。

吳太妃見到君然的臉，就知道他是誰了。「呀，三元及第的狀元郎吧？真是年輕！小小年紀就在御前行走，前途不可限量啊！」如果是冷府其他兒子來，吳太妃不會理會，可是這個夏君然不一樣，背景強大，才十六歲就伴駕左右，聽說頗得重用。

三元及第？狀元郎？御前行走？那群少女的目光狂熱地投向君然，才十六歲欸！如此風度翩翩、儒雅俊美，比王爺那張冰山臉溫和親切多了。坐在太妃身側的鍾離菡突然雙頰緋紅，心兒撲通撲通地狂跳。她上個月剛剛及笄了，吳太妃正在留意挑選優秀出眾的兒郎。

見安然等人行完禮，兩位侍妾生的王府庶女鍾離靜、鍾離嫣趕忙上前向鍾離浩和安然還有瑾兒行禮。鍾離菡幾人卻連動都沒有動，她們平日沒什麼機會見到鍾離浩，安然又是新進府的，心高氣傲慣了的幾人還沒有行禮的自覺呢，又見鍾離菡沒動，自然跟著了。鍾離靜和鍾離嫣行完禮才發現只有她們二人在行禮，滿臉通紅，緊張地偷瞄了一眼吳太妃。

安然不動聲色地拉起兩位庶妹。「靜兒、嫣兒，兩位妹妹可願意陪我回門？不過比較辛苦，我要先回冷府，再回大長公主府，奔波了些。」

大昱的習俗，新娘子回門，可以帶未出閣的小姑陪伴，如果沒有小姑，還可以選擇交好的夫家表妹。

鍾離浩一向跟府裡的庶弟庶妹們沒有交集，所以鍾離菡、鍾離青她們也沒指望過，可是現在王妃竟然向兩個最微不足道的庶女發出邀請。

鍾離菡憋紅了臉。

「大嫂，她們是侍妾生的。」

安然莞爾一笑。

「我只知道，她們是父王的女兒。二妹妹、四妹妹，妳們不願意嗎？」

呆怔的鍾離靜和鍾離嫣這才回過神來，鍾離靜年長些，總算敢出聲。「王妃……真……真的可以嗎？我們……我們是……」

安然的手輕柔地拍在她的肩上。「妳們是父王的女兒，我的小姑子，不是嗎？」

鍾離靜二人含著淚直點頭，她們當然是父王的女兒，父王在的時候，也很疼她們，可是……她們又怯怯地看向從來沒有跟她們說過話的大哥鍾離浩。

安然發覺，輕扯了一下鍾離浩的衣袖，他才面無表情地說道：「聽妳們大嫂的。」

安然腹誹——真是惜字如金！對著兩個小姑娘，還是自家妹妹，擺一副冰山臉做什麼？

鍾離靜和鍾離嫣卻是為大哥難得的一句話歡欣至極，顫聲答道：「是，大哥大嫂。」大哥說的是大嫂，不是王妃！那她們自然可以叫大哥大嫂了。

躲在角落侍候的兩個侍妾都用力地掩住嘴轉過身，生怕自己控制不住嚎啕大哭出來。現在王爺王妃肯認這兩個庶妹，靜兒和嫣兒以後的日子一定不會太難過。至於她們自己，吳太妃一定會因此更加刁難她們，可是她們不在乎，她們活著，只是希望能看著自己的女兒熬出頭，正正經經地許個好人家，現在有王妃在，想必不會任由吳太妃把她們隨便發配出去了。

吳太妃很是不滿，要帶小姑，自然是帶菡兒，菡兒可是王府唯一的嫡女，菡兒長這麼大還沒見過大長公主那個姑母呢！可是回門帶小姑並不是硬性規矩，更沒有規定必須選嫡不選庶，她只能淡淡地說了一句。「靜兒和嫣兒都沒有出過王府，規矩禮儀也沒學好，教導嬤嬤總是告狀呢。」

鍾離靜二人急得眼淚都要出來了，教導嬤嬤平日根本不用心教她們，只是一味責罵，隨便找個藉口就讓她們到角落「反思」，不准上課。幸好鍾離靜的姨娘以前是先太妃的陪嫁丫鬟，熟悉不少規矩禮儀，私下偷偷地教她倆……可是大嫂不知道啊！如果大哥大嫂相信了太妃說的話……

安然還未開口回答，八歲的瑾兒先「一臉奇怪」地問鍾離浩。「表叔，你們府裡的規矩不一樣嗎？我看這兩位表姑的規矩禮儀很好啊，剛才只有她們知道行禮，其他人連簡單的行禮都不會，祖母見到肯定要生氣罵人。大姊姊，妳說是不是？」

鍾離浩心裡為瑾兒的話叫好，面上卻是黑沈。表叔？大姊姊？真是亂套了！君然拉了一下瑾兒，瑾兒才反應過來。「哦，不對，是九表嬸。」祖母交代了，要隨表叔的輩分叫，以後要叫大姊姊九表嬸。

吳太妃和鍾離菡被瑾兒的話嗆得幾乎要氣暈過去，鍾離青和其他一眾表妹也都是面色發青，依小王爺的意思，她們都是沒規矩的，連行禮都不會？

鍾離浩冷冷說道：「好了，時辰差不多了，我們走吧。靜兒、嫣兒，帶上貼身侍候的丫鬟。」

鍾離靜二人趕緊應了，大哥不但跟她們說話，還叫她們靜兒和嫣兒呢！

鍾離菡看著一行人走出去，急得拉住吳太妃的手撒嬌。「母妃，我也要去。」

吳太妃長嘆一聲。「妳想去讓大長公主趕出來嗎？」這個女兒被她嬌慣了，看到那兩個賤丫頭行禮，都不知道彌補，她總不能當著那麼多人的面提醒吧？想著鍾離浩和安然馬上就要回門去，應該也不會太注意，誰知……

最該死的就是那兩個賤丫頭，平日不吭一聲的，關鍵時候才冒出來。不對，她們不是沒學什麼東西嗎？怎麼剛才的行禮做得那麼規矩到位？難道是偷學的？以後要提醒教導嬤嬤趕她們去教導室外邊「反思」才行。

其實她很想直接不讓她們進教導室，可是，王府不比一般大戶人家的後院，先王爺的姬妾又少，除了許側太妃，有生育的侍妾更是只有兩位，如果她做得太明顯了，一直盯著她的太后絕對不會放過她，傳出去還會影響鍾離菡的親事。

鍾離浩沒有騎馬，跟安然一同坐馬車。瑾兒這個年齡最是坐不住，騎馬興致高昂，今天本來就是騎著他的小馬駒來的。舒安、舒敏則是知情識趣地到後面一輛馬車與鍾離靜姊妹同乘。

鍾離浩無聲地摟著安然，下頷擱在安然的肩上，很久很久，才滿含深情地呢喃了一句。「然然，謝謝妳！」

安然環住鍾離浩的腰，軟軟地靠在他的胸前。「傻瓜，我是你妻子，她們也是我的妹妹。」

鍾離靜的姨娘崔氏是先太妃的陪嫁丫鬟，對先太妃忠心耿耿，先太妃病重的日子，都是她沒日沒夜地在照料。鍾離浩四歲那次中毒被當作受寒，先王爺又在津城辦差未回，也是崔氏先發現不對勁，想辦法讓丫鬟通知了她認識的李掌櫃，去求了大長公主帶著其他御醫來探病。為了不連累崔氏，李掌櫃只說是自己聽府裡人說了世子的症狀，有所懷疑才去求了大長公主。

而鍾離嫣的姨娘喬氏原先是先王爺書房裡服侍的丫鬟，有一次先王爺借酒消愁，喝醉了突然到書房，看見喬氏在整理書桌，背影像極了先太妃，硬是抱上了榻。喬氏性子溫順，後來又懷了鍾離嫣，就抬了做妾。

鍾離浩十歲那年，有一次去給先太妃掃墓遇刺，幸虧先王爺帶著人趕來。直到先王爺病重，父子倆聊天，說起那事，鍾離浩才知道那天早上先王爺收到一張字條寫著「世子掃墓危險」。那張字條的字刻意寫得歪歪扭扭、看不出筆跡，但明顯是女人寫的。且先王爺聞出了墨的味道，他書房的墨與別處不同，製墨的時候就加入特製的藥水，在特殊情況時，他只要加入兩滴茶水磨墨，寫出來的字一盞茶的工夫就消失了，要用火燭烤過之後才會顯現出來。墨裡特殊的藥材味道非常輕微，只有像慶親王爺這樣長期用且知道內情的人才聞得出來。

而能夠進出書房的，除了先王爺，就只有抬為妾後仍然在書房侍候的喬氏。回府後，先王爺特意留心觀察喬氏，從來只躲在自己院子和書房的喬氏跟在不停詢問的吳太妃身後侍候，眼裡有著明顯的擔憂，當她聽到先王爺的隨從說救了世子時明顯鬆了一口氣，就告退回書房去了。

先王爺過世後，鍾離浩也想關照兩個可憐的庶妹，不過一來他習慣了冷漠，二來他相信即使給她們財物也守不住，而且吳太妃做為嫡母要「管教」她們是很容易的。但現在有了安然就不一樣了，安然做為王府的主母、兩位庶妹的大嫂，要做什麼比他方便多了。退一萬步說，就是「告狀」也比他方便，哪有大男人成天因為府裡內院的事向大長公主和太后「打小報告」，或在人前「說是非」的？

鍾離浩輕吻安然額角。「妳怎麼知道我想幫她們？」

安然笑道：「我不知道啊，我只知道你關心她們。昨天見禮的時候，其他人過來你都垂著眼，只有她倆過來你才打量了一下，嫣兒走開時，我見你還蹙了一下眉，是看見她額頭上的紅腫吧？還有啊，你跟我說到其他幾個都是直呼姓名，稱她倆卻是二妹靜兒、四妹嫣兒的。雖然只有一次，我還是聽出不同了。何況這兩個妹妹看起來也很懂事知禮，我挺喜歡。」

鍾離浩重重吻了一下安然的唇。「寶貝然然，妳還說妳不是小妖精？我想什麼都逃不過妳的眼睛。」

鍾離浩把從前的事簡單說了一遍。「說起來兩位姨娘也算救過我，而且崔氏還是我娘的人，妳以後就多護著她們一點，也算我們對父王的一點孝心。怎麼說她們都是我妹妹，父王在的時候，還是挺疼她們的。」

一路談論著，原本較遠的路程似乎也短了。到冷府的時候，依然是冷弘文帶著所有人到門口迎接，冷弘宇一家也早早到了。

因為還要去大長公主府，安然等人只是在冷府用過午餐就離開了。冷弘文當然不會也不敢反對。冷老夫人則是求之不得，又是王爺又是王妃的，身分太高，撈不到一點好處，還要反過來跪拜，她巴不得他們留下那車回門禮後就趕緊走，她也好去淘淘都有什麼好東西可以給她孫子留著。

安然離開時，無意中瞥到站在一棵大樹下的冷紫鈺，今天天氣晴好、豔陽高照，陽光透過樹葉，在地面上以及冷紫鈺身上映下斑駁的樹影。

從安然這個角度看過去，他的一邊側臉像是長了大鬍子……安然突然一震，盯著那半邊臉，想起為什麼那天會覺得那個大鬍子眼熟了，如果給冷紫鈺黏上一臉鬍子，可不像極了？連個子都一樣，矮壯敦實。

上了馬車，安然當作笑話講給鍾離浩聽，鍾離浩愣住。「真的那麼像？」他從來沒有正眼看過冷家那幾個人。

「當然是真的，你還不相信我的眼力？」安然笑道：「找個化妝師把冷紫鈺化老一些，再黏上大鬍子，保證一模一樣，難怪我那天會覺得那麼眼熟呢！」

鍾離浩呆怔了一會兒，似乎在努力回憶冷紫鈺的相貌，可惜實在沒多少印象，突然想到什麼，眼睛一亮，捧起安然的臉重重親了幾下。「寶貝兒，妳又幫了我大忙了。」

安然好笑，不過也沒追問，想起那天鍾離浩的著急模樣，應該是急於追查什麼跟那個大鬍子有關的事，可能自己說的哪句話剛好給了他靈感吧？她自己就經常這樣獲得靈感。

回到大長公主府，安然才真正有「回門」的感覺，大長公主坐在正中的主位上，笑得一臉開心，似乎年輕了十歲。「然兒、浩兒，以後你們要經常回來陪陪我這個老婆子，府裡太靜了難受，順便把靜兒和嫣兒也帶來。」

安然笑著應下，鍾離靜和鍾離嫣則是受寵若驚，大長公主姑母根本沒有像傳說的那樣凶悍，還很慈愛，不但給了她倆不少見面禮，還一人賞賜了一個大丫鬟。她倆原本都只有一個貼身丫鬟，還是剛進府不久的小丫鬟。不知道為什麼，吳太妃幾乎每隔一、兩年就找各種藉口換掉她們的丫鬟，丫鬟的身契都在吳太妃手上，她們也沒有發言權。

剛才，鍾離靜悄悄地把大長公主賞的兩個丫鬟的身契遞給安然。「大嫂，能不能求您幫我們收著？」

安然知道她們在擔心什麼，笑著讓舒霞收好。「她們是姑母送給妳們的，於情於理都沒人可以動她們。」其實她想說的是至少在府裡可沒人敢動，不過既然兩個小姑覺得放在她這兒安心，她就替她們收著好了，這古代庶女若是沒人護著，有時比丫鬟還不如呢！

用完晚餐，安然四人才回到王府，鍾離浩直接去外書房找虎衛的首領「幻影」談重要的事了，安然則是帶著鍾離靜和鍾離嫣去向吳太妃報歸請安。

吳太妃、許側太妃兩對母女看見大長公主賜給鍾離靜姊妹的兩個大丫鬟，鼻子都要氣歪了。這算什麼？監控？她們以後是不是都不能輕易對那兩個賤丫頭搓圓捏扁了？

鍾離菡和鍾離青則是對那兩個丫鬟捧著的大長公主的賞賜虎視眈眈，就聽到安然淡聲道：「太妃沒什麼事，安然就告退了。靜兒、嫣兒，大長公主姑母的賞賜，妳們都要收好，以後再去看望姑母，可要輪換著穿戴上，否則姑母會不高興的。如果妳們院子裡的丫鬟不會裁衣，明日我讓劉嬤嬤來教她們。」

吳太妃恨得直咬牙，拿大長公主來壓她們？不過她們還真是不敢動大長公主的東西，那個霸道的大姑舞起飛鳳鞭可是毫不留情，而且，姑母給侄女賞賜再正常不過，別說賜兩個丫鬟，惹惱了大長公主，說不定明日就賜兩個宮嬤來，太后一定樂於配合，她可不想真有兩個宮嬤來王府裡挑剔規矩。

她忍著氣，讓自己「和藹」地對安然笑。「安然既已進門，府裡的事務就應該交給妳打理，明早過來，我就把帳目什麼的都交給妳了，我也會把大管事們都找來。我的年紀大了，也需要好好休養休養，享享兒孫福了。」

安然面無波瀾。「既是太妃想休養，安然沒有理由偷懶，依太妃之命就是。」

# 第八十八章　初戰

第二日一早，安然睜開眼睛的時候天已大亮，鍾離浩神采奕奕地坐在床邊，見她醒了，探過頭來在她唇上親了一下。

「然然早安，餓了沒有？」他昨晚是盡興了，卻把寶貝兒給累到昏睡過去。

安然見他披著的頭髮還濕濕的，像是剛剛洗過，責備地瞪了一眼。「你洗浴了？怎麼頭髮也不絞乾？」

鍾離浩先叫了冬念進來服侍安然穿衣，接著才答道：「操練了半個時辰，怕汗味熏著妳，剛洗好，然然用完早餐幫我絞頭髮可好？」

安然穿好襦裙站起身，不等梳洗，就先讓冬念取了大棉巾過來，一綹一綹地，不是很熟練地細細幫鍾離浩絞著頭髮，嘴裡還在念叨。「一大早這麼濕乎乎地披著怎麼行，以後年紀大了會頭疼的。下次要早上洗頭，也等我起床了你再洗，聽見了沒有？」

「是，聽見了，下次不敢了。」鍾離浩享受著安然的貼心服務，雖然一下一下老是被扯疼，但聽著耳邊的嘮叨，心裡暖暖的，無比幸福。

安然覺得自己笨手笨腳的，好幾次都明顯扯到了鍾離浩的頭髮，可是他仍然笑呵呵的，一點異常反應都沒有。咳咳，得多練習幾次才行。鍾離浩不習慣用丫鬟，她也不想讓其他女人為自己老公做這麼親密的事，丫鬟也不行，所以有些事自己還是得學學，唉，如果有吹風機多好！

好一會兒才絞乾了頭髮，安然幫他束起髮髻，用玉冠固定好，得意地看著自己的傑作，突然想到一個問題。「昨日和前日是誰幫你束髮的？」現在小廝進不來，只有丫鬟。

鍾離浩看見安然眼裡的醋意和警告，把人摟在懷裡呵呵笑道：「我自己啊！然然放心，我從頭到腳都不會讓其他女人碰的。可是然然，我以後都不想自己束髮了，妳每日都幫我束髮可好？」

「好。」安然貓在鍾離浩懷裡很爽快地應下。沒讓丫鬟幫忙，堂堂親王爺自己束髮？真是好孩子，值得表揚。

兩人甜蜜蜜地用完早餐，安然就準備去吳太妃院子裡請安了。鍾離浩笑問：「要不要我陪妳？」

安然俏皮地眨了一下眼睛。「女人之間的戰術男人搞不懂，放心，我寧願吃苦，也不肯吃虧，你忙你自己的事去吧。」

鍾離浩大笑。「好吧，那妳好好玩，無論什麼事都有浩哥哥給兜著。我今日要去京郊一趟，中午應該趕不回來，晚餐前一定會回府。對了，然然，大管家文叔跟了父王三十年，很可靠；內管事李嬤嬤是吳太妃的一位遠房親戚。還有，我們靜好苑的事務和帳目一直是丁嬤嬤管著，她原先是母妃的貼身大丫鬟，一個多月前她兒媳病重，我讓她回去幫忙照應，今天應該會趕回來，妳看看有時間就把錢財帳冊接管過來，畢竟現在院子裡有妳這位主母了。」

話音未落，就聽到門口舒安的聲音。「王爺、王妃，丁嬤嬤求見。」

丁嬤嬤四十出頭，相貌慈祥，一身淺灰色滾邊對襟長衣長裙，髮髻紋絲不亂，整個人利索大方，除了眼下的青筋和嚴重的黑眼圈，氣質風度倒是比小戶人家的夫人還強。

丁嬤嬤恭恭敬敬地拜見了安然，還紅著眼眶表達了對早逝的先太妃沒能看見王爺娶親的遺憾。

安然看著總覺得哪裡不對，不是說丁嬤嬤不好，而是覺得這個人似乎心事重重，卻在用力強掩著，如果家裡真有事，鍾離浩不會不准假吧？何況是她自己傳信說要今日回來的。

不過，她這個王妃剛剛上崗，人家丁嬤嬤又是元老級資深員工，貿然提出疑惑不大明智，也容易產生誤會，慢慢看著再溝通吧。

安然親切地看著丁嬤嬤。「嬤嬤一早趕回，想來路途辛苦了，先回屋歇息，太妃今日要讓我接管府中事務，我得先過去。」

丁嬤嬤忙道：「謝王妃體恤，老奴昨日已回京，住在表侄女那裡，睡好了回來的，不累。王妃對府中各項事務、舊例不熟悉，還是讓老奴陪您過去吧。」

安然看到丁嬤嬤眼裡的真誠和關切，想想帶著她遇到一些事詢問起來也便利，笑著點頭道：「也好，我們回來後嬤嬤再休息。」

於是，安然帶著丁嬤嬤、桂嬤嬤、舒安和舒敏走了。鍾離浩想著丁嬤嬤對王府一應舊例、規矩再熟悉不過，吳太妃那些人若是想瞞騙安然沒那麼容易。桂嬤嬤又是宮嬤，說起各種規矩禮制，包括皇家規矩來，王府裡應該沒有人能說得過她。有這兩位嬤嬤陪著，他更放心地出府去了。

吳太妃的院子裡，一早就滿滿當當地來了眾多管事，在廳外候著。

安然到的時候，有丫鬟在門口大聲通報。「王妃到——」

一半的管事跪下行禮，領頭的人安然認得，正是大管家文叔。安然掃了站著不動的那一半人一眼，面無波瀾，走到文叔面前虛扶了一把。「文叔請起，我先進去給太妃請安，晚點再找文叔。」大管家趕忙恭敬地應下。

安然走進大廳，一堆表妹、妹妹今日總算「知道」行禮了。不知是因為昨日被瑾兒點出，大丟臉面，害怕影響到閨譽，還是做給門外一眾管事看的？

安然剛請了安，吳太妃就「語重心長」地說道：「新婚才幾日是比較辛苦，不過本妃昨日已經說了今天會請各位管事來，安然遲遲才來會被認為不夠體恤大家，管事們都有很多事要忙，以後要注意一下。」

安然笑答。「太妃教訓得是，不過，如果安然沒有記錯，王府慣常請安的時間是辰時中，議事的時辰是巳時初。太妃昨日沒有特別交代要提早，還是通知了其他人卻忘了安然？又或者是，安然看錯了沙漏？請問王嬤嬤，這裡可有沙漏？現在什麼時辰？」

吳太妃一窒，她身後的王嬤嬤卻是苦著臉，硬著頭皮。「回王妃，現在是辰時三刻。」

門外候著的管事中有不少人開始交頭接耳——

「原來沒有通知王妃時間提早到辰時初啊！」

「難怪了，我就說王妃不是這樣的人。」

「就是，我有親戚的朋友在大長公主府當差，都說王妃待人好，重規矩。」

「真是的，昨晚那麼晚突然間通知說今天提早一個時辰見王妃，卻忘記告訴王妃本人，這誰辦的事啊？」

「咳咳！」站在大樹下一個肥肥的女人瞪了大家一眼，馬上安靜了，誰都知道李嬤嬤是太妃的心腹，還是莫要讓她抓到小辮子的好。

正握著小炭筆寫字的舒安淡淡地看了李嬤嬤一眼，眼神平靜，也沒有說什麼，卻生生讓李嬤嬤打了個寒顫。

吳太妃也聽到了門外的動靜，臉色陰沈，她沒有想到，安然這麼一個不到十七歲的新媳婦如此尖銳，不該是當場愣住，然後委屈地認下嗎？就算回去之後想起來什麼，總不能再跑回來跟她這個婆婆論理吧？還有，她才進門三日多，怎麼知道管事議事的時間？還反應得這麼快？可見非常熟悉。

安然若是知道吳太妃此時在想什麼，絕對笑翻。其實真是趕巧了，剛才丁嬤嬤給了安然一本手寫的冊子，正是王府規矩、舊例和一些注意事項。安然坐在轎子裡翻看了與管事相關的幾頁內容，想著先瞭解一下，沒想到這麼快就用上了。她現在的記憶力，怎一個「好」字了得？至於反應快，嘿嘿，她曾經一人與合作方四位商戰高手談判，令他們四人大冷天額頭冒汗，相比之下，這還不就是小菜一碟？

吳太妃冷喝一聲。「王嬤嬤，妳昨晚是不是忘記去靜好苑通知王妃了？」

王嬤嬤趕緊走到安然面前跪下。「王妃，是老奴忘記了，請王妃寬恕，是老奴對不起王妃，還請王妃責罰。」

安然「驚訝」道：「王嬤嬤，妳嚇糊塗了？妳哪有對不起本妃？本妃又沒有交代妳做事，妳又哪來的忘記？至於說責罰，本妃現在還沒有管家，也不應該是本妃責罰妳不是？就算本妃接管家務了，也只會遵照王府規矩責罰，該怎樣怎樣，無規矩不成方圓，沒的讓人家說本妃處事不公，笑話在本妃打理之下的慶親王府沒有規矩不是？」

吳太妃氣得臉色鐵青，她無可奈何推出王嬤嬤做替罪羊。王嬤嬤也機靈，馬上撲過去求安然。安然新進門，總不會想落個「心狠手辣」的惡名，想必會替王嬤嬤說情，吳太妃再「看在王妃的面子上」，輕罰一下王嬤嬤就是。

誰知安然三言兩語就把事情完全推開了，不但明說王嬤嬤犯的錯與她無關，她無權、也無須責罰或寬恕，話裡話外還暗示了如果太妃不按規矩處置王嬤嬤，就是令王府沒有規矩的不合格的當家主母，王府所有的大、中管事都在門外看著呢！

吳太妃身旁坐著的鍾離菡忍不住了，「好意」地為王嬤嬤解釋。「大嫂，王嬤嬤是違犯了母妃的指令，但她其他人都通知到了，就只是沒有通知您，也就是說只要您原諒了她，為她求情，母妃就不會重罰她了嘛。」

吳太妃心裡暗暗叫苦，這個女兒太嫩了，偏偏自以為聰明。

果然，安然「苦」著一張臉。「對哦，本妃怎麼沒有想到這一點？王嬤嬤，本妃剛進府，哪裡慢待妳了，還是什麼時候得罪了妳？為什麼妳通知了所有人，偏偏只『忘記』了本妃？難道是本妃在妳眼裡微不足道？唉，難怪太后伯母和大長公主姑母都說本妃太年輕了，容易被人小看。」

這個帽子扣得太狠了，字字誅心啊！王嬤嬤真正是雙腿發軟，連跪都跪不住了，直接癱在那兒。

安然還在繼續「懊惱」。「本妃就是太單純了，多謝三妹妹提醒。呀，舒安，妳就別記了，本妃可不想被太后伯母和大長公主姑母笑死。」

記？記什麼？門裡門外的人有不少都注意到舒安一直拿著一根奇怪的短竹棒在小本子上寫什麼。這會兒聽到王妃的話，才知道原來她在記錄，可是，記錄什麼？

只聽舒安「委屈」道：「可是王妃，大長公主吩咐的事，奴婢……唉，奴婢這也是擔心王妃嘛，剛才門口那麼多對王妃不敬的人，奴婢的手都寫瘦了呢！」

大長公主的吩咐？門外站在李嬤嬤周圍的那群人臉唰地一下都白了，有人膽小，趕緊跪下來喊冤。「王妃恕罪啊，舒安姑娘誤會了，奴才們沒有不敬王妃，而是……而是太妃體恤我們，說每日來回議事，不用反覆行大禮。」

陸陸續續有人在喊冤那人旁邊跪下，最後，李嬤嬤也跪了。笑話，對王妃不敬若是報到太后和大長公主那兒，他們還有活路嗎？太妃總不可能為了他們違逆太后吧？

安然面無表情地坐下，喝著舒敏端過來的茶，似乎沒有聽到或看到什麼。

大管家文叔開口了。「大膽，對王妃不敬，還敢狡辯誣衊太妃！本管家每次見太妃可都是依規矩行禮的。」說完面向吳太妃和安然這邊跪下。「太妃、王妃，都是奴才管教不嚴，請太妃、王妃責罰。」

安然笑道：「有關王府規矩還有責罰嘛……本妃剛來，還不熟悉，但是對本妃不敬這事，好像與大管家無關，你也不能隨時盯著內院不是？不過，這府裡的內管事看來還真是糟糕，這要是在大長公主府，肯定得趕出府去。」

吳太妃只覺得頭昏眼花，耳邊轟轟作響，她今日原是要給安然下馬威，要下了新婦的硬刺，乖乖地讓她拿捏，現在怎麼回事？倒成了安然這個新主母在立威？

她該怎樣做？說「是件小事，不用計較」？還是「他們見本妃都不用行禮」？

安然瞄見吳太妃青青紫紫不斷變換的臉色，暗爽——有靠山不用那是自找虐，本姑娘就是「仗勢不被人欺」了又如何？

安然沒興趣跟吳太妃溫吞吞地慢慢「宅鬥」，有那個時間不如想法子多賺點銀子？她要的是速戰速決，示威也好，立威也罷，盡快建立起「新秩序」。要不各做各，不要想著來占她的便宜；要不就得聽她的指揮、按她的規矩行事。哼，她怎能不知道吳太妃要她管家的意圖？

吳太妃強咬著牙。「文叔，你是大管家，就按照府裡的規矩處置吧，王嬤嬤和那些沒有行禮、對王妃不敬的人，每人二十大板，議事完後到刑罰室執行。內管事管理不力，但念在多年兢兢業業的分上，就罰俸半年吧。安然，本妃這樣處置，妳可消氣了？」被處置的人都是她的心腹，她可不能讓自己的人心寒，得讓他們把怨恨都記在安然身上。

安然「大驚」。「太妃為何這樣說？府裡的規矩可不是給人出氣用的。安然剛進門，什麼事都還沒搞清楚呢，哪裡知道該如何處置？如果太妃所說的那些處罰不是因為他們違逆了王府規矩，而只是為安然出氣，那可千萬別！安然怎麼會跟奴才置氣呢？要是讓人知道了，可不笑話？」

吳太妃的掌心被自己的指甲刺得生疼。這個小賤人，年紀雖小，卻跟鍾離浩一樣難對付，不，比鍾離浩還油滑！她還真是太輕敵了。

「咳咳！」吳太妃強壓怒火。「當然是違逆了王府規矩才懲罰的，本妃只是當心安然氣壞身子，多問了一句，安然想多了。」

安然撫著胸口。「不想多不行啊，二十大板欸！多疼！如果只是為安然解氣就太殘忍了。」

吳太妃的左手心有濕濕的感覺，她不動聲色地取了帕子握在左手裡。「所有帳冊都在那兩個箱子裡，王府的開支舊例也都列在那個大記事本上，其實王府的事情很簡單，日常開支、各處支出、人情往來都有舊例可循，安然照著做即可，不難，有什麼問題可以隨時來問本妃。」

「好啊！」安然爽快地應道。「誰是帳房管事？取五年前的總帳和去年還有今年的總帳出來給本妃，還有，把上個月的細帳和那本開支舊例也拿過來。」

此時，不知什麼時候進來的舒霞靜靜地站到安然身後，安然抬頭一笑。「妳倒是會掐時間，來得這麼巧，讓我輕鬆多了。坐下吧，幫我看兩本。」

鍾離菡嗤道：「大嫂，妳們不會要在這裡看帳吧？等妳看完日頭都下山了，外面還有那麼多人等著議事呢。」

安然接過帳房遞過來的帳本。「三妹妹沒聽過『帳目過手必須做到錢帳兩訖嗎』？若有什麼問題回過頭再找太妃，不僅是對太妃的不尊重，更是我的無能。三妹妹放心，不會超過兩刻鐘。」

兩刻鐘？就算是兩個人，半本帳也看不完吧？吳太妃剛才聽安然點名要那幾本帳還有些擔心，這會兒放鬆下來，小丫頭而已，裝腔作勢！

廳裡廳外一眾人也紛紛現出嘲諷的笑意，大管家和丁嬤嬤著急地看著安然——王妃有自己的生意，不會沒有看過帳本吧？

安然身邊四人則一臉輕鬆，舒安和舒敏抬了兩張高几子分別擺在安然和舒霞面前，把一張紙和炭筆放在几子上。

安然和舒霞左手飛快地翻著帳冊，只看幾個關鍵數字，右手在紙上記下一串符號。不到兩刻鐘，兩人抬起頭來，相視一笑，舒霞把手上的紙遞給安然。

安然對了一下兩張紙上的數字，看向那個帳房管事。「這兩本今年的帳有問題，是誰做的？」

帳房心悸，但實在不信這麼短短的時間能看出問題，兀自狡辯。「不可能的，這是幾位老帳房核對過多次的，不會錯。」

吳太妃板起了臉。「安然莫要胡鬧，王府的帳房都是十幾二十年的老帳房，怎麼可能做錯帳？」

安然一臉淡然。「太妃若是不信，可請官衙辦案專用的算師來核算一下，若是安然錯了，安然當眾向幾位王府帳房賠禮道歉，若是這兩本帳冊確實有問題，他們存心欺詐，只好全部送官衙處理。其實很簡單，今年這本總帳的收入比去年多了八萬四千兩，但細帳的收入卻比去年少了四萬一千三百兩，雖然現在是八月底，還有四個多月時間，但是，這位管事，請你解釋一下這該怎麼算？還有，按照前面八個月的收入計算，這後面四個月的收入，你應該很容易估計出來是吧？到時候若少了，本妃是否可以理解為被你們貪墨了？」

帳房管事冷汗直冒，後背很快就濕了，這幾個總數字他當然很熟悉。

安然卻沒有放過他，繼續說道：「按照這本開支舊例上列出的數字，去年王府開支總數應該比去年那本總帳上列出的多了八萬兩，幾乎比去年的收入多出五萬兩，這些是你們帳房的人出錢貼補了嗎？還是太妃貼補了？」

帳房管事癱軟在地。「王……王妃，可……可能是哪……哪裡算漏了，奴才們重……重新算過。」

眾人驚嘆，不可思議！兩個內院小女人不到兩刻鐘的時間，擊敗帳房幾位十幾年的老帳房？連算盤都不需要！大管家文叔的臉上是一片欣慰，丁嬤嬤驚嘆的同時眼裡卻閃過一絲慌亂。

吳太妃恨不得當場掐死那個帳房管事，真是一群沒用的老廢物！

安然「恭恭敬敬」地向吳太妃福了一禮。「這三年的支出標準既已更改，這本幾年前的支出舊例就不需要給安然了，太妃留著給三妹妹學習管家，以後作參考也不錯。對了，按照今年的支出細帳，小姐們的月例銀子平均每個月有十三份，王府裡只有四位妹妹吧？」

帳房管事答道：「太妃吩咐，幾位表小姐同府裡小姐同等月例。」

「哦？」安然小聲驚嘆，俏臉上立即換了一副「悲天憫人」的表情。「原來幾位表妹都是父母雙亡的孤女啊？真是可憐。桂嬤嬤，從我的嫁妝裡取幾疋布料還有首飾送給幾位表妹，她們太可憐了，讓本妃也想念自己的娘了。」

其中一位表妹怒極，忍不住喝道：「大表嫂未免太過無禮！我們幾位的父母您前日都已見過，怎麼這樣詛咒人？」

安然再次「大驚」。「啊？本妃誤會了嗎？可是……可是……對不起啊，原來你們吳家的習慣跟整個大昱都不同啊。太妃，對不起對不起，不過這一項支出您還是得簽個手令給安然，說明是您要給幾位表小姐發月例還有四季衣裳的，不然傳出去，人家還以為安然侮辱太妃的親戚呢。」

在大昱，住在外祖、姑姑、舅舅、姨母府裡的表小姐很多，但都是自帶費用。當然，長輩給的賞賜是另外一回事。只要長輩有錢又有心，給多少都憑自己樂意。但月例銀子不同，只有父母雙亡寄居在親戚家中的表小姐才由府裡發月例，固定的四季衣裳、首飾等也是同樣道理。

眾位表小姐的臉全都脹得紅紫，低下頭來，恨也只能藏著，沒有理由發洩。吳太妃只覺心口一股甜腥味往上湧，好一會兒才壓下去。

鍾離靜、鍾離嫣和她們的姨娘也全低著頭，不過是怕人家看到她們臉上的笑容。解氣啊！這麼多年，吳太妃想著法子剋扣她們的費用，卻大方地貼補自個兒娘家，這些表小姐在府裡的生活比她們還好。大嫂太厲害了！太可愛了！

許側太妃和鍾離青則是兔死狐悲，暗自思量，自己是否是這個小王妃的對手？難怪那日侄女（表姊）會被識破。

吳太妃好不容易才能確保自己張開口不會吐出血來，「平靜」地說道：「不是安然誤會了，是帳房和府裡的管事誤會了，那些銀子是本妃給侄女、外甥女們的賞賜，自然應該從本妃的私帳走。都怪本妃這幾年太傷心了，精力銳減，忘記交代清楚，稍後，本妃都會補上總額的。」

安然再次撫心嘆道：「還好還好，原來『又』是帳房出錯了！呵呵，只要不是安然弄錯就好。」

吳太妃再次用力吞嚥了一口，抑制住喉嚨裡的甜腥味。自從先王爺去世，府裡的收入銳減，若要保證之前的生活品質，她就沒辦法貼補娘家、為鍾離菡積攢嫁妝了。她讓安然當家，是想讓她拿出錢來貼補各項開支，既能讓他們恢復三年前的生活水準，又能暗地裡把控住部分收入為她私用，公中名下那些莊子和部分店鋪的管事都是她的人，而且所有人的身契都在她手上呢。

可是她沒有料到安然如此精明厲害，還滑不溜丟的。之前，她以為安然那些生意做得好是因為有鍾離浩和薛天磊，現在才知道這個女子確實非凡。

既是這樣，把管家權交出去，以這小賤人的尖銳和狠絕，不但一點好處撈不到，說不定連她在莊子和鋪子上積蓄多年的勢力都會失守。

「本妃沒想到帳房的帳目如此混亂，還是讓本妃整頓清楚再跟安然交接吧，這樣對本妃和安然都好。」吳太妃儘量讓自己擺出一副慈愛和知錯就改、敢於承擔的姿態。

安然暗笑，這個交接應該是無限期延遲了。不過她還真沒興趣當這個家，反正靜好苑幾乎是獨立的，也有自己的小廚房。至於公中的收入和兩個小姑的嫁妝，她相信自己那個狐狸夫君早就心裡有譜。

# 第八十九章 百花宴

接下來的日子，安然完全放鬆地享受蜜月，如安然所料，吳太妃不但沒有再提讓她管家的事，還以靜好苑距離遠為由，讓她隔五、六日請一次安就行，不用每日過去。而每次請安，也只是隨便啦呱幾句就讓安然「忙自己的事去」，生怕多坐一會兒安然就會提起管家的話題。

安然本就貪睡，加上現在有一個精力驚人的鍾離浩夜夜纏綿，對吳太妃的「體恤」，自然是泰然接受。

不用管府裡那些破事，但靜好苑裡的人和事她還是時刻留意的。這不？在被鍾離浩鬧騰得筋疲力盡，就要睡過去的時候，突然想到一件事的安然清醒了兩分，從鍾離浩懷裡抬起頭。「浩哥哥，丁嬤嬤家裡都有些什麼人？」

鍾離浩一愣。

「她有兩個兒子，都成家了，一個在我們莊子上，一個在我們的海運船上當差。大概六年前吧，她的夫君上山打獵，死了。怎麼了，然然，她有什麼不對嗎？」

安然搖了搖頭。

「我只是覺得她好像藏了很多心事，壓力很大的樣子。我還沒有跟她提院子裡帳目和銀子的事，她也從不提，還好像挺擔心我會提似的，目光躲閃，神色畏縮。她手上的活錢應該也就一千兩左右，如果要對帳和交接，是非常簡單的事，我一直沒跟她提是總覺得她有事，但她是母妃身邊的老人了，我不想……如果真有什麼不愉快的事，或者造成什麼誤會。所以，你能不能找人查一下她家裡最近一段時間是不是有什麼事發生？或許她需要我們幫忙也不一定。」

鍾離浩略一思忖，點頭道：「好，明早我就安排。」安然的直覺一向敏銳，而且不是那種會胡亂猜疑的人。

安然輕笑。「這麼相信我？不怕我是挑撥離間、排擠人？」

鍾離浩的額抵著安然的額。「這世上還有什麼人比然然跟我更無間，更密切？妳想排擠誰，直接讓他走就是，哪裡需要挑撥？寶貝然然，既然還有精神胡思亂想，不如我們再試試那最後一式？保證貼合得一絲縫隙都沒有。」說著一隻手已經伸進了安然的睡袍。

安然用力抓了那隻手出來。「你想害我明天下不了床啊，睡覺！」一頭埋進鍾離浩的懷裡，不再理他。

鍾離浩輕摟著安然，在她髮旋上親了一下，笑呵呵地閉上了眼睛。

第二日，鍾離浩一回來就沈著臉把丫鬟們都叫了出去。「然然，妳的直覺是對的，丁嬤嬤真的有事。」

安然驚訝。「這麼快？不到一天就查到了？」

鍾離浩搖了搖頭。「兩天前東成無意中發現丁嬤嬤去了當鋪，還換了裝束扮成外地人，他覺得奇怪，就讓人跟蹤探查。東成負責王府的守衛，一向非常謹慎，加上丁嬤嬤是我們院子裡的，他就更加小心了。因為丁嬤嬤身分特殊，是母妃身邊的人，所以東成想先查查，真有可疑再報給我，剛好我今天一早找他說這件事，他就趕緊先稟報了。」

安然追問：「那到底怎樣？她很缺錢嗎？」

鍾離浩蹙眉。「是，她的小兒子阿強，就是在通縣莊子上那個，不知什麼時候染上了賭癮，輸了一大筆錢，據說前兩天才湊齊還清了。」

安然舒了一口氣。

「哦，那還好，看丁嬤嬤的模樣估計是挪用了你交給她備用的活錢，所以那麼緊張。我明兒找個藉口，賞她一筆錢，也好讓她自己去補了虧空就是。不過賭癮難戒，要讓人盯著阿強，最好狠狠教訓一頓，讓他知道怕才好。」

「不，然然，暫時不要。」鍾離浩趕忙否決。「東成覺得事情沒有這麼簡單，阿強五歲的小兒子突然失蹤了，他媳婦說是送回在津城郊縣的娘家玩一段時日，但莊子上有跟阿強媳婦交好的人知道她跟娘家一向不和，東成還在追查，我們就先當作不知道好了。然然，我也覺得這其中有很大的問題，因為母妃，我待丁嬤嬤並不疏離，如果只是銀子的問題，她應該會開口向我借的，當年她丈夫出事，她就求我幫忙過。」

安然腦中很快閃過一個念頭。「你是懷疑有人想利用丁嬤嬤，目標是你，或者說……是我們？」

「是的，極有這種可能，以前也有類似的例子，所以東成他們幾個在這類事上特別敏感。要不然，他也不會因為見到丁嬤嬤去當鋪，就找人查探她的家事。」鍾離浩讚許地看著安然，他這個小妻子絕非一般後院女子能比，見識、才智、反應速度甚至比很多男子都強，難怪小舅子君然常說，若他姊是男兒，什麼三元及第都是小菜一碟。

鍾離浩去「上班」，安然沒什麼事，就經常讓鍾離靜和鍾離嫣到靜好苑來。因為鍾離靜二人同安然走得近，吳太妃這個月倒是沒有剋扣她們的月例銀子，兩套新的秋裝也難得及時地發下來了，只是暫停了二人的課程，三個月內都不用去教導室跟著教導嬤嬤學習了，理由很充足——十二月中開始的「百花宴」，鍾離菡和鍾離青都有望大放光彩，教導嬤嬤需要對她們進行急訓。而鍾離靜二人一向駑鈍，琴棋書畫無一出色，與其跟著浪費教導嬤嬤的精力，不如暫時放假。

「百花宴」是由朝廷舉辦的大型活動，由才藝比賽、花容大賽和最後的宴會組成。參加者皆須是非奴籍、非妓籍、未出閣的姑娘，只要身家清白，有當地府衙的推薦函就可以報名，門第不限。

「百花宴」五年一次，評選出百位才貌雙全的少女錄入「百花榜」，其中前三名得勝者將獲得皇后娘娘親自頒發的「大昱之蘭」、「大昱之蓮」、「大昱之菊」稱號和一朵金鑲玉的蘭花、蓮花、菊花，轟動程度堪比科考勝出的狀元、榜眼和探花。

對女子來說，「百花榜」上有名，無疑是為自己增添一份貴重的嫁妝。尤其榜首三人，不但能給自己帶來聲譽和一門好親事，還能帶旺家宅、兄弟甚至整個家族。

安然笑問：「離『百花宴』報名截止時間還有三日，靜兒、嫣兒不想去玩玩嗎？」鍾離靜和鍾離嫣的相貌都很不錯，人如其名，鍾離靜貞靜嫻雅，鍾離嫣巧笑嫣然。

鍾離嫣垂頭。

「我們沒有強項，靜姊姊本來善於彈箏，兩年前姊姊的箏弦上被貼身丫鬟抹了毒藥，後來毒解了，那個丫鬟也被賣出府了，但是靜姊姊的左手有兩指留下了毛病，使不上勁，平日無礙，彈箏就不行了。」

安然驚呼。「怎麼會這樣？沒有再診治嗎？」

鍾離靜苦笑。

「太醫說毒清了，只能靠自己慢慢恢復，我也一直都在練習箏，就是為了幫這兩根手指恢復靈活，但是三年了都沒有效果，遇到這兩指彈的音就不能聽。其實大嫂，嫣兒的舞跳得很好，只是青姊姊和菡妹妹不喜歡舞蹈，太妃說為嫣兒一人請教舞蹈的先生太浪費，父王走後，那位女先生就被辭退了。」

安然皺眉。「舒敏，妳來看看靜兒的手指。」

舒敏應聲過來，細細地為鍾離靜檢查了一下，氣憤道：「什麼庸醫？只是傷了脈絡而已，當時扎兩針就可以了。幸好二小姐一直在練習手指，否則這三年多下來，早廢掉了。」

安然忙問：「那現在呢，扎針還可行嗎？」

舒敏抿了抿嘴。「好在二小姐一直鍛鍊這兩指，經絡沒有萎縮太多，應該是可以扎針的。但是保險起見，最好能請公子來，我怕手不夠穩，把握不住變形的穴位和脈絡。」

安然點頭。「妳讓人給黎軒哥哥傳信，明日我們去蓉軒莊園。」

舒敏應下，轉身離去。

鍾離靜激動地抓住安然的手。「可以嗎？大嫂，我的手指真的可以恢復嗎？」

安然拍了拍她的前額。「舒敏的話妳沒聽到嗎？有神醫黎軒在呢，應該沒有問題的。明日妳們就跟我去蓉軒莊園玩玩，我有好些日子沒有看到小貝貝了。」

鍾離嫣笑道：「大嫂喜歡小閨女，自己趕緊生一個，我們也想跟小侄女玩呢。」

安然橫了她一眼。「膽子肥了，敢打趣大嫂？我明兒就讓妳大哥找一個教舞先生回來，罰妳天天練舞，累死妳。」

鍾離嫣眼眶一紅。「大嫂，您……您真的幫嫣兒請先生？可是太妃說……」

「放心，不用公中的銀子，妳大嫂我的私房錢不少，別說請一位教習了，多請幾位也無妨。」安然作出一副財大氣粗的模樣，把眼睛紅紅的鍾離嫣都逗樂了。

安然轉頭吩咐道：「舒霞，妳找個人去幫兩位小姐領報名表來。」

鍾離靜大驚。「大嫂，我……我們就是現在開始練習，也沒有信心啊，人家都準備了好多年。」

安然擺了擺手。「別把名次看得那麼重，重在參與，妳們也可以藉機多認識一些朋友。再說了，妳不是一直沒有停止過練箏嗎？雖然心思在練習左手手指，但樂感和指法並沒有生疏。而嫣兒，雖然沒有了舞蹈教習，但我相信她自己應該都有練習，一個人真心喜歡一件事，哪有那麼容易放棄？」

鍾離嫣使勁點了點頭。「是，大嫂，我每日早晚都有練舞的，練習基本功和先生以前教的那幾支舞。跳舞的時候，我就會忘記所有不高興的事，我還能感覺到父王在看著我跳舞，就像以前一樣。」

姑嫂三人談得興起，鍾離嫣當即翩翩起舞，如一隻無憂無慮、舞動彩翼的粉蝶。

晚上鍾離浩回來，安然提起了明日帶鍾離靜去找黎軒診治的事，鍾離浩臉立刻黑了。「這些女人真是惡毒！」

安然嘆道：「男人總喜歡養一堆嬌妻美妾，以妻妾和睦一堂為榮，可是哪有女人真正願意同別人分享自己愛的男人，何況還涉及到子女的利益……畢竟後院總是充滿各種算計，稍微少一點心眼，就害慘自己和孩子。」

鍾離浩握緊安然的手。「我們的孩子會很幸福，會在一個快樂溫馨的環境裡成長，我會親自教導每一個孩子，我們一起陪著他們長大。」

「嗯。」安然回握住那隻溫暖的大手，這樣的生活，是她兩輩子的嚮往。

「對了。」鍾離浩想起一件事。「我讓君然明日跟我一起回來，有番人的使臣要與我朝談貿易互通，皇上把這次談判交給我和君然負責，讓我們聽聽妳的意見。」
安然點頭。「好啊，是哪個番邦？」
「英吉利。」鍾離浩答道：「然然妳可知道，英吉利的皇上是個女子呢。」
「哦，英國女王啊，知道，跟那時候一樣。」安然笑答。
鍾離浩知道安然口裡的「那時候」是她原來那個世界，點頭。「原來是這樣，難怪皇兄一點都沒有驚訝，那麼那時候的倭國是不是也是女皇？女人也這麼嗜戰？」
「倭國？小日本？嗜戰？倭國要跟我們大昱開戰嗎？」安然一凜，討厭的島國！強盜民族！怎麼這個時空也有？
鍾離浩正色。「還沒有，兵部收到新羅的求助，倭國正在準備聯合百濟進攻新羅。皇兄說，出兵新羅是幫新羅，也是保衛大昱。然然，二舅舅請求出戰新羅呢。」
夏燁華是武將，一旦有戰事請求出征是意料中的事，不過安然還是很擔心，不知道這時候的倭寇武力值有多強？「浩哥哥，倭人厲害嗎？皇上允了二舅舅嗎？」
鍾離浩搖頭。「皇兄派了李將軍去，李將軍之前降伏過百濟，對他們的作戰方法和那一帶的地形都熟悉。倭人凶狠善戰，但戰術不如我朝將士，而且物資匱乏，糧草容易不繼，八年前被李將軍父子打狠了，俯首稱臣，不知為什麼短短幾年又想起挑事了。」
接連十幾天，鍾離浩都很忙，回到府裡基本上過了戌時。但無論多晚，安然都會備著美味的養身煲湯，並親自看著他喝下。

這日，直到亥時中，鍾離浩才回府，一進屋就抱住安然重重親了一口。「然然妳太厲害了，妳就是女中諸葛，一算一個準。」舒敏和冬念紅著臉相視一笑，帶著小丫鬟們悄悄退了出去。

安然捶了一下鍾離浩。「要死的，越來越沒個樣了，存心讓丫鬟們笑話。」

鍾離浩對著那紅潤潤的小嘴兒又來了一下，哈哈笑道：「他們看到主子恩愛，不知道多高興，哪裡有時間笑話？」

安然佯瞪了他一眼。「這麼高興？抓到大鬍子了？」邊問邊走到圓桌邊，從湯盅裡盛出一小碗溫熱適中的芝麻紅棗粥。

鍾離浩脫下外袍，在架子上早準備好的水盆裡淨了手，才坐過來喝粥，有妻子疼的人真是幸福啊。

「呵呵，現在抓他太早，還要查清楚他到底搗騰了幾處？現在只知道他跟突厥在談協議，倭人和百濟也是受了他的鼓動，吐蕃那裡目前還沒有發現異常動靜，虎衛在各邊境的分部都盯緊了，有點風吹草動就會立即傳消息回來。

「之前是他在暗，我們在明，現在倒過來了，他的一舉一動都在我們的監控之下。皇兄說了，千萬別打草驚蛇，還要讓他有機會跟京裡或者其他我們還不知道的力量聯繫才好。他勾結外邦，肯定是想來個內外勾結，讓我們裡外受敵，他才好釜底抽薪，所以，我們要先找出奸細和跟他勾搭的人來。那個德妃，皇兄已經讓人嚴密注意了。然然，皇兄跟我一樣好奇呢，妳是怎麼算出趙煊，呃，就是大鬍子，會在邊境出現的？」

安然「噗哧」一笑。「你真當我是妖精啊，還會『算』？我只是憑直覺讓你留意一下邊境各鄰國罷了，你還記得那天你描述的那幾個小木娃娃嗎？」

「木娃娃？」鍾離浩疑惑片刻。「哦，趙煊留給尤嬤嬤的那個盒子？」前陣子他們探到尤嬤嬤帶回給德妃的東西，覺得很奇怪，他回府時就順口說給安然聽了。

「對，照你描述的娃娃模樣，還有一套三個，一個套進一個，這些都是典型倭人玩偶的特徵。而我又聽你說過『不知倭人和百濟為什麼短短幾年又開始挑事』，我就突然冒出一個念頭，會不會他們有內應？或者，他們知道大昱會有麻煩，才敢趁火打劫？否則你想啊，如果什麼內幕都沒有，他們憑什麼敢？倭人從來都是欺軟怕硬，明知大昱這幾年國力更加強盛，他們還來找打？」

鍾離浩把安然抱過去放在自己腿上。「繼續，就算妳由這兩件事推測出趙煊和倭人有染，又怎麼算到他去突厥邊境了呢？」

「算？又來了！」安然拍了鍾離浩一下。「虎衛翻遍京城都沒找到大鬍子，那就說明大鬍子多半不在京城了。我看了你們畫的大鬍子像，真的很像，虎衛之前找不出大鬍子，是因為除了你沒人知道他長啥樣，但有那張畫像還找不到，虎衛都可以解散了。」

「就算他不在京城，也未必就要去邊境啊？」鍾離浩一副打破砂鍋問到底的陣勢。

安然吐舌。「呵呵，這就是半推測半胡思亂想了。你想啊，如果大鬍子沒有一定把握，德妃怎麼可能投向他？她在宮裡的地位僅次於皇后了，何況她還有二皇子，那大鬍子的把握，包括倭人的把握又來自哪裡呢？我胡思亂想了幾種可能——一、讓德妃給皇上下毒；二、京畿守備軍或者御林軍被他收買；三、手握重兵的幾位大將軍中有人叛變；四、強敵來犯。倭人並不算是足夠強的敵人，所以我就建議你讓人關注一下邊境了。反正就算我推測錯了，這也沒有壞處啊，在邊境的虎衛本來就有這項職責嘛，只不過多注意一個人而已。」

鍾離浩突然低下頭狠狠含住了安然的唇舌吮吸，他每次見到安然吐出小粉舌就控制不住地想品嚐，剛才為了聽完安然的分析已經忍了好一會兒了。

直吻到兩人都氣喘吁吁、面紅耳赤，鍾離浩滾燙的唇才轉到安然耳廓上游移。「寶貝兒，今天可以了嗎？」

安然的小日子頭尾六日，可把鍾離浩憋慘了，幸虧最近忙，朝堂上的事幫他轉移了一些注意力和過於旺盛的精力。

安然垂著眼眸「嗯」了一聲，鍾離浩大喜，立即精神百倍地抱著懷裡的人起身向浴室走去。「寶貝兒，我一身的汗味，妳都被我熏臭了，夫君我親自侍候，賠妳一個香噴噴。」

「等等等等，浩哥哥，我剛才想到德妃的時候突然浮現一個問題，可是很混亂，一時找不到頭緒。」安然急道，這些疑點在她頭腦裡已經折騰很久了，剛才突然像被什麼串起來，但是想拎，又散了。

「那就明日再想，現在想著我就可以了，寶貝兒，我好想妳，我要妳。」鍾離浩連衣服都沒有脫，抱著安然跨進浴池，一會兒，水面上曖昧地飄蕩著安然的肚兜、小褲、兩人的裡外衣服，有的是完整的，有的已經成了碎布……

當安然被壓在床上，經歷了第四輪「男女妖精大戰」，連睜開眼睛的力氣都沒有的時候，腦袋中突然出現那一池「絲質浮萍」，還是各種顏色的……真是有了想揍鍾離浩一頓的慾望，丫鬟們清理浴室、浴池的時候會做何想？她這個主子真真不要見人了。

為了不打草驚蛇，朝堂上文武百官並不知道突厥蠢蠢欲動的事。

因為內外安定，四海和樂（倭人那點子打鬧，大昱不以為意，只坐等李將軍捷報），國庫逐漸充盈，鍾離赫心情甚好，又開始像以前一樣偷溜出宮。

旻和宮，一位紅衣宮女跪在地上回報。「皇上帶著慶親王和福公公去大長公主的別院了，要親自去摘那個什麼葡萄，要跟慶親王比賽親手做葡萄酒。」

「哼，他是為了討好坤寧宮那個賤人吧？」德妃冷哼了一聲。

尤嬤嬤拿了一串珍珠給紅衣宮女，顆顆雪白圓潤。「去吧，小心些，有什麼事再來回報，開春就放妳出宮侍奉妳母親。」

紅衣宮女喜極而泣，連聲道謝。

不到一刻鐘，旻和宮後院飛出一隻灰色的信鴿。

這天早朝，鍾離浩呈上一份摺子，是邊城急報，說突然有大量突厥牧民向邊界線附近區域集結。

鍾離赫從福公公手裡接過摺子，封皮上有個紅色的標記「再報」，問道：「這摺子是第二次發的嗎？為什麼前次的摺子朕沒有看到？」

鍾離浩還沒答話，滿頭是汗的兵部尚書陳庭恩先執笏跪答。「臣……臣以為突厥本是游牧民族，隨氣候、季節聚集移動很是正常，邊城守將實乃大驚小怪，所以不敢驚擾聖聽。」

鍾離浩笑得燦爛。「朝廷有令，所有駐邊守將的摺子都必須第一時間呈報，陳尚書什麼時候得了篩選呈報的特權？若不是快馬送摺子的兵士還沒來得及進兵部就暈倒了，還那麼巧被本王遇上，這份從邊城而來、累死幾匹馬的軍報，是不是又要壓在陳尚書你的案臺上了啊？」

陳庭恩汗流浹背，頭還磕在地上不敢抬起來。「臣……臣若收到第二份……會……會想也許真……真的很急，一……一定會上呈皇上。」

鍾離赫視線掃了一遍摺子。「牧民聚集，不是軍隊，倒也沒什麼大礙。不過有任何異動必須上報是邊城守將的責任。陳尚書擅自截留軍報一事就交由慶親王處置。」鍾離赫說完隨意把摺子丟在邊上，讓其他人接著上奏其他事。

最後，鍾離赫也沒有往邊城增派援兵，只是讓守將積極防守，留意敵軍動向。鎮守邊城的正是安然的大舅舅夏燁偉。

夏燁偉的小女兒夏立筠開春就要及笄了，老太君想念小孫女，孝順的三爺夏燁林決定親自趕去邊城接侄女回京，三年前，大侄女夏立菡回京待嫁，也是他這個三叔親自去接的。

至於兵部尚書陳庭恩，連降幾級，成了五品郎中。兵部尚書一職由慶親王暫代，直到新的尚書選拔出來。

當晚，旻和宮裡又是一陣噼哩啪啦的聲響……

# 第九十章　德妃省親

第二日，德妃請求回清平侯府省親，為已過世母親的生祭抄經祈福。德妃入宮二十多年沒有回過葉家，皇上略一思忖，准了她省親五日，並讓皇后給清平侯府準備了一份豐厚的賞賜。

德妃一回到侯府，就把清平侯叫到了書房。

「大哥，這到底是怎麼回事？那個陳庭恩是不是露出什麼馬腳？」

「不會的，如果那樣，就不是貶職，而是滿門抄斬了。」清平侯爺肯定地說道。「確實只是截留那份摺子的罪，妳最清楚，皇上他表面上好說話，實際上跟先皇一樣，容不得任何人挑戰他的權威。截留邊關文書，重則殺頭，輕則貶為庶民。這次能處置得這麼輕，一來是慶親王看在慶親王妃同二媳婦的交情上放過手，更重要的是皇上也覺得那份摺子不算是緊急軍情，想必他們還是一點風聲都不知道。」

也是，德妃想了想，心情平靜了一些。皇上近來輕鬆了很多，整日裡想著討好皇后那個賤人，皇后得了滋潤，越發狐媚了，看著像個二十出頭的新婦。皇上如果真有什麼懷疑，哪有這份風花雪月的閒情雅致？

她恨，那個薄情的皇上既然一再辜負她，就不要怨她狠心了。「可是大哥，他現在只是一個小小郎中，對我們已經沒有什麼用了。現在兵部又在鍾離浩手裡，我們怎麼辦？時間越來越接近，煊哥那裡可是已經準備得差不多了。」

清平侯皺了一下眉，張了幾次嘴，終於問出來。「妹妹，真的要做嗎？一旦事敗，葉家就全完了，其實這幾年我們……挺好的。」

「大哥。」德妃不滿地瞥了他一眼。「你就這麼點志氣？你不看看敬國公府是什麼待遇，衛國公府又是什麼待遇，我們這樣也能叫好嗎？你沒聽說皇上現在與那賤女人重歸於好了？我們不爭取一下，就會再次被人家踩在腳下。」

「……」清平侯沒有說話，他資質平庸，是個沒有建樹的，祖父和父親在世的時候就說過葉家還是要靠這個妹妹，過去多年，也確實如此。妹妹比他聰明，也比他果決、比他狠。

德妃走到窗邊，望著婆娑的月影。「大哥，箭在弦上，不得不發，我們沒得選擇。五年前，我們就已經跟煊哥綁在一起了，若不是煊哥早有準備，讓那個兵部尚書的女兒虞美人『畏罪自盡』，我們早就跟他們一起成了刀下鬼。」

清平侯嘆了一口氣。「好吧，父親早就說過，要我聽妳的。可是妹妹，即使晉王此次能夠成功，他真會立妳為后嗎？畢竟妳……」不是大姑娘了，又不是天姿國色。

「放心吧，大哥，煊哥幾年前逃走的時候傷了要害，那幾個兒子又都被砍了，如今，他就只有一個兒子了。」德妃握了握拳。

「妳是說……」清平侯一愣之下接著是大喜。「妳找到那個孩子了？」

「會找到的，不論是生是死，在煊哥成事回京之前，都必須要『找到』。」德妃定定地看著她大哥清平侯。「對了，大哥，嫂子的身體好點沒有？腰還疼得厲害嗎？」

清平侯趕忙答道：「好多了，前陣子都疼得起不了床，多虧了妳派來的御醫。剛才沒有出去迎接妳，是因為昨日不知道吃什麼壞了肚子，站起身就犯暈。還有呢，御醫說佩帶紅珊瑚對治療腰疾有一定幫助，剛好慶親王妃在這裡，知道之後，就將妳賞賜給她的一套紅珊瑚首飾送來了，現在妳大嫂日日戴著。」

「啪──」！德妃剛端起的茶杯掉在了地上。

「妹妹，妳……這……怎麼了？」清平侯一臉驚異，他說錯了什麼？

「大哥，你們明知那是我給冷安然的賞賜，你們怎麼可以收下？你們至少要跟我說一聲嘛。」德妃又氣又急，一向以冷靜為傲的她此刻頭腦一片混亂。她這個大哥從小疼她，雖然不夠聰明，但謹記父親的話一向以她的意見為先，是她最信賴最重要的娘家倚靠。她不能，至少現在還不能失去這個大哥。

怎麼會這樣？怎麼可以這樣？被冷安然識破了？不可能！就算是黎軒，不，就算是黎軒的師父玄德道長都不可能識得。她也想到以鍾離浩的狡猾和謹慎，一定不會讓安然隨便佩帶她送的首飾，肯定會拿到黎軒那裡去驗過，但她確信他們只會得到一個結論──完全沒有問題，而眾所周知極品紅珊瑚難得，長期佩帶確實有養顏養血的功效。

難道真的只是那麼巧，知道清平侯夫人需要紅珊瑚治病所以轉送了過來？現在該怎麼辦?告訴大哥，讓他不要與大嫂同房?

只要貼身佩帶那珊瑚手鐲十二個時辰，「珊瑚淚」就會滲入血液，隨著血液流動蔓延至全身。而御醫最近一次過來給大嫂看診已經是六日前的事了，大哥說大嫂日日戴著……

中了珊瑚淚，沒有明顯的中毒症狀，只是身體漸漸虛弱，最快三個月，最慢一年時間就會死去，死前渾身發冷、如氣血耗盡而死。

珊瑚淚無藥可解，而且會透過房事傳染到對方身上去，希望這六日裡，她大哥沒有同大嫂同房才好。

無奈之下，德妃跟清平侯說了事情的經過。

清平侯呆了半天癱坐在椅子上，他雖然小妾通房眾多，卻還是一直都很愛重夫人。侯夫人與他青梅竹馬，又為他生了兩個嫡子一個嫡女，還把侯府打理得井井有條，現在卻要被自己妹妹的什麼「珊瑚淚」害死?

好半天，他才開口問道：「真的無藥可解嗎?毒公子黎軒都解不了嗎?」

德妃搖頭。「無論是黎軒還是黎軒的師父玄德道長都解不了，這是毒蠍子花了五年的時間才搗騰出來的，那之後沒多久他就被人殺了。」

「妳出去吧，我一個人坐坐。」清平侯無力地揮了揮手。

德妃嘆了口氣，走了出去，她知道她大哥對大嫂有著極深的感情，需要時間來接受這件事。鍾離浩!冷安然!他們就是她天生的死敵，是她的剋星!她要反擊!

冷府，謝氏接到口信，德妃已回清平侯府省親，讓她明日過府敘話。

出來了？五日？好事！報仇的時機到了！

葉璃兒，我要讓妳知道什麼是報應，什麼是生不如死！哈哈，哈哈哈！謝氏的臉上是一種扭曲的猙獰，帶著瘋狂和處於絕境中的拚死掙扎。

素宴事件後的第三日，德妃傳謝氏進宮，回來後跟冷紫月說：「妳知道我為什麼反對妳想著二皇子嗎？一是因為身分的事，二是德妃不會接納妳。今天她明說了，妳跟她的八字不合，會剋死她，如果二皇子堅持納妳為妾，她有一百種方法先弄死妳。妳看，二皇子也不敢違拗她，這是他親筆寫給妳的絕交信和十萬兩銀票。」當然，有一百種方法弄死紫月是她添油加醋的，不過，這重要嗎？重要的是紫月絕對不能給二皇子做妾。

紫月比她想像的堅強，把自己關了幾天後走出來跟她說：「娘，您給我找個武將，有權勢的那種，年紀大些沒關係，續弦也沒有關係，總有一天，我要讓他們來求我。他只是個庶子，那把椅子坐不上去的，他們以後會比我們低比我們慘。」

雖然謝氏不能接受紫月這樣詛咒自己的親哥哥，不過事有緩急，先撫慰紫月，把紫月安排好是最重要的。至於二皇子，等德妃死了，她再找機會告訴他真相，想辦法勸他去求皇上封個閒散王爺，去遙遠封地的那種。

今日，她剛剛給冷紫月訂好了一門親事，來年四月就成親。對方是陝甘大都督，比紫月大十多歲，但風評很好，重情義，堅持為亡妻守了三年。更難得的是，他只有兩個嫡女，又堅持要先有嫡子才可以有庶出子女，所以，至今三十歲了還沒有兒子。

老天還真是看不過眼了，所以幫她？時間多麼正好，萬一她有個三長兩短，也總算是不用擔心紫月將來的生活。

謝氏滿面笑容地去了冷紫月的院子，把裝著庚帖、信物、十五萬兩銀票、多件珍貴首飾，以及六月、七月等幾個貼身丫鬟身契的紅色盒子交給她。「月兒，藏好這個盒子，鑰匙貼身帶著。萬一娘有什麼事，不管誰問，都只說不知道，妳要記住娘說的那些話，自己照顧好自己。」

冷紫月嚇到了。「娘，您不要嚇我！發生了什麼事？您要去做什麼？」

謝氏撫了撫紫月的頭。「傻孩子，我只是說萬一嘛，任何事情有備無患。妳忘記了娘說過的話，遇事不能慌張，要鎮定，才能想到對自己最有利的方式。妳好好準備百花宴，其他事就不要多想了。」

「娘……」冷紫月感覺心慌，自從見識到二皇子的薄情以後，她沈穩了不少，娘的話也都認真聽進去了。可是，娘如果出什麼事，她就無依無靠了，娘說過，大哥不是娘親生的，不可靠。

謝氏笑了，臉上竟然有一種希望的光芒。「月兒，妳現在懂事了，所以娘才跟妳說這些。妳放心，娘行事有分寸，娘還要看著月兒出嫁呢。但是無論什麼時候、什麼事，都要想到最糟糕的情況，才不會被打個措手不及。」

冷紫月被母親臉上的光芒感染了。「是，娘，您放心，無論發生了什麼，月兒都會記住娘說過的話。」

謝氏走後，冷紫月把貼身丫鬟香露叫了進來。「去打聽一下，我娘今天除了交換庚帖的事，還見了什麼人？」

很快，香露回來了。「小姐，聽說有宮裡德妃娘娘的人來請夫人去清平侯府小聚。」

紫月凝神，娘不會是想要為她報仇吧？可是，就算德妃出了宮，身邊也是侍衛眾多。而且害死宮妃是大罪、死罪，娘不可能會讓自己有被牽連的危險。那麼，她究竟要做什麼？

謝氏走進花廳的時候，德妃正悠閒地在喝茶，見謝氏跪下行禮，親自過來扶起她。「啊呀，姊姊，又不是在宮裡，自家姊妹，不用行這麼大禮。」

謝氏起身，垂著眼眸，淡淡地問道：「娘娘叫臣婦來，是否有什麼吩咐？」

德妃一臉的「痛心」，泫然欲泣。「表姊，妳這是怨恨我了，跟我生分了？我知道，上次的事是瑞兒對不起月兒，可是姊姊妳要知道，月兒的性子不適合皇宮，我不讓她跟了瑞兒，不僅僅是為瑞兒著想，更是為月兒好啊。月兒的身分……肯定做不了正妃，做妾哪裡有嫁個前程得意的人家做正頭夫人的好？妳就看看妹妹我，一輩子被皇后壓著，連瑞兒都跟著我受委屈。如果瑞兒能……別說我，就是姊姊你們母子三人，可不跟著風光富貴？」

謝氏強壓著心裡騰騰的怒火和椎心的恨意，回道：「不敢，臣婦從來沒有想過要讓月兒進宮，娘娘多慮了。」

德妃暗惱，這個表姊今日是怎麼了？敢這麼冷冷地跟她說話？不過，她的事還需要謝氏幫忙，先記著吧，事成之後，要治這麼個女人還不就是動動嘴皮的事？

德妃心裡恨恨咒罵了一聲，又揚起了笑臉。「表姊，是這樣的，月兒不是善彈琵琶嗎？我給月兒找了一個教習，是在皇上登基宴上一曲驚人的那位叫鴻衣的女子，她現在是宮裡樂坊的教習，我讓她每隔三日到冷府教導月兒一次。表姊不知道，鴻衣可是前朝名門後裔，對裝扮、禮儀等等非常精通，有她的幫助，月兒一定能在比賽中勝出，在百花榜上名列前茅。」

見謝氏的臉上有了鬆動，德妃拋下自以為更大的誘惑。「還有一事，皇上要擴大工部，興建農事和水利，據說下個月要公開考錄，在落榜舉子中選拔一批官吏充實所需人員，外放到各地為吏，有功績者將破格提拔，擢升回京，不拘年資。工部尚書是大哥的朋友，妳讓鈺兒好好準備，進去以後保證一路順暢。」

德妃讓冷紫鈺進工部，一方面是想向謝氏表示熱絡，另一方面是要在皇上搞的新項目中安插自己人。

謝氏心裡冷笑連連，幾天前冷弘文就跟她提了這事，說紫鈺雖然沒有進榜，但成績靠前，冷弘宇又剛好負責這個事，可以關照一下，冷安松也是要去的。好好努力兩、三年做出點成績，京裡再運作一下，還是有前途的，畢竟當今皇上十分重視發展農事、水利和商業。

謝氏要報仇，自然不能讓紫鈺離開京城，堅持讓紫鈺留在京裡備戰三年後的科考。紫鈺本人其實很想抓住這次難得的機會進工部，雖然是農事吏，但是跟著二叔學習，應該不會差。只是他一向很聽母親的話，見謝氏一心盼他金榜題名，只好乖乖讀書去了。

德妃不知道這些，她只知道報考名單中沒有冷紫鈺，見謝氏沒有反應還以為是她高興壞了，笑道：「我們從小一起長大，妳只比我大一個月，人家都說我們好得像雙胞胎似的。我不為妳著想，還有誰為妳著想？妳看冷弘文的弟弟還是負責這次考試的官員呢，都沒說關照鈺兒一下，唉，畢竟不是親生的。說起來，我這個做姨母的還沒見過鈺兒呢，不如姊姊明日把鈺兒和月兒都帶來，讓我好好瞧瞧。」

謝氏剛要回話，尤嬤嬤走了進來，將一張紙條遞給德妃。德妃展開一看，臉色立刻變了，「撲通」坐在椅子上，愣了好半天才開口。「我有急事要回宮，表姊先回去，過幾日我再找表姊進宮詳談。」

謝氏本想說什麼，可是再想想，算了，這麼長時間都忍下來了，不如再忍到百花宴之後，她虧欠子女的，能多為紫月做些事，死了才能安心地閉眼。

謝氏靜靜地退了出去，沒過片刻，清平侯急急趕了過來，一臉的張皇失措。

兩人進了花廳旁邊的書房，尤嬤嬤守在門口

「怎麼回事？突厥為什麼突然間取消偷襲計劃，出爾反爾？晉王現在準備怎麼辦？按原計劃起事嗎？」清平侯急壞了，難道是朝廷發現了什麼？這可關係到整個葉家家族的生死存亡。

「大哥，你冷靜一點！」德妃低吼。「突厥的探子回報夏家軍積極備戰，夏燁偉並沒有在等皇上的指令，而是做好了全面防禦的準備，讓他們很難『突襲』。加上倭人那邊剛出手就一敗塗地，突厥人又曾經被大將軍王打怕，所以退縮了，要求煊哥先起事，他們再攻打進來配合。」

「切，這些突厥蠻驢不想冒險，只想著撿便宜。」清平侯咒罵道。

「夏家軍、李家軍、郭家軍，還有西南的白家軍，這幾個將帥世家對鍾離家死忠，又英勇善戰，不但是突厥人忌憚，對煊哥來說，也是心腹大患。偏偏皇上對他們極為信任，我曾試過故意笑言大將軍王比皇家王爺還牛氣，皇上竟然說那是他們用血換來的，就算真的牛氣也應該。

「好在煊哥現在是個『死人』，誰也不會想到他的存在。我們在暗，他們在明，大哥你不用那麼擔心，只是時間往後推些罷了，現在兵部失了棋子，我們也確實不能按原計劃行動，我一會兒就提前回宮探聽消息，然後再做打算。還有，煊哥說，他給我送了一個幫手，這次百花宴上會出現，能不能拿下鍾離浩，就靠她了。」

清平侯冷哼一聲。「算了吧，誰不知道慶親王不好女色，除了王妃從來不正眼瞧其他女人一眼，用女人對付鍾離浩？簡直就是對牛彈琴！還不如費心去找幾個高手刺客來得現實。」

「只要他會動情，不是真的斷袖，就沒有什麼不可能的。煊哥既然費盡心機弄了這個女孩過來，肯定有特別之處。」德妃瞭解趙煊，他最擅長洞察人心，由此預測事態發展，如若不然，當時也不能讓自己逃脫外，還幫助她和葉家全身而退。

「但願如此吧……」清平侯突然想起過來時路上遇見的謝氏。「妹妹找巧姊（謝氏的閨名巧巧，家裡人稱巧姊）過來做什麼？二皇子壞了紫月的閨譽，她還會聽妳的擺布嗎？」

「當然，她最在意的東西在我手裡呢。」德妃微微抬起下頷。「從小到大，她就沒有能逃出過我的手掌心。」

清平侯搖頭。「所有人都認為妳們姊妹情深，也只有我才知道妳有多討厭她。其實妹妹，巧姊從小護著妳，一直對妳言聽計從，妳為什麼不喜歡她？」

「不喜歡就是不喜歡嘍，哪裡要什麼原因？」德妃拿起手邊的茶抿了一口——因為我討厭所有長得狐媚的女人，因為她嫁給了曾經對我情有獨鍾的男人，因為我命中無子女緣，她卻幸福美滿兒女雙全……

「喏，這個妳收走吧。我跟妳大嫂說這些東西雕刻別致，妳拿去給工匠作參考了，會另外送一套給她。」清平侯把手裡的首飾盒放在桌上。

「大哥，對不起，我真的沒想到會變成這樣，大嫂一直對我很好，我……」德妃的眼裡難得有了一絲愧疚。

「算了。」清平侯擺了擺手。「都是命，這也許就是所謂的報應了。妳大嫂嫁到我們葉家來，就只能替我，替我們葉家承受報應了。」其實這樣也好，萬一……葉家女人面對的可能比死更可怕。

「對了，大哥，你看之柔能不能為我們所用？」德妃不是個會用太多時間愧疚或悲傷的女人，她心中最重要的永遠是自己，是如何爬上那最高的權慾頂峰。她眼中只有兩類人，一種是能為她所用的人，一種是她的敵人。

「妳想讓她幫妳對付慶親王妃？不可能，她很在意那個朋友。而且二媳婦性情單純，也做不了那些事。」清平侯一口否決。

德妃挑眉。「她現在是葉家媳婦，與葉家共存亡，難道她在意一個朋友比在意她的相公兒子更多？」

「行了，我們這麼多人，有什麼事交給我們來做吧，子銘和二媳婦都做不了，說不定還會壞事。」清平侯堅持。

德妃很不滿地抿了抿嘴，最終沒有再說什麼。

皇宮，御書房裡，鍾離赫的案前也擺著一份情報，鍾離浩坐在一旁，蹙起的眉頭能夾死蒼蠅。

「跟丟了？你的人被發現？」

「好像不是，趙煊和他的人是商議後隱蔽的，不是突然躲起來。我們的人一直跟到那山崖下，那裡設了陣法，而趙煊在邊城的暗哨都沒有撤。」

「突厥的那些『牧民』都撤了？」

「是，盯著德妃的暗衛聽來消息，突厥探子覺得沒法突襲夏家軍，所以放棄了，重新跟趙煊談條件，據說他們還找了一個女子來對付臣弟。」

「哦？小冰塊豔福不淺嘍，我們就等著看看是什麼樣的絕世美女，哈哈哈……」

# 第九十一章　萬年老狐狸

黎軒給鍾離靜做了第三次針灸治療後，笑道：「明日開始，妳就可以正常練習了，起初半個月左右可能還會不那麼自如，慢慢地就好了。」

鍾離靜激動得熱淚盈眶，站起來就要給黎軒行大禮，黎軒攔住了。「當著妳大哥大嫂的面給我行這麼大禮，打我的臉呢！大冰塊跟我什麼關係？」

鍾離浩正色道：「應該的。一碼歸一碼，謝謝你了，黎軒。」若不是黎軒，鍾離靜那兩指說不定什麼時候就廢了。

鍾離靜看著正以自己兄長身分感謝黎軒的大哥，眼淚流得更歡了。她沒想到，大哥會親自陪她來蓉軒莊園治療。大嫂還說，前半個月大哥忙於朝堂之事，每日都是很晚才回府，如若不然，前兩次也會跟她們一起來的。

蓉兒遞了帕子給鍾離靜。「現在好了，還有兩個多月時間，靜兒妳可以好好準備了。」

鍾離靜溫婉的臉上洋溢著幸福的光彩。「是，我會努力的。」就是為了大哥大嫂這份濃濃的關愛，她也會努力的。

從蓉軒莊園回到王府，鍾離浩直接被東成請去了前院，回來的時候，臉上陰得要滴出墨來，丫鬟們都退了出去，鍾離浩從後面抱緊安然，腦袋埋在她肩上，一聲不吭。

安然也不擾他，只是輕輕摩挲著交握在自己腰間的一雙大手，以示安慰。她不知道發生了什麼事，但是，她可以感受到鍾離浩此刻的低落和鬱悶。

好一會兒，鍾離浩才緩緩地開口。「然然，丁嬤嬤背叛了我，背叛了父王母妃。母妃去世後，父王讓丁嬤嬤去了莊子上，讓她的丈夫做了莊頭，給他們一家人一座兩進的院子。父王善待她一家，只因為她是母妃的貼身大丫鬟，也因為父王想為我備著忠實的下人。

「六年前，她丈夫沒了，恰逢她丈夫的老家遭水災，公公婆婆都染了病，一群叔伯小姑從她那兒要去了他們家幾乎所有積蓄，連給她丈夫辦喪事的銀子都沒有留下，偏偏阿強的媳婦又小產，大出血。她來求我，我讓人給了她一筆銀子。

「後來她說想回來幫母妃照顧我，我就讓她管著這個院子，帳目和銀子都由著她管，從來沒有查驗過。因為他們一家是母妃的人，是父王為我儲備的人，所以我也特別照顧他們，阿強兩兄弟的活兒都比別人輕鬆，待遇也高於其他人。

「知道她為了給阿強還賭債去當東西，我讓人去贖了回來，想等事情都查清楚以後還給她，可是然然，妳知道她當的是什麼嗎？是我小時候戴的八寶金鎖，母妃特意讓人打製的。我讓南征夜裡去小庫房查了一下，還少了十幾樣小東西，都是些價值昂貴的。」

安然知道鍾離浩這麼生氣絕不僅僅是因為少了財物，她輕拍著鍾離浩的手。「人心難測，我們只能保證自己問心無愧，確保不了別人沒有二心。錢財還是小事，是不是有人拿阿強的兒子作人質，要丁嬤嬤對我們做什麼？」

鍾離浩的頭在安然肩上點了點。「幾天前，東成的人跟蹤丁嬤嬤和阿強，發現與他們見面的竟然是鍾離麒，鍾離麒給了她一個瓷瓶子，還把小孩還給了他們。這幾天，東成他們密切監視著丁嬤嬤，希望她不會真的做什麼對不起我的事。昨天夜裡，丁嬤嬤把莊子裡剛送來的蜜橘挑了些用水泡了一個時辰，那盆水裡倒了鍾離麒瓷瓶裡的藥水。」

安然大驚，她喜歡吃蜜橘，所以莊子裡連續送了兩次來，一送就是一大袋。

鍾離浩摟著安然的手緊了緊。「然然不怕，我不會讓任何人傷妳一根汗毛的，所有膽敢動妳的人，我都會讓他生不如死，不管他是誰。」鍾離浩的聲音裡透著一股陰冷，如同冬日裡的寒潭。

一會兒，丁嬤嬤進來了，身後跟著的小丫鬟手裡端著一盤蜜橘。丁嬤嬤笑得很是慈祥。「這是莊子上新送來的，老奴特意挑出最甜最飽滿的，王妃一定喜歡。」

安然笑笑。「謝謝妳費心了，丁嬤嬤。」

丁嬤嬤小窒了一下，想想安然一向客氣，又放鬆了。「王妃客氣，這都是老奴的分內事。」

丁嬤嬤正想告退出去，門外走進來幾個人，正是她的兩個兒媳和小孫子小孫女，後面跟著舒安和舒敏。

丁嬤嬤大驚，奇怪地看著阿強媳婦。「妳……你們怎麼來了？」

阿強媳婦笑道：「娘，您怎麼了？不是您一大早讓人接我們來的嗎？」

鍾離浩冷冷的聲音響起。「丁嬤嬤，讓大家坐下啊。舒安，拿蜜橘給客人吃，小孩子多拿兩個，剩下的端出去給阿強兄弟倆，這些都是丁嬤嬤精挑細選出來的呢。」

「不！不能吃！」呆愣了片刻的丁嬤嬤突然發瘋般地衝上來，打掉孫子孫女手上的蜜橘，看見舒安早已走得不見蹤影，跪下來拚命磕頭。「王爺饒命，王爺饒命！這蜜橘不能吃，不能吃啊！」

鍾離浩笑得燦爛。「哦，為什麼不能吃？不是妳特意挑出來最甜最飽滿的嗎？不能吃？你們家人比本王和王妃更金貴？」

阿強媳婦突然想到什麼，猛地跪在丁嬤嬤旁邊一起磕頭。「王爺饒命，王爺饒命！我們是被逼的啊！寶兒被下了毒，沒有解藥一個月內就會死啊！」

丁嬤嬤的大媳婦嚇了一跳。「婆婆、弟妹，妳們做了什麼？妳們到底做了什麼呀？」

這時，一個婆子進來，把一個包袱放在几子上。「王爺、王妃，東成說這些是從阿強屋裡搜出來的，是幾日前丁嬤嬤帶回去的東西。」

安然看了鍾離浩一眼，鍾離浩點點頭，又從袖袋裡拿出一個精緻的八寶金鎖放在一起，這些正是小庫房裡丟失的東西。

丁嬤嬤看到那些首飾時驚得忘記了磕頭求饒，再看到鍾離浩拿出那個八寶金鎖，直接暈倒。舒敏拿起一根銀針扎了下去，丁嬤嬤慘叫一聲跳了起來，繼續磕頭。「王爺饒命，饒命啊！都是老奴一時蒙了心，王爺饒過老奴的兒子孫子吧！」

鍾離浩對舒敏和那個婆子說：「把他們全帶到前院去，皇族長和京城府尹都在前面呢，讓鍾離麒拿解藥給寶兒吃了。」

丁嬤嬤大喜，正要開口，就聽到鍾離浩冰冷的聲音繼續說：「他們一家，男的全部賣到採礦場，女的全部賣到最低等的窯子裡去，這個小的長得還不錯，賣到小倌館去吧。」

丁嬤嬤再次暈了過去，阿強媳婦和那個大媳婦拚命磕頭求饒，被舒敏點了啞穴。舒霞又帶了兩個婆子進來，把婆媳三人都拖了出去。

鍾離浩又吩咐道：「讓王府所有下人都到前院看他們一家子發賣，告訴他們，若還有人敢挑戰本王的底線，下場一定比這一家人更慘。不願意待在王府的，給他們機會在三日內自己贖身出去，要待在王府的，都給我本本分分。」

舒安領命而去。

舒霞讓小丫鬟收拾了几子上、地上的橘子，也跟舒敏一起退了出去。

安然偎在鍾離浩懷裡，輕撫著他的胸口，想張嘴說什麼，看他那張氣極的臉，又閉上了。

鍾離浩壓下心頭的火氣，放柔聲音問道：「然然是不是想說小孩無辜？這是對大人的懲罰，對所有心存惡念的人的警告。如果剛才那些蜜橘真的被我們吃下去，我們就會慢慢變得呆傻，連以後生的孩子也會是傻子，難道我們的孩子不無辜？」

安然大驚失色，她以為是致命毒藥或者像上次那種絕育藥，沒想到這些人更狠毒，想把他們夫妻變成傻子玩弄於股掌，竟還要禍及未來的孩子，瞬間，所有「無辜」、「可憐」之類的念頭都沒有了，這個世界不是原來那個已經開化、體制健全的世界，遊戲規則自然不同，太聖母會被人啃得渣都不剩。

在這裡，也許真的要「人若犯我，我必以十倍還之」。

很快，安然知道了鍾離麒所受的懲罰，因為有丁嬤嬤一家的口供，加上在鍾離麒院子裡搜出來的各種毒藥，和那封「突厥可汗寫給鍾離浩的信」，鍾離麒被皇族長公開宣布淨身趕出慶親王府，逐出家族，當然，他新納的妾室何月瑤母女三人也一起被趕了出去。

許側太妃和鍾離青暫時留了下來，皇族長當著所有人的面予以警告，若發現她們與鍾離麒有任何聯繫，必將即刻驅逐出族。

這次的狠招，不但讓許側太妃和鍾離青嚇得躲在自己院子裡不敢出來，就連吳太妃和鍾離菡都老實了很多，吳太妃算是真正見識到了鍾離浩的快、準、狠，嚇壞了的吳太妃連對崔氏和喬氏兩個妾侍都好了不少，生怕她們把自己以前的什麼馬腳、漏洞都拿到鍾離浩和安然那兒去告狀。

在出城的馬車上，丁嬤嬤婆媳三人被鐵鍊鎖著手腳，這車上的女子都是被賣到揚城青樓去的官奴，不過，當她們知道這婆媳三人是背叛主子被賣到最低賤的窯子去時，還是很不齒地往旁邊挪了挪避開她們，有人還往她們身上啐了幾口。「不忠不義！至少，我們對得起天地良心。」

丁嬤嬤的大兒媳婦指著丁嬤嬤和阿強媳婦哭罵。「為什麼？為什麼妳們要恩將仇報？王爺和先王爺、先太妃對我們一家那麼好，妳們為什麼要做這樣泯滅良心的事？寶兒出了事，妳們應該去求王爺幫忙啊。可是妳們不但偷王爺的東西，還給王爺、王妃下藥，妳們不是人！嗚嗚嗚，妳們自己得了報應，連累我們夫妻也就算了，還害慘了我的兩個女兒！」一大一小兩個女孩也偎在她們娘的身邊大哭起來。

阿強媳婦大吼。「嚎什麼嚎？什麼狗屁恩將仇報？妳生不出兒子當然會說風涼話了，我們寶兒要讀書，要考試，要娶媳婦，哪樣不要銀子？老太婆一生為他們母子賣命做奴才，拿一點東西怎麼了？就沒見過這麼摳的！也是怪老太婆沒有用，就泡一點藥水也會被發現，要不然那對賤人現在已經成了傻子，說不定我們都大富大貴了。害了妳的女兒？我女兒不也在這裡？說起來都是妳們母女三個掃把星才害得我們家這麼衰，本來大好的機會變成了這樣。」

車上的人在她們的對罵中聽明白了大概原因，頓時對大媳婦母女無比同情，不過幾百年都是這樣的，一人犯罪，全家、全族，甚至幾族都被牽連。就像她們自己，主家犯罪，連她們這些奴才都遭了殃。

「籲——」在路邊一個茶攤，馬車突然停了下來，看管她們的一個管事讓大媳婦母女三人下車。「妳們就在這兒等著，跟妳家男人一起去王爺在西北新置的莊子上做奴才，後面的馬車馬上就到了。」

大媳婦母女大喜，拉著兩個女兒跪下來朝著京城的方向磕頭。「謝謝王爺，謝謝王妃！」

車上的一眾女子也為她們高興，有人還跟著流淚。

阿強媳婦大叫。「不公平，不公平！都是一家人，憑什麼放過她們，唔唔唔……」一塊臭烘烘的破布堵住了她的嘴。

鍾離浩下了一次狠手，慶親王府清靜了許多，連那些妖嬈多姿的表妹都消失了大部分。

時光如梭，日子一溜煙又過去了大半個月，夏燁林帶著夏燁偉的小女兒立筠回來了。鍾離浩、安然和君然一大早備上禮物回了一趟大將軍王府，安然一見夏燁林就撲上去要禮物。

夏燁林「極其苦惱」地揉著前額。「這麼大了還跟舅舅撒嬌！這轉眼都要當娘呢，好意思跟舅舅要禮物啊？妳這不是讓慶親王爺很沒面子嗎？」

鍾離浩一本正經地答道：「別，三舅舅千萬別顧及我的面子問題，我家然然往家裡扒拉好東西，我誇讚她還來不及呢。不過三舅舅您別忘了，您外甥女已經成親了，您這做舅舅的備禮就要備雙份才合適，可別在晚輩面前失了面子才是。」

君然趕緊接著道：「什麼雙份？姊夫您把我忘記了，是三份才對，還有我一份呢。」

夏燁林「哭喪著臉」望向老太君。「娘啊，您老人家的寶貝外孫、外孫女，加外孫女婿都是豺狼虎豹啊！您趕緊救救您兒子。」

老太君大笑。「該！誰讓你這做舅舅的如此摳門，我們然兒只要一份禮物你就哇哇叫，還搬出浩兒來，你不知道浩兒和君兒永遠都是站在然兒一條線上的嗎？」

十二歲的立果和九歲的立晴立刻也站到安然身邊。「爹，我們跟表姊也是站在一條線上的，我們也要禮物。」

「哈哈哈……」眾人大樂。何氏指著夏燁林笑道：「娘說得對，你就是『該』，一份禮物捨不得，這不，至少得準備十份了。」

夏燁林換上得意的笑容。「我不怕，帶了整整一車回來呢，你們大家自己分去，誰搶到就是誰的。」

剛回府一個晚上的立筠起初還有些拘束，這會兒被歡樂親切的氣氛感染，也放開了，伏在何氏耳邊「告狀」。「三嬸嬸，那一車東西是我爹娘送回來的。」

廳堂裡立刻又爆發出一陣大笑聲……

午餐過後，夏燁林將鍾離浩、安然和君然叫到了書房。「這次我去邊城，不負聖命，完成了兩項任務，昨晚一回來我就去了一趟宮裡。皇上給了指示，讓我與你們商議一下。」

原來此次夏燁林去邊城，表面上是去接立筠，實際上是皇上派去的特使。一來向夏燁偉秘密傳達皇上的旨意，把隨他一起到邊城的三位郭家軍將領介紹給夏燁偉，而三萬郭家軍也會分兩批悄悄抵達邊城，這三萬軍士是郭家軍中的新生兵力，日夜辛勤苦練，但缺乏實戰經驗。大長公主把這三萬人託付給夏燁偉，一是做好與突厥開戰的準備，這三萬人將為夏家軍增添助力，二是實戰訓練新兵。

一旦真正開戰，若有需要，另外五萬郭家軍也會即刻奔赴邊城支援。郭家軍主力駐紮在西北，與夏家軍的駐地最近。

「三萬？五萬？郭家軍有八萬這麼多人？那麼這幾年都是誰來管理的，大長公主祖母嗎？」安然驚呼，她以為郭年瀚和樊菊花死後，郭家軍如果沒有交給朝廷，只會面臨解散，最多留下幾千親兵而已。

「妳不知道？郭家軍這麼多年一直是浩兒在管理的啊。」夏燁林先是驚訝，馬上又深以為然，然兒一個女孩子，不論是大長公主還是鍾離浩，都不會好好地跟她提起這軍隊的事來。

安然一臉崇拜地看著鍾離浩，郭年瀚夫妻「生死未明」的時候，鍾離浩還不到十四歲吧？幾萬人的軍隊呢！更別說鍾離浩還有自己的龐大產業了。初中生的年齡欸，這古代人都是什麼品種的呀？

鍾離浩很享受安然眼裡的驚嘆和仰慕，心裡、臉上滿滿的都是柔情，天知道，他有多常擔心自己配不上寶貝妻子。

「咳咳！」夏燁林實在看不下去了，知道自家外甥女和外甥女婿的感情好，可也不要在自己面前這麼赤裸裸地顯擺吧？雖然，嘿嘿，自己和夫人的感情也很好，他眼前又閃現出昨晚和自家夫人小別勝新婚的柔情密意來。

君然則是又高興又羨慕，姊姊、姊夫是他最重要的親人，看見兩人感情好，姊夫如此疼惜姊姊，他自然開心，也很羨慕，以後自己是不是也能遇上一個讓自己像姊夫待姊姊那樣疼愛的女子？他一定會珍惜，不會像自己那個親生父親！

安然被夏燁林的咳嗽聲打斷，也沒覺得尷尬，崇拜一下自己男人嘛，很正常，何況這屋裡都是最親近的家人。

「繼續，繼續，三舅舅，您發什麼呆啊？郭家軍這邊的事，三位將領已經跟我互通了消息，現在突厥軍隊雖然暫時不敢有動作，他們三萬人還是先留在邊城，一來以防萬一，二來方便演練。您還是趕緊說說另外一件事吧。」鍾離浩很不厚道地「先發制人」。

夏燁林氣也不是，笑也不是，指著鍾離浩。「你……你！難怪然兒說你是千年狐狸，我看說你是萬年的也不為過，我今天總算知曉什麼是『反咬一口』了？哈哈哈！」

「說正事，說正事，皇上不是讓舅舅跟突厥談判嗎？談成了嗎？」君然開口催道，一個是姊夫，一個是舅舅，他誰也不好偏幫，至少不能明著偏幫。

「當然成了，你也不看看是誰出馬去談？」夏燁林臉上立刻換上了得色，還有作為舅舅的威嚴。可是，沒等片刻，自己先繃不住了，又嘻笑著臉。「來來來，你們看看，這是皇上要的易貨契約還有樣品，可把突厥人美死了。拿石頭換布帛瓷器，甚至還有糧食，他們哪裡還想打仗？說起來，那突厥可汗當年可是被你們外公打怕了。」

安然接過契約一看，那些貨品的名稱沒看明白，再一看樣品紙袋上皇上貼的備註名稱，恍然大悟，原來皇上要突厥供應的是石英砂、矽砂、芒硝，還有煤礦。

鍾離浩解釋道：「皇兄說，這些東西大昱也有，但是要慢慢開採，既然突厥境內這些東西豐富，就讓他們先挖吧。這樣也可避免打仗，我們不怕他們，但我們更需要時間發展國力。」

「皇上還說了，這些東西可以製成玻……玻什麼來著？」君然想補充，卻一時想不起那個聽過一次的名字。

「玻璃，呵呵，到時候窗子裝上玻璃，屋子裡透亮透亮的。啊呀，那就有玻璃鏡了，比銅鏡清晰多了。」安然一興奮，說得不亦樂乎。

夏燁林愣住。「然兒也知道？」他聽皇上說起一次，還沒想明白會是什麼樣的東西。

「哦，當然知道，浩哥哥告訴我的呀。」安然快速反應過來，皮球又踢出去給鍾離浩。

鍾離浩趕緊接住。「呵呵，我聽皇兄說得神奇，就告訴然然了。」

夏燁林和君然對鍾離浩會「事事彙報」不奇怪，自然不會有絲毫懷疑。君然接著解釋。「對，就是玻璃和玻璃鏡，皇上說，到時候把它們賣到番邦和突厥、倭國、新羅這些鄰邦，白花花的銀子就像水一樣流進我們大昱國庫了。那些石頭不值錢，玻璃和玻璃鏡卻很值錢的。」

安然心裡暗笑，老大是學理工科出身的，她早就料到他很快就會致力於大昱工業的興起。這下好了，她實在不習慣模糊的銅鏡，好期待大玻璃鏡啊！還有煤炭啊，那可是黑金子。

從大將軍王府回來，安然和鍾離浩的心情極好，談起大昱的軍隊。

安然好奇地問道：「浩哥哥，像郭家軍那麼多人，都是靠朝廷養著的嗎？」

鍾離浩笑道：「將士守衛大昱，自然要領津貼，不過國庫不豐，都比較少。說起來兵士們的生活都不好，有口飯吃，省下自家的糧食而已。也只有那些家裡吃不上飯的人才會當兵。」

安然想起前世的「兵團」，自己的姑媽姑爹就是新疆兵團的，她讀小學的時候，有一次跑去新疆過暑假，寫的一篇日記還在全國小學生作文比賽上獲獎了呢。

現在大昱東北、西北、西南這些邊疆也都是有大片大片的荒地啊，不打仗的時候，一半時間自己豐衣足食，一半時間操練。不僅可以輕鬆留著足夠兵力以防戰事，也可以讓兵士們吃飽穿暖，甚至養家。

老大是臺灣人，對中國的「兵團」只是聽說過，應該沒有什麼體會和印象，自己和鍾離浩可以幫他弄個具體操作計劃書出來。對大昱軍隊、兵士的情況，鍾離浩肯定比老大更熟悉。

說做就做，安然馬上跟鍾離浩說起「建設兵團」的型態和好處，鍾離浩果然大感興趣，雙眸熠熠發亮，越聽越興奮，並很快加入了自己的想法和意見。

慶親王府與大將軍王府的距離近，兩人正談得來勁就到了。鍾離浩親自抱了安然下馬車，準備走回靜好苑去，邊走邊談。

突然，一個粉紅色的人影衝過來，跪在他們面前。「大哥大嫂，你們要為我作主啊。」

安然定神一看，鍾離青，這對母女又要玩什麼？

鍾離浩摟住差一點往後仰的安然，抱著她躍出七、八步遠，冷冷地看向舒敏和舒捷。「即使是在府裡，如果有人這樣衝過來，妳們早就該動手，管她是誰，都不能讓她靠近，嚇到王妃怎麼辦？」

舒捷本來是龍衛中的佼佼新星，自從出了鍾離麒連續謀害鍾離浩夫妻的事，又跟丟晉王趙煊，皇上鍾離赫不放心，就選了舒捷讓鍾離浩帶了回來貼身保護安然，畢竟舒安成親後，白天在靜好苑，晚上就要回外院。

鍾離青正想再撲上來，聽到鍾離浩的話一下都不敢動彈了，跪在原地哭求。「大哥大嫂，你們幫幫青兒，定遠侯府不把青兒看在眼裡，也就是不把慶親王府看在眼裡啊。」

鍾離浩斜睨了她一眼，冷哼。「一個庶女而已，還代表不了慶親王府。」

鍾離青一窒，她知道娘和哥哥對鍾離浩所做的事，也知道鍾離浩不喜他們，但他從來沒有當面這麼犀利地說話過。她看到鍾離浩和安然為鍾離靜和鍾離嫣做了那麼多事，又是治療手又是請舞蹈教習的，她以為他們這樣做是為了慶親王府的聲譽，為了給安然製造好名聲，於是就想著以此來要脅他們幫自己。

此刻，她看見鍾離浩冰冷的眼神，彷彿他正在瞧著一隻令人厭惡的落水狗。

頭皮發涼的鍾離青強咬著牙。「大哥大嫂若不幫青兒，青兒也沒有臉面活下去了，只好死在你們面前。」說著就向著前面一隻石頭雕刻的駿馬奔過去。

慶親王府的走道旁有很多石雕的動物，牛、羊、馬、猴、豹子、老虎……形形色色，不過主要在後花園，前院裡只有靠近大門的大路上有一些馬。

鍾離青的兩個貼身丫鬟拉住了她，她還在閉著眼睛大叫。「妳們放開我，我活著不但丟自己的臉，還丟慶親王府的臉。」

丫鬟小環在她耳邊小聲道：「大小姐，王爺他們已經走遠了。」

鍾離青猛地睜開眼睛，可不是，幾個背影已經在五十丈開外，都快看不見了，鍾離青一聲沒吭，暈了過去。

醒來的時候，已躺在自己床上，許側太妃坐在一旁抹淚。「青兒，妳怎麼就不信娘的話呢？王爺王妃是不可能幫妳的，如果他們真認妳這個妹妹，定遠侯府又怎麼敢這樣對我們？娘跟妳說過，現在整個京城都在傳妳哥謀害王爺王妃的事，定遠侯府根本不擔心王爺會幫妳找他們麻煩啊。」

「那我怎麼辦？就生生忍下這個屈辱嗎？」鍾離青沒有看許側太妃，眼睛直愣愣地盯向前方，也不知道在看什麼。

許側太妃看著鍾離青這樣，心如刀割，可是又無可奈何。「不管怎麼樣，妳都是原配正妻，貴妾也是妾啊。等妳過了門，再想辦法收拾那賤人，娘會幫妳的。」

「您幫我？」鍾離青冷笑。「您怎麼幫？您鬥得過那個老賤人嗎？您的小兒子還在人家手裡呢。如果不是您為了您的兩個兒子三番五次地謀害王爺，他怎麼會這樣對我，他們對鍾離靜和鍾離嫣那兩個侍妾生的小賤人都那麼好，看我的眼神卻像看一隻癩皮狗。」

許側太妃顫抖著手指著鍾離青。「妳！妳怎麼這樣跟娘說話！娘不疼妳嗎？」

「疼我？」鍾離青大聲笑。「好啊，既然娘疼我，您準備拿出多少銀子來給我做嫁妝？您又能從太妃那裡弄來多少嫁妝？要我跟吳馨兒那個賤人鬥？她有太妃做靠山，您是不是敢為了我跟太妃鬥啊？」

許側太妃怔住，她的私房錢已經全部給了鍾離麒，連貴重一點的首飾都一起給他了，生怕他在外面無處安身。

她現在還真是拿不出什麼來給鍾離青了，至於王府備的嫁妝，以她對吳太妃的瞭解，一定不會有多少，現在王府公帳上的東西本就不多，何況吳太妃還有親生女兒，能摳出來的肯定都要給鍾離菡備著。之前吳太妃想讓鍾離麒幫她做事，對他們母子三人還好些，自從鍾離麒被趕出府，吳太妃待她的態度已經跟崔氏、喬氏差不離了。

她只能盼著鍾離麒能做出點名堂，她到時候也好出府去投奔大兒子，否則就只能借著是三爺鍾離麟生母的這一點，巴著鍾離麟和吳太妃生活了。

靜好苑裡，安然和鍾離浩正在聽暗衛彙報事情的經過。

許側太妃和定遠侯府的續弦夫人虞氏是閨蜜，在鍾離青六歲的時候，就與虞氏的親生兒子，定遠侯府的三公子訂了親。那時候，定遠侯和虞氏以為許側太妃得寵，鍾離青雖是庶女但也是得寵的庶長女。

直到先慶親王爺過世，王府產業的事爆出，他們才知道根本不是那麼一回事，他們侯府娶了鍾離青，並不會拉近與慶親王府的關係。再到鍾離麒被趕出王府，他們就使勁想法子要解除婚約，可是慶親王並沒有趕許側太妃母女出府，他們不能以此作為藉口。

半個月前，定遠侯三公子偶然認識了吳太妃娘家的侄女吳馨兒，為她的美貌傾倒，兩人乾柴烈火，很快滾了床單，還被人撞見。吳馨兒尋死覓活，把三公子心疼得半死，信誓旦旦要娶她為平妻。不過定遠侯和虞夫人只肯兒子納吳馨兒為妾，頂多是貴妾。在三公子的堅持下，這個貴妾下個月就抬進門，也就是說，先於鍾離青這個正妻進門。

定遠侯夫妻盤算得好，希望鍾離青能「不堪受辱」，自己提出退婚。若是不退婚，到時候嫁過來就讓這兩個女人自己鬥個妳死我活，鬥不死也容易找個罪名把「善妒、鬧得雞飛狗跳的惡妻」休出去。至於吳馨兒嘛，妾，一個玩意兒而已，等兒子玩膩了，隨便丟哪兒都行，他們也不想同吳太妃有什麼瓜葛的。

安然嘖嘖稱奇，這個吳馨兒還真行，前一陣子還偷溜進鍾離浩書房，企圖將自己的肚兜藏在鍾離浩榻上，結果被暗衛丟了出去，又被趕出府，這麼快就另外覓到獵物且爬床成功。不過回想一下，那個女人長得還真是不錯，五官精緻嫵媚，身材凹凸有致，完全稱得上是尤物一個，尤其那種柔弱的白蓮花氣質，最是容易讓男人想呵護吧？呵呵，也只有她家大冰塊可以對這樣的尤物視若無睹了。

被表揚的鍾離浩正擺正神色，對暗衛吩咐道：「去，用最短的時間把那個吳家女人藏肚兜，還有和定遠侯三公子生米煮成熟飯的事宣揚出去，要讓滿京城大街小巷都談論。」

「是，屬下告退。」暗衛領命而去。

「浩哥哥，你那樣做是要為鍾離青出氣嗎？那為什麼不直接阻止定遠侯府未娶妻先納妾？」安然好奇地問道，她沒有想到鍾離浩會介入鍾離青的事。

「為她出氣？她也配？」鍾離浩冷哼。「鍾離青畢竟是慶親王府的人，是父王的庶女，我總要為父王、為我們王府小小出口氣。再說了，這個時候傳出流言，妳覺得正院那個女人會認為是誰傳出去的呢？」

安然一愣，隨即笑出了聲，真是萬年老狐狸！

# 第九十二章　有喜

如鍾離浩所料，吳馨兒很快成了京城最有「媚名」的女子，風頭勝過三大青樓的頭名紅牌姑娘。而吳家女子幾乎不敢出門，因為一旦被認出，就有無數色迷迷的眼神投向她們。風頭之下，定遠侯府哪裡還敢明晃晃地迎一位如此盛名的貴妾？那可真成了京城最引人注目的人家，茶餘飯後最大的笑話。

定遠侯和虞氏讓人把蔫巴了的三公子叫了來。「這樣吧，還是讓她進門為妾，不過不是什麼貴妾，等你成親以後再進門，那時風聲也淡了。不過以後你可得讓人看緊了她，不要再做出什麼傷風敗俗的事。」

慶親王府的正院裡，吳太妃氣得渾身發抖，吳家本就衰敗，現在名聲又如此不堪，如今的娘家對她來說就是個累贅啊。

李嬤嬤急乎乎地進來通報。「太妃，吳家兩位舅老爺、舅太太求見，門房不讓進，可是他們賴著不肯走，一定要見太妃。」李嬤嬤本是吳家的親戚，現在她最害怕的就是人家記得這茬。

「打出去，全都給我打出去，這當口還敢在府外鬧，他們想害死我的菡兒嗎？」吳太妃歇斯底里地罵道。外面本來就有傳言說吳馨兒跟鍾離菡自小最是要好，已經把她的菡兒連累得一場糊塗，這會兒兄嫂還在府門口鬧事，是想把注意力都轉到菡兒身上嗎？畢竟，一個是親王府郡主，一個是平民白身，誰更吸引八卦人的注意？吳太妃又是一口血噴了出來。

王嬤嬤拉住正要依言出去趕吳家人的李嬤嬤，苦口婆心地勸道：「太妃，大舅爺二舅爺都知道太多事，不可以鬧翻，讓老奴去前面看看，好言勸他們先回去。」

吳太妃一震，是啊，她那兩對哥哥嫂嫂都不是善茬，完全可能翻臉無情，萬一……

她感激地看向王嬤嬤。「去吧，拿五百兩銀票去，跟他們說，等風聲過了，我再找他們。」

好一會兒，王嬤嬤才回來了，對吳太妃點點頭，讓她鬆了一口氣。

「會是誰傳出的流言？靜好苑的那位沒理由要隔這麼長時間才去宣揚那件事，而且他們也不可能那麼清楚吳馨兒和定遠侯府三公子的事啊。」吳太妃閉著眼睛，輕揉太陽穴。

王嬤嬤皺眉。「應該不會是王妃，吳馨兒成為定遠侯府貴妾，最不利的人是大小姐。剛出了二爺謀害王妃被逐出族的事，靜好苑最不待見的就是那母子三人了。昨天大小姐攔住王爺王妃尋死覓活，他們連理都沒理她。」

李嬤嬤也想起一件事。「上次萍兒表小姐（吳馨兒的堂姊吳萍兒）來跟太妃說吳馨兒的事時，奴婢在院門口遇到大小姐，她說香菱（吳太妃身邊的大丫鬟）告訴她您有客人，所以她先走了，晚點再來跟您請安。奴婢進來的時候，看見您和萍兒表小姐在小花廳裡說話，而廳外正好都沒人，香菱也不在，奴婢當時沒有多想，現在想想她應該是在廳外偷聽到了妳們的談話。」

王嬤嬤也想起那日的事。「萍兒表小姐說有事跟太妃您說，老奴就帶著香菱去老奴屋裡幫老奴裁衣了，並沒有遇見大小姐。」

吳太妃咬牙。「一定是鍾離青那個小賤人偷聽到了萍兒的話，那日吳馨兒在靜好苑裡的事她也在場，她不甘心讓馨兒先進門為貴妾，所以就出此狠毒的招數。哼，她不是在意這個正妻的風光，不願意受委屈嗎？我就讓她風光大嫁！」

王嬤嬤驚道：「太妃不可，損敵一千，自損八百，壞了大小姐的名聲，對菡郡主沒有好處。」

吳太妃冷笑。「放心，本妃不會那麼傻，不可能讓她壞了本妃娘家的名聲後，再為了她壞了自己夫家的名聲，而且，本妃怎麼說也是她的嫡母，壞了她的名聲對本妃有什麼好處？只能證明本妃無能，家教不嚴。呵呵，本妃這個嫡母一定會非常重視她的親事的。」

正在梅心院裡歡喜慶祝的許側太妃和鍾離青生生打了個寒顫，忙讓丫鬟關了窗子。

吳馨兒事件如一個小浪翻過，隨即無聲無息，慶親王府繼續著前些日子的清靜。安然大奇。「吳太妃竟然不找鍾離青的麻煩？」

鍾離浩笑道：「妳以為她會怎樣找麻煩？耍陰招壞了鍾離青的名聲？她自己還有個女兒呢。怒斥鍾離青，苛待她？太便宜鍾離青了，哪裡能讓她出氣？那個老妖婆樂於損人，但一定不會『不利己』，妳就等著看，她一定會讓鍾離青難受得很還沒得抱怨。以前父王為了讓她們兩人旗鼓相當，故意製造寵愛梅心院那位的表象，現在梅心院沒了靠山又沒了兒子，對正院完全沒有招架之力。」

安然戳了鍾離浩心口一下。「原來你這麼狡猾是有遺傳的，吳太妃和許側太妃娘家的衰敗，父王都沒有少出力吧？」

鍾離浩抓住安然的手指，逐個親吻。「作為皇家親王，別人看著無限風光，其中的責任和無奈又有誰知曉？狡猾是無奈的，是為了保護自己愛的人。不過然然，有一點妳說對了，是有遺傳，我可不就是遺傳了父王的癡情？我真是恨不得把我的然然拴在腰上，天天帶在身邊。」

「去，你才拴在腰上！」安然推了鍾離浩一把，卻被整個兒摟進懷裡。

兩人正滾在榻上笑鬧，一隻雪白的鴿子從窗戶飛進來，撲楞楞落在榻子的矮几上，安然認得這是鍾離浩的信鴿，從鍾離浩身上撐了起來。「看在飛飛的面子上，暫且饒過你。」飛飛是安然給這隻信鴿起的名字。

鍾離浩在安然唇上重重親了一下，然後大笑著跳起，躲過安然再次伸出的魔爪，站在三步開外的桌子旁邊看手上的密信。

安然見鍾離浩臉上吃驚的表情。「怎麼了？那個大鬍子進京了？」

鍾離浩搖搖頭。「德妃給大鬍子傳信，說『兒子有消息了，很快就能找回來』。」

「兒子？誰的兒子？天啊，不會真的被本姑娘猜中了，真有姦情吧？」安然驚呼。「暈倒，我真是烏鴉嘴欸，可憐的老大真被人戴了綠帽子了，連兒子都有了？」

鍾離浩摟過安然的腦袋親了一下。「什麼『本姑娘』？妳已經不是姑娘了，應該自稱本妃。」

安然白了他一眼，突然想到什麼。「這……這……這……浩哥哥，你有沒有覺得哪裡不對？」

兩人相視片刻，突然異口同聲道：「冷紫鈺！」

這世上相像的人是有，可是像到七、八成，像到虎衛可以拿著冷紫鈺的畫像加了大鬍子和皺紋而找到趙煊，就有點玄妙了。

安然突然又想到那個二皇子，先前那種微妙的直覺又出現在她腦海裡。正常情況下，冷紫月既然已經被二皇子壞了閨譽，二皇子承諾納她入宮，冷紫月也同意了，沒道理號稱情同親姊妹的德妃和謝氏不同意啊，尤其是作為紫月親生母親的謝氏。

要知道這裡不是思想已經開放的二十一世紀，而是古代封建皇朝，未嫁姑娘的閨譽多麼重要！

反過來分析，也就是說，能讓謝氏拒絕這門親事的理由，一定是比壞了閨譽更可怕的事。

鍾離浩聽了安然的分析，深以為然，可什麼是更可怕的事呢？

不共戴天之仇？沒有，當年還是德妃救了謝氏母子三人。

新婦守寡？不可能，二皇子身體好得很，又不是沖喜。

生命危險？更是無從談起。

血親亂倫？

鍾離浩目瞪口呆地看著安然，這個假設太離譜了！無論「換芯」前後，皇兄從不好色，更不可能君戲臣妻，那個冷紫月不可能是皇兄的女兒。

安然「噗哧」一笑。「誰說紫月是老大的女兒了？我只是懷疑二皇子是謝氏的兒子。」

鍾離浩依舊不可置信地搖頭。「不可能，德妃當年懷孕，大家都看到的，那年我三歲多，母妃還沒病重，帶我去宮裡時，總是特意交代我不要亂跑，老遠看見葉良媛要避開。如果二皇子不是她兒子，那她肚子裡的孩子去哪裡了？」

安然撇嘴。「這有什麼不可能的？有太多種可能了！那個孩子可能是女娃被換掉了，也可能死了，甚至，從頭至尾就沒有什麼懷孕。」

鍾離浩張大了嘴，怎麼……可能？

安然扯著他的袖子笑道：「啊呀，現在都是亂猜的嘛，不用這麼震驚！不過我說的都是歷史上各朝代後宮、後院裡頻繁發生的事哦。」

鍾離浩閉上了嘴，但仍然為那些假設震撼，怎麼……可能？皇室血脈怎麼可以混淆？在宮裡層層守衛，哪有那麼容易混淆？

安然好笑。「好了，浩哥哥，任何推斷都是從假設開始的，但並不是所有假設都能成真，你也別再糾結了。反正你也要查德妃和冷紫鈺，不如就順帶把這兩對母子都徹頭徹尾地查一查，也不算浪費資源嘛。查得細了，跟那大鬍子相關的線索也許就更多了。」

鍾離浩想想也是，反正相關人員都是要查的，多帶一個疑問而已。

日子很快滑入十一月底，天氣越來越冷，但眾人都忙得熱火朝天。

鍾離浩、薛天磊、君然，以及三舅舅夏燁林都是皇上的得力助手，在別人豔羨的目光中辛苦得像老黃牛。

黎軒也在協助朝廷培養醫師，實現各州、市、縣都有各級官辦醫署的龐大計劃，錦繡女子學堂醫學班的學員也納入了計劃之中。

安然自然還是忙著擴展生意賺錢，最新的化妝品店「花顏」比安然預想的還要紅火，如此「錢途似錦」的生意，安然竟然出人意料地分利與人，還是與她毫無關係的人。

在朝廷層層篩選和「虎衛」暗中調查的雙重把關下，鍾離赫親自嘉獎了大昱第一批「優秀父母官」，都是清正廉潔、剛正不阿、兢兢業業、做出突出貢獻的地方官員。這些人將獲得當地「花顏」一成分子，如果夫人子女有興趣的還可以直接加盟「花顏」分店。當然，無論是官員還是加盟分店的家眷，每年都要接受考核。

自古以來，就有「上有政策，下有對策」、「天高皇帝遠」等說法，朝廷的政令再好，也要靠層層官員，尤其是基層地方官執行。鍾離赫不斷推出的新政令和各種改革措施，能真正惠及多少人，跟這些官員的執行力息息相關。

如果沒有灰色收入，地方官員的俸祿是不多的，安然這麼做的目的是為了讓那些清官的日子可以輕鬆一些，沒有經濟壓力，更有信心和精力堅持自己的原則，同時也可以獲得家眷的更多支持。

對於安然的支持，鍾離赫自然是不客氣地全盤接受。形式上，安然是他的弟媳，慶親王鍾離浩是他最信賴最疼愛的小堂弟。兄弟情深，慶親王夫妻為皇上、為朝廷做任何事在外人看來都是意料之中，十分正常。

實質上，在鍾離赫心裡，安然就是他的至親、親密戰友，太客氣就矯情了。

閨閣小姐們，則是進入了百花宴前的最後準備階段，一個個摩拳擦掌，緊張練習，狀態就如準備下場考試、爭取金榜題名的莘莘學子。

也許是最近走到哪裡都聽到「百花宴」、「百花榜」這幾個字眼，安然也跟著緊張起來。這日用完午餐，小睡了一會兒，就準備從靜好苑與隔壁宅院之間打通了的小門直接去隔壁看「彩排」。近來忙著生意上的事，也不知道鍾離嫣的舞蹈練習得咋樣了，安然心裡還是很期待的。

才剛走出臥房，桂嬤嬤一路小跑趕了過來。「王妃，冷府來人說，老爺病了。」

冷弘文的身體一向不錯，現在過得又挺滋潤，除了想起君然這個兒子有點憋氣外，可以說是事事順心，身體也越發壯實，怎麼突然間病了？

「桂嬤嬤，妳準備一些上好的藥材和補品，我們回冷府看看。舒敏，妳讓人通知王爺帶上一個太醫去冷府一趟，我在冷府等他。」安然連聲吩咐完，轉頭回屋裡更換出門的衣服。

冷弘文病了，還讓她知道了，無論如何，她都必須走一趟。

天氣冷了，街上的人也少了很多，倒是讓馬車提速了不少。

安然透過窗簾看著馬車外面的景致，窗簾面料採用的是錦繡布莊新出的一種帛，叫「隱絲」，看起來柔軟薄透，用來做披帛和罩在豔麗衣裙外的蒙紗都是非常飄逸，「隱絲」還是做窗簾和帷帽之類最好的選擇。

靠近「隱絲」，可以透過它清晰地看清楚另一面的事物，但是距離「隱絲」超過一尺，看另一面的東西就模模糊糊了。因此，安然給這種面料取名「隱絲」，暗含「隱私」之意。

看了一會兒，安然突然有點頭暈反胃的感覺，趕緊坐好，靠在大軟枕上。

舒安笑道：「馬車行著的時候，這樣看外面容易頭暈，王妃快閉上眼睛靠一會兒。」

安然笑了笑，依言閉上眼睛，慢慢地感覺好了一些。真是奇怪啊，她以前坐汽車坐飛機都這麼看，從來也沒暈過，就是現在這副身子，這麼多年也總是喜歡坐在馬車上看風景，什麼時候暈車過？

舒敏坐了過來。「王妃，我給您把把脈。」

安然笑道：「偶爾暈車嘛，要不要這麼大驚小怪的？」見舒敏堅持，只好伸出右手。

舒敏摸了一下脈，清晰的脈象讓她大喜，慎重起見，又探了一下安然左手的脈象。連忙跪下。「恭喜王妃，我們有小主子了。」

安然一愣，小主子？她懷孕了？對哦，這個月的小日子已經遲了半個月了，她以為是自己嘴饞吃了紅豆冰沙所以遲遲未來，沒想到卻真的懷孕了，她要做媽媽了？

「恭喜王妃。」舒安和舒捷也趕緊喜孜孜地跪下。

安然傻呵呵地笑了。懷孕了！她知道鍾離浩有多想要孩子，就因為黎軒告訴他若想要一個健康優質的孩子，便不可以縱慾，他近來有好長時間都不敢隨心所欲了，每晚只是一、兩次就放過安然。不過兩人鶼鰈情深，極其和諧，每次都能雙雙達到高潮。鍾離浩總是得意地抱著安然嬉笑。「我們這是少而精，我們的孩子也會是最好的精品。」

舒敏說胎兒有一個月了，還抱怨說今天不該出來，人都說懷孕頭三個月胎兒特別嬌氣，也稱「胎還沒坐穩」，要好好養著。

安然笑道：「沒事，人家莊子上的農婦懷孕還下田呢，人太嬌養了反而不好。」

幾人一路談笑，安然倒是沒有再暈車了。

一進冷府，安然直接去了正院看冷弘文。

冷弘文聽說安然來了，早已讓人侍候著起身，坐靠在躺椅上，抬去了離臥室較近的花廳。

現在的安然在冷弘文眼裡真正是「寶貝女兒」，一見到安然進來眉眼間的病色都退了不少。「然兒怎麼來了？我只是急火攻心，沒事的。」

謝氏嗔道：「什麼沒事，你昨晚又是吐血，又是昏倒的，那樣子嚇死人了。是我讓人去找然兒的，你看，然兒來了，你的氣色都好了不少。」

安然在冷弘文旁邊的太師椅上坐下來，見冷弘文臉色煞白，眼睛浮腫，眼下烏青，看樣子是真氣壞了，昨晚恐怕都沒睡好。

說到昨晚，冷弘文的臉色又黑了，問道：「安松走了嗎？」

「走了走了，昨晚連夜就趕去了。」謝氏趕緊應道，見安然一臉疑惑，又解釋道：「冷安蘭偷人，還被夫家族人抓住，老爺讓安松帶著斷絕書趕去了。」

啊？安然震住了，這冷安蘭還真是……不過現在那林雨蘭母女三個都跟冷家沒有關係，也就跟她毫無瓜葛了，嗯，真好！

「父親，事情已經這樣了，您也別生氣，自己身體要緊，浩哥哥去請太醫了，一會兒就會來。」安然安慰道：「聽說老夫人的身體也不好了，我要不要過去看看？」

很早以前開始，安然每次去冷老夫人那裡請安，冷弘文都要親自陪著，就怕自己娘又犯毛病。現在這個女兒可是女婿的心頭肉，有什麼磕磕碰碰的，那個冰山女婿鐵定要變臉。

「不用，不用，老夫人沒什麼事，等下讓太醫過去看看就是了。妳就坐這兒陪父親說說話，等王爺來。」冷弘文連忙阻止，女兒女婿這樣貼心，一聽說他病了就請太醫來看他，他可不能讓那不靠譜的老娘再衝撞了這個寶貝嫡女。

定了不過去老夫人的慈心院，謝氏拿了昨天大夫給冷弘文開的藥方子給安然看，好像生怕安然以為她謊報病情把人騙來。

安然暗嘆，謝氏這個人精明厲害，尤其表面功夫了得，讓人挑不出刺來。

謝氏跟德妃到底是什麼樣的關係？為什麼兩人的兒子都好似和對方有著奇怪的聯繫呢？難道真的是自己電視劇看多了，想歪了？

「然兒，妳在想什麼？眼睛都直了。是藥方有問題？」冷弘文好心情地打趣道。他倒沒覺得安然看藥方有什麼奇怪，這個福星嫡女什麼都會，大長公主的肺癆都能治好，一個簡單藥方還能看不懂？

「哦……不是的，父親笑話我呢，我只是看看父親需要哪些藥材。」安然笑著把藥方還給謝氏。

鍾離浩很快就來了，安然一見他，高興地站起身要迎過去，可能坐得太久，起立太猛，眼前一黑，就往後仰去，旁邊的舒敏趕緊抱住。

鍾離浩嚇得臉都白了，飛身過來一把將安然摟在懷裡。「然然，妳怎麼了？太醫！快！快過來看看王妃怎麼了！」

冷弘文和謝氏也嚇到了，這是怎麼一回事？剛剛還好好的呀，如果安然真在他們府裡出什麼事，慶親王會不會當即拆了他們冷府？

舒敏道：「王爺莫要擔心，王妃有了身孕，可能是起得太急了才會犯暈，沒有大礙。」

「什麼叫沒有大礙？好好的怎麼會暈倒？等……等下，妳……妳剛才說什麼？然然她……有……有了什麼？」鍾離浩的臉上頃刻之間從驚嚇到憤怒，再到驚喜和不敢相信，他緊緊地盯著舒敏，等著她的確認。

舒敏幾人一齊跪下。「恭喜王爺，賀喜王爺，剛剛在來的路上，我給王妃診過脈了，王妃已經有了一個月的身孕，王爺若不放心，請讓太醫再診一次。」

鍾離浩叫道：「太醫，太醫！」他不是不相信舒敏的能力，而是太驚喜了，他需要多一些確認。

舒敏拿了絲帕覆在安然的手上，太醫趕緊過來搭脈，旋即滿面笑容地賀道：「恭喜王爺，恭喜王妃，王妃確實有了一個月的身孕。」

「哈哈哈哈！賞，大家都有賞！可是，王妃……王妃她現在怎麼了？」鍾離浩大喜之後看著依然昏迷的妻子不由又驚惶起來。

太醫忙道：「王爺莫要擔心，王妃身體很好，如這位姑娘所說，應該只是起身太急了，加上懷孕初期的不適應，沒有大礙，很快就會醒過來。不過，這頭三個月，還是要小心謹慎為好。」都說慶親王爺視王妃如珠如寶，真正看見才知道，何止如珠如寶？如眼珠子都不為過。

冷弘文和謝氏也是一臉喜氣，冷弘文已經不需要靠在躺椅上了，原來蒼白的臉上都泛起了興奮的血色。

南征遞了一張銀票給冷弘文。「王爺王妃大喜，見者有分，冷府所有下人都賞一個月例銀。」

冷弘文兩眼都是激動的光彩，即使沒有這張銀票，他也是要闔府大賞的，他冷弘文很快就是慶親王世子的外祖父了，呵呵，跟慶親王府的關係越來越堅實了。

冷弘文看都沒看，直接將銀票遞給謝氏。「賞，全府上下每人賞兩個月月銀，王爺王妃賞一個月，老爺我賞一個月。」

謝氏笑容滿面地應道：「是。」她不用看，也知道那銀票上的數字賞十個月都綽綽有餘。

花廳內外的僕婢大喜，嘩啦啦跪下。「恭喜王爺王妃，恭喜老爺夫人。」

安然醒的時候，已經躺在馬車屏風後的床上，鍾離浩正坐在床邊樂呵呵地對著她笑。

「寶貝兒，妳醒了？妳可嚇壞為夫了。」鍾離浩說著，在安然的唇上輕輕咬了一口。

「浩哥哥，我怎麼了？我記得自己站起來去迎你，然後就什麼都不知道了。」安然嘟著嘴回憶，她生病了？

「沒事，太醫說懷孕初期身體都會有些不適應，寶貝兒辛苦了。」鍾離浩的大掌輕輕放在安然的小腹上，這裡有了他和然然的骨血，有了他們的寶寶，呵呵，他以後不用羨慕黎軒和天磊了，他的小然然、小浩浩一定比小貝貝和小圓子更加可愛。

安然這才想起自己好像懷孕了，臉上漾起溫暖的笑容。「浩哥哥，你要當爹了，高興嗎？」

鍾離浩低下頭，輕吻著安然的臉。「高興！高興極了！然然，以後妳在這裡就有了牽掛了。」就不會離開我，不會想著回現代去了。

安然心裡一顫，怪不得鍾離浩這麼想要孩子，他心裡竟然如此不安，一個人要愛得多麼深，才會如此忐忑？

安然柔暖的雙手輕輕捧著鍾離浩的臉。「浩哥哥，我愛你，很愛很愛，你才是我在這個世界最深的牽掛。」

鍾離浩顫抖著雙唇。「然然……寶貝然然……我也愛妳……愛得心都疼了……我怕自己不夠好……我怕然然太想念那個世界的親人。」

鍾離浩的唇輕柔地覆上安然的唇，輕輕地舔吻，好像安然是個絲綢做的小人兒，不小心就會碰壞了。

安然等人回到王府的時候，君然和桂嬤嬤已經在門房處焦急地等了很久，見到鍾離浩抱著安然從馬車上下來，君然衝了過來。「姊夫，我姊還好吧？」

安然笑道：「我很好啊，不就懷了寶寶嗎？瞧你們一個個大驚小怪的。浩哥哥，你快放我下去，又不是摔了腿腳，沒的讓人笑話！」

君然忙道：「抱著，抱著，沒人笑話。人家懷寶寶都不會暈倒，為什麼就妳暈倒了？桂嬤嬤已經安排了轎子，還是抱到轎子上去。」

鍾離浩促狹地看著安然。「聽見沒？是小舅子不讓我放下的，妳可不能怪我。」

君然認真地點頭。「姊，妳要聽話，不要老是欺負姊夫，姊夫都是為妳好。劉嬤嬤說了，頭三個月要特別小心，不能任性。妳都是要當娘的人了，不能由著自己的性子想怎樣就怎樣。妳就是不為自己著想，也要為我的小外甥著想。」

安然撫額，這嘮嘮叨叨的，還有那板得一本正經的嚴肅俊臉，都快變成個囉嗦古板的老頭了！

鍾離浩見安然不再嘟囔著要下去，暗自得意，有個貼心小舅子的好處終於體現出來了，竟然還知道自己這個姊夫老是被「欺負」？真是感動啊，幫理不幫親的小舅子真可人疼！

安然有孕的消息很快傳了開來，宮裡、大長公主府、大將軍王府、蓉軒莊園，以及一眾親朋好友都一車一車地往慶親王府送東西，主要是藥材和補品，還有給安然解悶的玩意兒。

太后讓自己專用的林御醫每三天到慶親王府給安然請一次脈，本來還想挑兩個醫女去王府的，後來皇后提醒說安然身邊的舒敏是黎軒的弟子才作罷，人越多，越容易被人鑽了空子。皇后親自出宮探望了安然一次，跟安然傳授了很多養胎的經驗。

劉嬤嬤很興奮，一心想著回來照顧安然，可是秋思也懷孕了，安然堅持不同意。大長公主送了兩位嬤嬤過來，秀嬤嬤和芳嬤嬤都是大長公主府的老人，全家人的身契都在大長公主府，兩人都有著服侍孕婦、產婦，以及照顧小嬰兒的豐富經驗。

黎軒想著舒敏再過一、兩年恐怕也要嫁人了，又送了一個自小學醫、善於辨毒的女弟子過來讓舒敏帶著，以後在安然身邊侍候也好，照顧小寶寶也行。新來的女弟子才十五歲，安然給她起名舒盼。

現在安然才知道鍾離浩和君然不是最「大驚小怪」的，也不是最囉嗦的。兩個舅母宋氏和何氏給她定了三十多條規矩，還是沒得商量的那種，而且每隔兩天就輪著來突擊檢查。安然哀呼，這個寶寶還沒出世就把他娘給管住了。

鍾離浩摟著寶貝妻子安慰。「妳這是第一胎嘛，大家自然都很緊張，等寶寶出來了，我帶妳去別院好好鬆快鬆快，到時候咱把什麼規矩都還給舅母去，呵呵。」說完又輕撫著安然的肚子念叨。「寶寶乖，在裡面好好長大，不要折騰你娘，等你出來了，爹給你買糖葫蘆吃。」

安然撇嘴。「他現在都還沒長成形呢，哪裡能聽到你說話？就算他出來了，也沒那麼快能吃糖葫蘆好不好？你不能騙他。」

鍾離浩不以為然。「我的寶寶跟我心有靈犀，自然能感受到。我也沒騙他呀，等他出來了，我買糖葫蘆給他舔一下總行吧？至於他還不會吃，就不能怪他爹了不是，哈哈哈。」

# 第九十三章　側妃

過了十天，在林御醫和舒敏都再三保證安然的狀況很好，也沒有再暈過之後，安然總算可以出門了，不過呢，即使只是去正院給吳太妃請個安，身後都跟著一大群丫鬟嬤嬤。

這天，安然要去宮裡謝恩，順便先去給吳太妃請安。

看著安然前呼後擁離去的背影，鍾離菡酸溜溜地道：「不就是懷孕了嗎？成天弄得這麼大陣勢！」

王嬤嬤嘆道：「誰讓王爺寵她呢！聽說前日，啟王爺送了兩個絕色美人給王爺做姬妾，王爺回來的半道上就轉手賣到怡紅閣去了。還說那麼醜的人會嚇到王妃和她肚子裡的孩子，不如換兩個錢給王妃買點心吃。搞得那些想趁著王妃有孕送美人給王爺的人都趕緊打消了念頭，王爺賣美人的銀子還不到他們買人花費的十分之一，白白便宜了怡紅閣。」

吳太妃冷哼了一聲，捏緊了拳，她以前也以「關心」為名給鍾離浩送過暖床丫鬟，不是被賣掉，就是賞給莊子裡的下人。在鍾離浩那裡，從來就沒有什麼「長者賜，不可辭」的概念，他連婉轉都不願意，直接處理掉，還理直氣壯地說：「送給我了，不就是我的？我愛怎麼處置就怎麼處置。」

所以這次安然懷孕，她並沒有打算送通房丫鬟之類，她怕鍾離浩報復在鍾離菡身上，上次何月瑤的事，他就赤裸裸地拿鍾離菡的親事來威脅她。

對鍾離浩，不能硬碰硬，只能來暗的。

吳太妃吃過虧，懂得收起爪子，可是有人撞過南牆，偏偏忘了疼。

安然到慈寧宮的時候，皇后、四妃，以及幾位有點臉面的嬪妃都到了。

太后一見安然進來，連聲招呼。「來來來，然丫頭，不用行禮了，快坐到哀家身邊來，讓哀家好好看看。」太后身邊的嬤嬤依太后之命攔住了安然行大禮，把安然扶到了太后身邊。

太后拉著安然的手關切地問了一堆問題，吃得好不好？睡得好不好？吐不吐？

在座的都可以說是太后的兒媳婦，可是除了皇后，幾乎就沒有人享受過太后如此的關愛，對安然真是羨慕妒忌得很。不過，畢竟安然不跟她們搶一個男人，犯不著得罪，那個慶親王爺還是少招惹為妙。

因此，整個大殿的氣氛還是和樂一片的，誇讚奉承的話語不停，反正又不要銀子，還能討太后歡心，何樂而不為？

突然，德妃開口了。「安然真是個有福氣的孩子，這才成親不到幾個月，就有了身子，得羨慕死多少人啊，很多人成親三、四年了還沒有懷上呢。」

這話太后愛聽。「可不是，別看我們然丫頭瘦瘦的，卻是子女緣厚的好面相，妳看她的眉不用修飾就長長彎彎，以後一定是子女多多，且個個有福氣。」

德妃的眼裡迅速掠過一絲憤恨，她最討厭人說什麼「子女緣」，那個說她有「機緣」得富貴權勢的大師，同時還說了她「子女緣薄」，基本上沒有做母親的機會。那個時候，她已經被訂給太子為良媛，只等太子和太子妃大婚後就要進宮。她娘暗暗託人找了一個江湖神醫來替她診治，她被告知體質寒涼，極難受孕……

德妃拚命拉回了思緒，意味深長地笑道：「母后說得是，不過這好是好，可也苦了慶親王了，這才如膠似漆了三個多月呢。」

太后看了德妃一眼，她當然聽懂了德妃的意思，其實她也有此擔憂，前幾日還在想著為鍾離浩張羅兩個好品貌的側妃呢，只是沒想到皇上皇后都極力反對。

皇上說自己答應過鍾離浩成全他「一生一世一雙人」的心願，絕不強行令他再娶納別的女人。

皇后也說鍾離浩自小失去母親，幾番遭遇生死危險，而安然姊弟也是被父親的妾室所害，他們小夫妻倆對後院女人的爭鬥必定是心有餘悸。

對於鍾離浩對後院妻妾爭鬥心有餘悸這一說法，太后是相信的。鍾離浩四歲進宮，開始幾年都是跟著太后（那時候還是皇后）住在坤寧宮，對那些到坤寧宮請安的嬪妃總是愛理不理，小小的人兒老喜歡繃著一張冷冷的臉，也因此被暱稱為「小冰塊」。

鍾離浩從小就不喜歡女人靠近，除了太后和皇后，其他嬪妃想摸摸他的腦袋牽牽他的手，都會被迅速地避開，還會很不高興地瞪人家一眼。

貼身侍候的人除了奶娘玉嬤嬤，其他都是小廝，如果有丫鬟、宮女敢擅自進入他的屋子，當時就會被趕走或賣掉。

因此，當年傳出鍾離浩是斷袖的謠言，太后是真的害怕，她擔心鍾離浩因為心裡那些陰影不能成為一個一般男人。直到安然出現，太后親眼看到鍾離浩為安然敞開心懷，才放下心來。

可是，太后雖然喜歡安然，卻也不願意看到自己疼愛猶如么兒一般的小冰塊為了安然受苦。懷胎十個月，她的小冰塊可不就要做和尚？正是年輕似火的年齡，怎麼受得了？

太后甚至對安然產生了不滿，覺得她太不體諒和心疼鍾離浩了，作為妻子，自己不方便服侍，就應該安排人侍候。另外，她也擔心，兩個年輕人不懂事，繼續同房，萬一折騰到孩子可就糟糕了。

德妃似乎猜到了太后的心思，繼續笑呵呵地說道：「安然這第一胎可是慶親王府的長子嫡孫，金貴得很。依臣妾看，不如趁這個好兆頭喜上加喜，給浩兒娶兩個側妃，既能服侍浩兒，又能幫著照顧安然。」

太后瞥了安然一眼，安然依然一臉淡淡的笑，好像別人在說著與她無關的事。

德妃立即問過來。「安然，妳說呢？好不好？」

「好啊。」安然抬眸甜笑。

德妃一窒。好啊？就這樣？這人是根本沒聽到她說什麼吧？她真想撲上去撕下那張甜美的笑臉，看看後面藏著什麼？

太后和皇后也愣住了，這丫頭不反對？是鍾離浩自己不肯娶其他女人？

安然見眾人突然安靜下來，一臉的不可思議，暗自好笑。鍾離浩早就跟她說了，這種事不用她出頭，都等著他來處理就好。

鍾離浩從小就是有名的叛逆孩子，什麼乖張、霸道、不羈的事都做過，而且在這件事上皇上一定是全力支持他的，再張狂一點也沒人敢說什麼。

所以，一大早，鍾離浩就跟安然說，到了宮裡，無論誰提這種事，她就儘管扮乖巧、扮大方賢良。

早有心想往慶親王府塞人的嬪妃們一見有門，趕緊七嘴八舌地向太后、皇后和安然推薦自家的妹妹堂妹表妹，能爭取到那兩個側妃的位置最好，實在不行，還有四個夫人空缺呢。她們現在後悔的是，沒早把人召進宮，如果人在這兒，就能搶得先機，先入了安然的眼，說不定馬上就能訂下來呢。

德妃也笑道：「母后和皇后娘娘都見過我那外甥女文瀾了，那孩子品貌才氣俱佳，而且一直就很仰慕安然，她們兩人一見面啊，肯定就能對上眼。」

文瀾是德妃親姊姊的小女兒，已經進宮來五、六日了，太后和皇后都見過。太后雖然不怎麼喜歡德妃，倒是真心覺得文瀾那孩子不錯，不像是個心機重的。

不過，皇上明言他已經答應鍾離浩「一生一世一雙人」的請求，即使太后是皇上的親娘，也不能推翻皇上的金口玉言啊，除非是鍾離浩本人應下才行。

太后正要開口，尤嬤嬤匆匆進來，向太后和皇后行過禮後，對德妃說道：「娘娘，文瀾小姐為太后壽辰繡觀音圖，正好要繡到眼睛了，聽說慶親王妃進宮，想過來求教，結果起得太猛，暈倒了。」

德妃輕嘆。「這孩子一心想孝敬母后，沒日沒夜地繡那觀音圖，這會兒，唉，可不就倒下了？母后，恕臣妾先告退了。」

太后忙道：「應該的，皇后妳代哀家過去看看吧，畢竟那孩子一心為哀家備壽禮才累倒的。然兒妳也過去指點指點那孩子，她就是聽聞妳給妳外祖母繡的那幅觀音圖，又看到哀家宮裡妳繡的那幅八仙拜壽圖，仰慕得不得了。」

太后真心希望安然能跟文瀾「姊妹和睦」，她才好去勸說鍾離浩「不要苦了自己」，文瀾看著也是一個溫婉懂事的好孩子，不會也不敢對安然這個正妃使壞心眼的，鍾離浩完全不必擔心再出一個許側太妃。再說了，還有她在呢，她無論何時都是偏袒安然的，安然才是浩兒的原配正妻嘛。

在太后心裡，鍾離浩這麼一個好孩子，堂堂親王爺，哪裡可以只有一個女人？有時候，妻妾多少，也是一種身分地位的象徵！

皇后和安然都趕忙應下，眾嬪妃自然也紛紛跟上，皇后都過去了，她們還能留在這兒喝茶？

眾人到了旻和宮，文瀾居住的雅和殿，正巧遇上文瀾的兩個貼身丫鬟回來，一個捧著錦緞和絲線，一個端著一盅藥。

其中一個丫鬟回道：「小姐已經醒了，正在同慶親王爺和二皇子下棋呢。」

眾嬪妃暗道——德妃可真厲害，讓自己的外甥女先下手為強了。

丫鬟推開殿門，一幅香豔的畫面呈現在眾人眼前，貴妃榻上兩人正在熱烈擁吻，女子已經是羅衫半解，露出雪白的脖頸和香肩，還有一截粉色的肚兜。一旁的小几上，棋盤歪了，黑子白子堆成一堆。

「喲，原來二皇子喜歡文瀾小姐啊。」

「可是，這正準備跟白家談親事呢，白將軍府哪裡會同意先讓側妃進門？做個妾侍還差不多。」

「那是，白家小姐還沒及笄呢，不會這麼快過來的，那可是白家唯一的嫡女，聽說父母兄長都疼愛得不得了。」

「呵呵，剛剛德妃不是還說文瀾小姐仰慕慶親王和慶親王妃嗎？」

安然心裡暗笑，德妃費盡心機把她們弄來，自然不可能是為了讓她們看二皇子和文瀾親熱，她算計的應該是鍾離浩吧，不過又被鍾離浩擺了一道就是。呵呵，自家那隻萬年狐狸哪裡有那麼好算計？

德妃整個呆住了，本該萬無一失的策劃再次失敗，更重要的是，她處心積慮謀來的與白家的親事恐怕要玩完了。接連幾次的潰敗，讓一向鬥志昂揚的德妃有了片刻的疲乏感……

皇后也猜到是怎麼回事，不過她是皇后，六宮之主，此刻自然不能流露出一點幸災樂禍之態，還要趕緊為旻和宮「遮掩」。「都閉嘴，大家散了吧，今日之事半點都不許傳了出去。」

眾嬪妃自然是齊聲應下，退了下去。

也許是殿門開久了，雅和殿裡暖和的空氣被殿外的寒冷稀釋了，剛好又一陣冷風吹進，忘我激吻的兩人終於在一個寒顫之後，清醒過來，帶著春色的四目一碰，兩人同時驚呼——

「怎麼是妳？」

「二皇子表哥？」

又驚又羞的文瀾迅速抱住裸露的雙肩，哭著往屏風後面跑去，兩個丫鬟也趕緊跟了上去。

二皇子正要開口，鍾離浩「適時」出現了。「然然妳怎麼在這裡？皇嫂、德妃娘娘，妳們都來啦？咦，瑞兒，你們棋下完啦？你那位表妹呢？」

皇后憋著笑問道：「浩兒，丫鬟不是說你也在這裡下棋嗎？你去哪兒了？」

鍾離浩摸了摸鼻子。「除了我們家然然，我不跟別的女子下棋的。可是瑞兒說他那位表妹仰慕然然，要將這黑玉七星棋盤送給然然，我不好意思當面拒絕與她切磋，就去外面走了一圈，正好碰見皇兄，一起聊了點事。這不，準備回來拿了這棋盤就去慈寧宮接然然的。」
南征已經取了架子上的一個錦盒，交給鍾離浩。
鍾離浩轉手遞給安然。「然然妳可要好好感謝瑞兒那位表妹，這黑玉七星棋盤可是秦代傳下來的寶貝，我一直都想找來送給妳的，沒想到在文家。呵呵，我一聽到瑞兒說，就趕緊跑來了。」
安然乖巧地應道：「是，文小姐喜歡刺繡，我一定將如何把眼睛繡得更加靈動傳神的技藝傾囊相授。」
皇后「體貼」地對還在發愣的德妃說道：「文瀾這會兒沒什麼心情，然兒就等下次再教她刺繡吧，我們先回去了。只是剛才那麼多人在這兒，人多嘴雜，本宮雖然警告了她們，還是難保萬一。不管是正妃還是側妃，瑞兒和文瀾的親事還是趕緊訂下來的好，免得壞了文家的聲譽，文夫人畢竟是妳的親姊姊。」
說完，皇后便帶著安然和鍾離浩說說笑笑地離開了，一直在談論那難得的寶貝——黑玉七星棋盤。
回醒過來的德妃緊咬著後牙槽，給了二皇子一巴掌。「沒用的東西，本妃怎麼就養了你這麼一個廢物？」
三日之後，文家傳出喜訊，文瀾訂給了二皇子為側妃，待二皇子大婚，正妃進門後再訂婚期。

回王府的馬車上，安然壓抑了半天的好奇心總算得以釋放。「老實交代，你又怎麼算計二皇子了？」

鍾離浩「委屈」地咬了一下安然的鼻尖。「妳夫君我這麼善良一個人，哪裡算計人了？我可什麼都沒做，只是不喜歡他們給我的那個茶杯，換了一下而已。」說完還無限「哀怨」地撫著安然依然平坦的小腹。「寶寶，你娘又欺負爹了，爹多可憐，你要告訴你娘多疼爹一點。」

安然拍了鍾離浩一下。「就會耍貧嘴！剛才太后伯母找你說什麼？是不是擔心你受了委屈？」

鍾離浩舔著安然的唇。「是啊，我多委屈啊！寶貝兒，等寶寶出來了，妳一定要好好補償我。只要寶貝兒疼我，我就什麼委屈也沒有了。」

兩人一路黏乎，甜甜蜜蜜，一點也沒受到影響。

鍾離浩送安然回到靜好苑，就去了外書房。虎衛一直沒能再找到趙煊的蹤跡，這讓鍾離浩心裡很不安，難道趙煊發現了什麼？

從德妃宮裡飛出來的灰鴿子，也只是落在津城郊外一戶農家，這戶農家祖孫三代、一家五口已經在津城落戶六年了，平日裡本本分分，在村子裡口碑很好。

因為不能確定趙煊是否知道自己已經暴露，鍾離浩還是沒有動那戶「農家」，以免打草驚蛇。

安然洗浴完，鍾離浩還沒回來，便讓眾人下去休息，自己靠在暖呼呼的炕上看書，桂嬤嬤等其他人都走了，卻是磨磨蹭蹭地沒有出去，一副欲言又止的樣子。

安然笑道：「嬤嬤跟在我身邊的時間也不短了，還有什麼顧忌嗎？有什麼話就直說吧。」

桂嬤嬤鼓足勇氣，咬牙說了出來。「王妃，王爺年輕，又愛重王妃，萬一沒個輕重……王妃，您……恕老奴斗膽，是不是另外給王爺整理一間臥房出來比較好。」

這是要他們夫妻分房睡？安然當然不願意，但是她也不是不知好歹的人，知道桂嬤嬤這樣提議並沒有惡意，真的只是為她著想。這古代的女人一懷孕，一般都會和丈夫分房睡，還要為夫君準備妾室、通房丫鬟，生怕委屈了男人。桂嬤嬤沒有建議她為鍾離浩納娶側妃妾侍，已經是有偏向安然的私心了。

安然「害羞」地垂下頭。「知道了，嬤嬤，妳不用擔心，我有分寸的，我會跟王爺提一下，看他的意願。」

桂嬤嬤舒了一口氣，她也不想做壞人，她也知道王爺王妃如膠似漆，可是女子的第一胎都特別嬌貴，也特別容易有危險狀況，包括生產的時候。即使王爺不願意搬出去，她提醒了，讓兩位主子心裡有底，她也放心一些，不過，她還是會多加留意的。

桂嬤嬤出去，安然抬起笑臉，這古代男人三妻四妾，都是給女人寵的。照她們這麼想，現代男人都活不了了？也沒聽說誰因為妻子懷孕被憋死。

鍾離浩回來，看到炕上慵懶的嬌妻，愛惜地吻了吻，跑去洗浴，妻子愛潔，他也不想有一絲異味熏到寶貝妻子和肚子裡的寶寶。

帶著淡淡茉莉花香的鍾離浩鑽進被窩的時候，安然嗔道：「又用我的香皂。」

鍾離浩一把將安然撈進懷裡，嘻嘻笑著。「我喜歡跟然然一個味道，這樣，那些女人也不好意思來招惹我們了。」

安然眨了眨眼。「浩哥哥，剛才桂嬤嬤建議我們分房睡，怕你不知輕重，傷了寶寶。浩哥哥，太后伯母也暗示我要體諒你呢，你真的不需要找個姬妾什麼的？」

鍾離浩「嗤」了一聲。「她們也太小瞧本王了，本王豈是那種離不開女人的人？」

安然「哦」了一聲。「還有八個半月呢，你真頂得住？」昨兒晚上，也不知道是誰的那物什幾乎頂得她睡不著覺。

鍾離浩看見安然揶揄的笑，把頭埋在安然的脖頸間低聲笑道：「然然把欠夫君的日子都記好，等寶寶出來了，盡快還清。還有，妳也別蒙我，黎軒說了，三個月以後就可以……嘿嘿，小心一點就行了。」他早就關心過這個問題了，哪裡有那麼好忽悠。

即使什麼都不做，摟著安然在懷裡，對鍾離浩來說都是一種幸福。

「然然，眼線回報，那套珊瑚首飾又回到德妃那裡了。」鍾離浩的一句話立刻趕走了正在騷擾安然的瞌睡蟲。

「她知道上面的珊瑚淚消掉了？」安然好奇地問道，一想到「珊瑚淚」霸道的殺傷力，安然就覺得發寒。這麼美的名字卻承載著仇恨和殺心，玄德道長說的對，最毒的就是人心，因為所有的毒藥都是人去製作、使用的。

珊瑚淚最早是一位善於製毒用毒的劍客發明的，劍客的妻子名叫珊瑚，兩人青梅竹馬，情深似海。後來劍客因為仇殺雙目失明，終日消沈，借酒消愁。

妻子珊瑚從不抱怨，也不願意離開他，用柔弱的肩膀承擔起養家的重擔。不幸的是劍客的母親和唯一的兒子先後得了重病，而家裡早就一貧如洗，一點積蓄都沒有，平日裡只要有一點餘錢都被劍客要去買酒吃了。

劍客一直是個孝子，且他家是三代單傳，劍客和珊瑚也只有一根獨苗苗。珊瑚無奈之下，把自己賣給了一位富有的老頭，那個老頭有姬妾無數，偏偏喜歡重情義的珊瑚，給了珊瑚很大一筆錢，不但可以給劍客的母親和兒子治好病，還能剩下許多。

珊瑚悄悄跟婆母交代了一切，讓婆母出了一封休書，她請求婆母不要告訴劍客真實的原因，就說自己受不了貧困，另外改嫁了。她還讓婆母拿出部分錢給劍客再買一個勤勞善良的女人來，不需要漂亮，只要肯跟劍客好好過日子，照顧一老一小就可以了，反正劍客眼睛也看不到。

不明真相的劍客憤怒於珊瑚對自己的背叛，拿出自己曾經為一個僱主研製卻還未來得及交出去的毒藥。這種毒藥有紅珊瑚的成分，浸泡於其中的珊瑚是最好的載體，不但不會被發現，還能讓紅珊瑚更美，更有光澤。

劍客偷偷把珊瑚的一支紅珊瑚簪子浸泡在毒液裡，那是他們倆的定情之物，也是珊瑚最珍惜的寶貝，一直捨不得賣掉換錢。

珊瑚改嫁後才兩個月不到，身體就越來越虛弱，之前身體一直還不錯的老頭也日漸虛弱，甚至一些其他身體較差的姬妾都病倒了。請來的相士都說珊瑚和老頭八字相剋，互為剋星，於是珊瑚被老頭的家人趕出了門。

劍客的母親知道後苦苦哀求劍客去把珊瑚接回來照顧，劍客不肯，老母親最終說出了真相。

劍客幾乎要瘋了，那毒藥沒有解藥，他現在眼睛瞎了，根本無法研製出解藥，救不了心愛的珊瑚。

這時恰好那位僱主找上門來，劍客就把剩下的毒藥賣給了那位僱主，給自己的母親和兒子留下了一大筆錢。但是，劍客把自己的悲劇告訴了那位僱主，因為他知道僱主是要拿這毒藥去謀害一位女子，他希望僱主查清楚再下手，不要重蹈自己和珊瑚的悲劇，並將那毒藥取名為「珊瑚淚」。

劍客重新穿著喜服把珊瑚風風光光地迎娶進門，洞房纏綿過後，劍客把一切告訴了珊瑚，珊瑚大驚，可是已經來不及了，劍客也已經染上了珊瑚淚之毒。兩人流著淚深情相擁，繼續纏綿。

不久，珊瑚就死了，劍客直接抹了脖子，留下遺言兩人合葬。

後來那位僱主真的沒有用到「珊瑚淚」，「珊瑚淚」傳到了當年害了黎軒和蓉兒的那位毒醫之手，據說毒醫是那位僱主的曾孫。

玄德道長和毒醫還是師兄弟的時候關係最近，有一次兩人打賭交換自己知道的最厲害的毒藥。

玄德道長聽了故事，對「珊瑚淚」大感興趣，用「犀醉」配方換了毒醫手上一半分量的「珊瑚淚」。整整用了十五年時間，玄德道長才研究出「珊瑚淚」的成分，並製出了解藥。

這麼巧，安然把那套紅珊瑚首飾送去給黎軒查驗的時候，玄德道長正好到蓉軒莊園小住探望孫女小貝貝。

鍾離浩見安然的眼裡有淚光盈盈，知道她又在為劍客和珊瑚的故事傷感了，他輕輕吻上那輕顫的眼瞼。「寶貝兒，我相信在劍客和珊瑚生命的最後時刻，他們心裡是充滿甜蜜和美好的。他們的故事是悲傷的，但他們的愛情仍然是完美的，他們在彼此心裡還是最好、最無瑕的那個人。劍客把自己的悲傷告訴僱主，是希望悲傷不要重演。僱主沒有用那『珊瑚淚』，卻把故事一代代傳下來，也是希望自己的子孫後代以此悲傷為戒吧？」

安然點頭。「可惜，『珊瑚淚』最終還是傳到了一心害人的人手裡，成了製造悲傷的工具。」

鍾離浩輕吻安然的髮頂。「不是讓我的聰明善良的小仙女遇上了嗎？小仙女已經讓那『珊瑚淚』消失了。小仙女可以放心，玄德大師絕對不會再讓那『珊瑚淚』重現人間。」

安然好笑。「小妖精」總算成仙了！輕輕掐了一下鍾離浩的臉，問道：「問你的話還沒回答我呢。」這傢伙的肌膚比女人還好，現在被她保養得更加有手感了，幸好自己的膚質更勝一籌，不會太自卑。

鍾離浩笑答。「德妃應該是不知道，她不會想到『珊瑚淚』還能解，據探子回報，從德妃探親後，清平侯從來不在侯夫人的院子留宿。」

又是一個沒有良心的男人！安然撇嘴。

# 第九十四章　故人

自從安然懷孕，君然幾乎每隔兩天就要跑一趟慶親王府，然後看著沒怎麼變化的安然搖頭。「姊，人家懷了寶寶都是白白胖胖的，妳怎麼還是這麼瘦？瞧瞧，連寶寶都跟著長得慢。」不知道的人哪裡看得出這是一個孕婦？

安然無語，她的寶寶還不到兩個月好吧？而且這兩、三天就見一次，哪裡看得出變化啊？不過她不會爭辯的，以免引發自家弟弟的「嘮叨神功」。

鍾離浩也很幽怨啊，被小舅子這麼一說，好像他虐待了他的然然和寶寶似的，其實他才是那個最希望把安然養得白白胖胖的人好吧？

君然見安然「反省」態度良好，果然不再叨叨，剛好平勇和平樂抬進來一個竹筐，裡面堆疊了十幾個小瓷罐，君然忙解釋說是林嬤嬤特意為安然準備的蜜餞、果乾。

安然打開一個瓷罐，飄出了酸酸甜甜的梅子味，立即讓她嚥了一口唾液。安然最近也吃百香居的酸梅糕開胃，但很明顯，林嬤嬤醃製的這些梅子蜜餞效果要好很多。

安然嚐了一個，眉開眼笑。「林嬤嬤手藝真好，味道比街上賣的那些好多了。」

君然也是眉眼彎彎。「林嬤嬤說，妳成親的時候，她就開始準備了，擔心妳懷寶寶時是冬天，沒有那麼多水果吃，就把妳喜歡吃的葡萄、桃、蘋果、梅子都做成了些果乾和蜜餞。

對了對了，那裡面好像還有兩罐子的酸菜和醃筍，說是給妳下飯用的。姊，妳乖乖吃飯，我讓林嬤嬤多做些。」

安然只覺滿額黑線，敢情她一成親，林嬤嬤就為著她生娃而準備啊？好吧好吧，這年代不時興避孕。

還有君然這個臭小子，什麼叫「乖乖吃飯」？嗯，報復，一定是報復。他們姊弟倆前後腳來到這個世界，君然慢一步，成了弟弟，很不甘願吧？現在使勁兒把她當小朋友哄，裝老大是吧？哀怨啊，兩世加起來，都幾十歲的人了。算了算了，俺不跟小屁孩計較！

「林嬤嬤剛回京吧？昨天到的嗎？」安然又塞了一顆梅子到嘴裡，含糊不清地嘟囔著。林嬤嬤的一個族兄住在津城郊縣，族兄的兒子娶親，君然給了林嬤嬤半個月假，讓她帶著小端和小午喝喜酒去了，剛好錯過安然懷孕的消息。

君然笑道：「可不？昨晚一回來聽說姊有喜，高興壞了，又聽何管家說妳食慾不好，趕緊把珍藏在地窖裡的寶貝都取出來，留了一些給秋思嫂子，其他都讓我帶來了。」

安然一臉得意。「就知道林嬤嬤疼我，呵呵，吃了兩顆酸梅，還真有點餓了。」

桂嬤嬤一聽這話，好像撿到了金子，笑得合不攏嘴。「好，好，我這就讓人送吃的來。」說完一溜煙沒影了。

小廚房裡煨著安然平日裡喜歡的各種粥和湯，十二個時辰隨時準備著。就是其他菜式，也是備著料，只要想吃，很快就做得。無奈安然近來食慾銳減，三餐飯都要鍾離浩又哄又餵的，還吃不了多少，更別說點心了，桂嬤嬤等人成天都在想著什麼東西可以讓王妃多吃兩口。

看到安然難得有了食慾，鍾離浩和君然也很開心，準備陪著她吃一點，因為安然常說一個人吃東西沒有胃口，人多才有氛圍。

君然開始說一些趣事怪事，說昨天小午回來後，一直在說他舅舅家那個村裡有人會鑽土，是一個七、八歲的小孩親眼看見的，不過大家都不肯相信，又不是老鼠，還會打地洞？但那個小孩詛咒發誓地強調是真的。本來小午好奇，想讓那個小孩帶他去看，可是第二天那個小孩就失蹤了，到晚上才有人找到他，說是去山上撿柴，不小心摔死了。

「鑽土？在土裡穿行嗎？」安然奇道。

君然就知道自家姊姊喜歡聽這些奇奇怪怪的事。「是啊，說是鑽進土裡，消失了，然後又從別處的石堆裡冒出來了，這可不成了神仙？呵呵，土地公公？」

安然驚呼。「隱身土遁？聽起來像是倭人的忍術。」

「倭人？」鍾離浩一凜，他知道林嬤嬤去的地方是津郊。「君然，你知不知道小午他們去的那個村子叫什麼名字？」

君然想了想。「好像，有聽到一次，叫什麼黃門村……對，就是黃門村，我還玩笑說聽起來像皇門村。」

鍾離浩若有所思。

冬念帶著小丫鬟們擺了吃食上來，安然用了一碗牛乳燕窩粥，又吃了一小塊紅豆糕，把眾人喜得見牙不見眼。

鍾離浩樂呵呵笑道：「君然，有時間就過來陪你姊吃飯，把瑾兒、瑜兒都帶來，對對對，小端小午小諾他們都可以帶來，一起吃飯氣氛好。」

君然應了。「姊、姊夫，我要先走了，今天明月茶樓有一個詩會，我們清暉書院的幾個同窗約了一同去看看。」

看著一身白衣的君然翩翩而去，安然再次湧起「我家兒郎初長成」的驕傲，「苦惱」地喃喃。「你說，要找個什麼樣的女孩，才能配得上我家君兒，嗯，要溫柔一點、會照顧人疼惜人的，君兒從小受了那麼多苦。」

鍾離浩輕摟著安然。「等百花宴結束，我拿些資料回來，我們慢慢挑，就憑我們君然的條件，肯定得找一個數二數三的。」

安然不樂意了。「什麼數二數三，我們君兒配不上數一的嗎？」

鍾離浩輕笑。「沒辦法啊，數一的是他姊姊，已經被他姊夫我娶回來。所以他只能將就娶個數二數三的了，不過，有一個數一的姊姊，再有一個數二數三的妻子，君然已經很幸福了。我第一幸福，君然第二。」

「油嘴滑舌！」安然輕捶了他一下。

鍾離浩很無辜。「哪裡油嘴滑舌了？不信妳問問君然，看看他心目中數一的女子是不是妳這個姊姊？對了。然然，妳剛才說的那個隱身土遁是什麼？真的能在土裡穿行嗎？」

安然搖頭。「土遁是倭人忍術中的一項技能，忍術是一整套情報間諜技術，因為忍術高手詭秘的行動、隱匿的行蹤，又稱鬼術、無形術，其中要求最高的武技就是隱身飛遁之術。」

鍾離浩眼眸一亮。「如果小午說的那個男孩的所見是真的，替趙煊傳信的那一家人很有可能是倭人，而且就是妳說的會忍術的人。哼，竟然讓倭人在我們的眼皮子底下大搖大擺地活動。」

安然剛才看見鍾離浩的表情就已經猜到了。「那家人就住在黃門村？如果他們真是忍者，也難怪你的人不易發現他們的異常行蹤。浩哥哥，你可以去問問皇兄，他是男的，對小日本的忍術肯定瞭解得比我多。虎衛對忍者瞭解越多，就越容易發現那家人的問題。我也會找小端和小午來問問，看看他們在那個村子裡有沒有發現什麼特別的事情。」

鍾離浩點頭，立即起身進宮。

君然離開慶親王府，騎著馬往明月茶樓的方向走，好奇地問平勇。「最近街上怎麼好像多了很多女子？都是大馬車出來採買，你看我們的麗美銀樓前面那麼多人。」

平勇笑道：「少爺忘了？過兩天就是百花宴賽事開始的日子了，各地參賽的女子這一個月裡都陸續進京了。京城各大店鋪的生意倍漲，尤其是我們的美麗花園、麗美銀樓和錦繡布莊。百香居的點心師傅已經連續加班大半個月了，都說這個月獎金又要滿荷包啦！昨天何管家還叨叨，說『百花宴』為什麼是五年一次，而不是一年一次？」

「哈哈！」君然也大笑出聲，想像何大管家那副財迷樣，真是有樣學樣，夏府的人都跟著姊姊學得財迷兮兮的。

明月茶樓今日特別熱鬧，整個二層樓都被詩會的籌辦者包了。

一個夥計迎過來，帶平樂一起牽著三匹馬去馬廄辦理寄存，平勇跟著君然進了茶樓。

君然正準備上樓，聽到「哐啷」一聲，一張桌台被掀翻，一位滿臉色迷迷的紈袴公子張開雙手擋住了一位身穿月白色錦袍的小公子。

小公子年齡不大，不會超過十五、六歲，一雙燦若星辰的黑眸暗藏著怒意。「這位公子到底想要如何？我們素不相識。」

紈袴笑得邪惡。「聊聊不就相識了？看小兄弟是初次來京城吧？陪哥哥喝茶，讓哥哥帶你在這京城中好好逛逛。」

那位小公子冷然一笑，拒絕道：「多謝這位公子了，不過我不需要，公子還請自重，讓我走過去。」

紈袴「喲呵」了一聲。「口氣不小嘛？你不需要，哥哥我需要，你撞翻了我的茶點，不賠償到哥哥滿意，我看你今天怎麼走出去？」說著就要合手摟住那位小公子。

那小公子一個閃身，飛到了一張椅子上。

紈袴撲了個空，腳下一滑，摔了個狗吃屎。「快，給我抓住這個小賊。」

兩個隨從打扮的人應聲撲向白衣小公子。

「住手！」君然實在看不下去了，一聲厲喝讓剛爬起來的紈袴腳下差點又打了滑。

「盧世文，怎麼，你不是被盧大人禁足了嗎？這麼快放出來了，又開始為非作歹？你祖父和父親就不怕你連累了宮裡的盧嬪嗎？」

盧世文，盧嬪的弟弟，前一陣子大理寺抓了幾個世家子弟，原因是暗掠、私自囚禁美貌少年，其中有一人就是盧世文，盧嬪的親弟弟，光祿大夫盧大人的嫡孫子。

「你……你是什麼人？胡說八道什麼？」盧世文害怕了，他本來就是求了母親，偷偷跑出來「放風」的，見那白衣小公子肌膚勝雪、美目流盼，早已心癢難耐，又從他和小廝的談話間聽出他們是初到京城的外地人，就開始故態復萌，想要放縱一下。沒想到出師不利，還沒成事就被人認出來，還知道自己被抓被禁足的事，若是鬧到祖父耳朵裡，他就真的要被父親送到軍中去「磨練」了。

「我胡說八道？好——」君然轉身對平樂道：「你去一趟大理寺，讓他們派人來看看這就是把人犯『帶回府裡管教』的結果。」

「別，別！誤會，都是誤會！我就是看這位小兄弟合眼緣，想一起喝喝茶、作作詩而已，這就走，這就走！二位小兄弟的茶錢，都算在我身上了。」盧世文說完拿出幾粒碎銀子放在桌子上，轉身就帶著兩個隨從逃跑了。

「上去吧。」君然抬腳上樓，他約了人呢。

「等等——」那位白衣小公子緊緊盯著君然的手腕，那裡有一條褐色的手繩，上面還穿著一塊黑色的小石頭，小石頭上的白色波紋很有特色。

一位聞聲來迎君然的師兄笑道：「我們君然長得好，吸引女子也就罷了，連男子都看癡了。」

君然瞪了那位師兄一眼。「這位兄台有什麼……」

他話未說完，剛醒神的白衣公子卻激動地呼喚道：「醜醜？」

君然呆怔，旁邊眾人哄堂大笑。

「這位小公子真逗，狀元郎若是醜的話，我們這些人都不要出來見人了。」

白衣小公子沒有理會眾人，從腰間的荷包裡掏出一條褐色繩鏈，上面也有一塊與君然手上那塊幾乎一模一樣的黑色小石頭。

「小乖？」君然驚呼。

白衣公子燦爛一笑。「嗯！醜醜，你還記得我，真好。」

「原來是舊識啊！叫的這都是小名吧？」眾人恍然大悟，不過這白衣公子長得是挺乖的，狀元郎的小名就太不搭調了。大家說笑著散開，都是讀書人，自然知道「有朋自遠方來，不亦樂乎」的道理，怎好打擾人家敘舊？

君然帶著小乖一起上樓，進了一間包間，仍然不敢置信地看著小乖。「小乖，真的是妳？妳不是去昆城嗎？什麼時候來京城了？」

小乖又是甜甜一笑，兩顆小虎牙讓君然確認了她的身分。「我祖父祖母年齡漸長，爹娘讓我回京，也好替他們承歡膝下。倒是你，醜醜，你怎麼來京城了，你娘還打你嗎？」

君然笑道：「那是我養母，我三年前就找到自己的親姊姊了。」

小乖突然想起什麼。「對哦，他們剛才說你是狀元郎，你就是三元及第的夏君然？呵呵，我今日來這裡，就是想瞧瞧你這個十六歲就三元及第的狀元郎是什麼樣呢！我還想著應該是個傻乎乎的書呆子呢，沒想到竟然是醜醜。」

君然呵呵地笑，不知道為什麼，他聽到小乖特意女扮男裝來看他，心裡就特別甜。「小乖，我們以後還能見到嗎？」

「當然。」小乖笑道：「我們都在京城，以後自然能夠經常見到，我叫白伊淩，你要記住了哦。」

「白伊淩，真好聽，小乖，這是我的名帖，妳有事，就讓人到我們府裡帶個話。」君然遞了一張有夏府地址的名帖給白伊淩。

白伊淩笑著收好，她相信他們很快就會見到的，真沒想到，原來夏君然就是自己一直在掛念的醜醜。「對了，醜醜，你背上還有腳上的那些傷還疼嗎？」

「早就不疼了，神醫黎軒是我義兄，他給我診治了幾次，又用了大半年的藥，現在連那些可怕的肉疤痕都沒有了，只是留下紅紅的痕跡。」

君然又想起那時候，因為沒有錢只是簡單治療了一下，身上的燒傷在隨後幾年反反覆覆地潰爛，其他人見到他就躲，只有主人家的表小姐小乖為他流淚，還用自己積攢的月錢請郎中幫他治療，擔心花娘子把錢拿走，小乖的奶娘直接把錢給了郎中，說是治到好。

那時白伊淩六歲，君然八歲。白伊淩住在外祖母家，而花娘子帶著君然在那個府裡幫工。

「真的？太好了，快讓我看看。」白伊淩高興地走到君然身旁蹲下，伸手就要拉起他的褲腳，動作快得讓她身後的兩個丫鬟都來不及拉住。

君然滿臉脹紅，情急之下抓住白伊淩的手。「好了……真的好了……不用看。」入手的滑膩讓他心神一漾。

白伊淩這才想起兩人已經長大，不是小孩子了，頓時羞得粉臉緋紅，抽回自己的手，回到座位上，垂著頭不敢說話。君然手裡一空，心裡某處好像也空了，很不舒服。

鍾離浩從宮裡回來，立即找來幻影和其他兩位虎衛首領，他們必須盡快透過津郊那一家「農戶」搜查趙煊的蹤跡。

幻影三人聽鍾離浩描述了「忍術」的起源、超人訓練，以及技能精髓，雖然驚嘆，但也並沒有覺得多可怕，畢竟虎衛的訓練和能力也是不可小覷的，只是忍術中的隱匿術讓他們格外重視，這才是他們的人始終沒有發現那戶人有任何異常行蹤的根由吧？

另外，幻影也交了一份調查紀錄給鍾離浩，是關於德妃和謝氏的。

鍾離浩回到靜好苑的時候，安然已經洗浴過，靠在榻上看書。

鍾離浩把調查紀錄遞給安然。「然然，幫我看看，確實如妳所說，疑點好多，可是我又想不通其中的關聯，我先去洗洗，回來我們再討論。」

安然細細看了一遍所有紀錄，不得不驚嘆於虎衛的調查能力，陳年舊事都可以挖得這麼深這麼細！她拿出前世做秘書時整理資料的技巧，很快把紀錄中的關鍵點羅列出來，其中有幾處很有「意思」——

一、謝氏的前夫虞家大爺虞有慶與德妃葉璃兒竟然是遠房表兄妹，青梅竹馬，且議過親，不過不知為什麼沒有議成，不久之後葉璃兒就嫁給了太子為良媛。虞有慶還因此病了一場，很多人都擔心他沒法參加那一年的武舉選拔。

二、一直暗暗喜歡虞有慶的謝氏多次關懷和鼓勵虞有慶，虞有慶奪得武狀元後就同謝氏訂了親，兩人感情非常好。

三、謝氏成親一個月之後突然生病，正好虞家在京郊有一處風景宜人的莊子，虞有慶就把謝氏送到那兒去養病，直到半年之後才回京。

很巧的是，身懷有孕的葉良媛在那時剛剛產下了二皇子鍾離旭瑞。

四、幾個月之後，謝氏隨同虞有慶到宣城外放三年，回來時帶回了一歲多的長子虞紫鈺，而當時虞家的下人都在傳說大少奶奶口風真緊，什麼時候懷孕都不知道，生下來了才傳回消息。更奇的是回京的時候謝氏是頂著大肚子的，按時間計算，也就是虞紫鈺剛滿月沒多久，謝氏又懷上了。牛！

五、皇上鍾離赫在「換芯」之前總共只臨幸過葉璃兒一次，結果就懷上了二皇子。「換芯」之後那麼多年，幾乎是獨寵葉璃兒，卻始終沒有再懷孕。

六、……

安然正在想著，鍾離浩洗浴出來了，把安然抱在懷裡，接過她手中那張列著疑點的紙看了一遍，腦海中的某些疑問好像能夠串起來了。

虞有慶對德妃有情，謝氏又與德妃姊妹情深，如果說德妃當年是假懷孕，二皇子是虞有慶和謝氏的兒子，送給德妃「爭寵」，倒是也說得過去。

不，不對，鍾離浩想起另一件事，他和幻影等人就要分開時收到一個消息，是今日跟蹤謝氏的暗衛傳回來的。

謝氏今日獨自一人去了遠郊一個無碑的墳頭祭掃，在那墳前說了一番話。「慶哥，我找到我們的兒子了，我一定不會再讓他認賊為母，我會為我們全家，為虞府上上下下四百人報仇的。慶哥，你當初讓我忍辱偷生，就是為了找到兒子，養大女兒，給虞家留下血脈，我很快就都能做到了。」

安然聽完，沈思了好久，才道：「這麼說來，二皇子確實很可能是謝氏的兒子，但不是謝氏和虞有慶願意送給德妃的，他們之前並不知道二皇子是他們的兒子。另外，我更加肯定冷紫鈺不是謝氏的兒子，而且虞有慶也知道。但是，德妃給大鬍子的密信上說『兒子找到了』，指的是不是冷紫鈺呢？如果是的話，為什麼會變成謝氏的兒子呢？等等，你再看看那紀錄，我剛才好像看到一條，說德妃的奶娘突然離宮回鄉探親，後來遇到劫匪死了，你看看具體是什麼時間，跟冷紫鈺出生的時間近不近？」

鍾離浩看了一下，驚道：「真的呢，差不多就在同一個月上下。還有，遇劫的地方在宣城和蕪城交界的鳳尾山。」

安然點頭。「浩哥哥，你讓人查查那個時間謝氏有沒有去那兒附近？還有，讓老大查一下那段時間前後德妃在宮裡的異動。我們假設冷紫鈺真的是德妃生的話，那麼懷孕前後大鬍子有沒有見過德妃？還有，懷孕後那段時間她又是怎麼避開眾人的視線？」

鍾離浩卻是眼眸一暗。「有，那段時間，我無意中撞見過他們一次。」

「你？」安然訝然，那時他該年紀多小？

「是，那天我正好生日，一個人躲在假山的凹洞裡想母妃。」鍾離浩蹙著眉回憶道。「趙煊和葉良媛突然到假山這邊來，葉良媛一直在哭，我記得他們好像是找什麼找了大半年都沒有找到。現在推算回去，如果他們找的是冷紫鈺，倒是合得上。那時他差不多就是出生大半年了，德妃的奶娘剛好也死了大半年。」

「呵呵，沒想到我的胡亂猜想還真有那麼點意思呢，這皇宮歷來就不是個好地方。」安然搖頭。「你讓人好好查查吧，反正我直覺冷紫鈺應該就是德妃和大鬍子的孩子，而且她應該也不知道孩子在謝氏那兒，謝氏說要報仇，弄不好就是用那冷紫鈺報仇？對了，虞府當年犯的什麼罪？」

「謀反，他們追隨趙煊起事，那時虞有慶的父親是兵部尚書，虞有慶手上也握著一支守護京畿的五千人軍隊。」鍾離浩一邊回答，一邊相當熟練地將安然的一頭長髮鬆鬆綰起。「當年皇伯父病重，他們又劫持了太子，朝局一片混亂。說起來還多虧了妳二舅舅帶著一半夏家軍及時趕回京城接應父王，我又把皇兄給救了回來。」

兩人又說了一會兒，鍾離浩見安然的眼皮子開始打架，疼惜地親了她一下，抱起安然到炕上睡覺去了。看著寶貝妻子的睡顏，鍾離浩暗笑——懷著寶寶的然然真真成了一隻嗜睡的小豬——最可愛最美麗的小豬。

# 第九十五章　白家小姐

第二日，安然醒來時鍾離浩早已經上朝去了。

安然就著林嬤嬤做的酸菜和醃筍吃了一碗白粥、兩個炒雞蛋、一個小包子，桂嬤嬤高興得合不攏嘴。「我待會兒去夏府一趟，請林嬤嬤幫忙多做幾種醃菜。」

安然笑道：「一會兒小端小午就該過來了，妳囑咐他們一聲唄，還要跑一趟那麼辛苦。」

「不辛苦不辛苦，只要王妃您肯多吃一點，這算什麼辛苦？我在宮裡聽太醫說過幾種蔬菜孕婦吃了好，要找林嬤嬤一起看一下能不能做成好吃的醃菜。」桂嬤嬤因為安然沒有食慾的事都快愁白了頭髮，現在好不容易安然喜歡吃林嬤嬤做的醃菜，她自然一萬分地上心。

安然明白，也就隨她去了，反正兩府之間也不是很遠，又有馬車和小丫鬟跟著。

小端和小午早已經來了，在院子裡跟西西玩，聽說安然用完了早膳才進來。三人才說了幾句，鍾離浩也趕回來了。

鍾離浩問了灰鴿子落腳的那戶人家，問小端姊弟有沒有跟他們接觸過，小午搖頭。「我沒有，但是狗娃說就是在他們家附近看到有人鑽泥土的，他們家住在村尾，在山腳下，離其他人家比較遠。狗娃是去山上摘雞公腳的時候無意中看到，但是我們都不相信，說他吹牛，他就發誓說一定要看清楚鑽泥土的人，來證明他不是吹牛，本來我好奇，想約他一起去的，沒想到第二天他就摔死了。」

小端倒是跟那家的姑娘接觸過。「她叫妮子，十三歲了，在村子裡跟那些姊妹們都玩得來。聽說她爺爺和爹娘雖然人很好，但是都不善於跟人打交道，她爺爺還是啞巴呢，所以跟村裡人有什麼來來往往的，都是靠妮子。

「對了，妮子也喜歡繡花，聽我們那個舅母說我繡花繡得好，還特意來跟我請教。結果那天她拿錯了帕子，說是要我教她繡牡丹的，卻拿來了一幅我沒見過的花，我覺得挺好看的，不過她很著急就收起來了，說只是一種野花，她也不知道叫什麼名字。」

安然問：「妳還能畫下來嗎？」

小端笑了，從袖袋裡拿出一方絲帕。「我當天晚上就繡了一幅，準備拿回來給王妃看新鮮呢。如果可以，我們繡坊也多一種花樣嘛。」

安然接過一看，果然是櫻花。

小端也是個敏感的女孩，小心地問：「王爺、王妃，妮子他們家有什麼問題嗎？」

安然笑道：「沒什麼，只是王爺聽你們少爺說了人鑽泥土的事，覺得奇怪，就找你們過來問問。聽說在南邊的一個小島上，真的有人能像老鼠一樣，在地下穿行呢，就想看看他們是不是那邊的人。」

小午一聽真有人鑽土，眼睛瞪得溜圓。

小端卻是搖頭道：「不是，妮子說他們家是從東北來的，說的是土話，所以妮子的爹娘很少開口，怕讓人笑了去。不過滿奇怪的，我們以前的主家有一個表少爺是東北人，我聽過他們說話，好像跟妮子娘說的不是一個腔調。」

安然已經能基本確定那家人是倭人了，便不再問，同小端聊起了其他事。

小午突然笑道：「少爺昨天不知道遇到了什麼事，心情可好了，自己一個人坐在那兒，對著他手上那塊黑石頭笑個半天。」

黑石頭？那不是一個叫「小乖」的小姑娘給君然的嗎？原來是掛在脖子上的，後來那繩鏈壞了，君然又捨不得換絲帶，安然就幫他將那繩鏈改成了手繩。

對著黑石頭笑？難道是君然遇見那位小姑娘了？安然好笑，還是自家弟弟長大了，春心動，想人家小姑娘了？明天一定要抓來審訊一番。

鍾離浩瞧見安然臉上的表情，很顯然，那個什麼黑石頭是自家小妻子和小舅子都知道，而他不知道的秘密。不行，即使是小舅子的秘密，然然知道的他也要知道，他們是最親密的家人嘛，小舅子也是他弟弟，鍾離浩理直氣壯地想，反正他和他的然然之間必須完全同步。

小端和小午一走，鍾離浩就把安然抱到自己膝上。「寶貝兒，那個黑石頭是哪裡來的？能讓妳笑得像隻小狐狸。」

「那是君兒八歲的時候，一個小姑娘送給他的，可寶貝著呢。」安然呵呵笑道。

鍾離浩立刻八卦起來，八歲？行啊，自家那文質彬彬的小舅子一副乖乖樣，竟然比自己能幹多了，八歲就能收到定情信物？

「去，那時他們才幾歲？哪裡是什麼定情信物？」安然拍了一下鍾離浩。「那個小姑娘對君兒有大恩的，如果不是她拿自己的月例銀子給君兒把燒傷完全治好了，也不知道會不會產生什麼併發症，送命都有可能呢。如果真是君兒找到那個小姑娘了，我也要好好謝謝她。」

鍾離浩哈哈大笑。「這簡單，像我一樣『救命之恩，以身相報』不就好了？」

「沒個正經！」安然白了他一眼。「你今兒這麼早回來，就是為了問小端和小午話？」

鍾離浩笑道：「也不全是，有件事要請然然幫忙。我不是跟妳說過西南白家嗎？就是妳說很可愛的那位白老太君，她的孫女回京了。」

「哦，就是他們家三爺小時候救過你的那個白將軍府？」安然突然拋了個媚眼。「『救命之恩，以身相報』？你想娶他那位妹妹做側妃？」

鍾離浩被那個媚眼酥軟了半邊身子，至於她說了什麼話就自動忽略了，對著安然白嫩嫩的脖子親了下去。「寶貝兒，看來今兒妳想練手勁兒了，膽敢勾引夫君？我的小妖精，我知道妳很想為夫了，再忍忍啊。」

安然啐道：「呸，也不知道是誰想了，誰才要再忍忍？」

某人悶在安然脖頸間輕笑。「我一向很誠實，我想了，我忍得難受，不如我們去泡溫泉，寶貝兒幫幫為夫？」

「喂，你要我做什麼，還不從實招來？再惹我我就拒絕幫忙了。」安然惱羞成怒，這個人又賴又滑，臉皮比城牆厚，害得她每次都是調戲不成反被捉弄。

「哈哈哈……」鍾離浩在安然脖子上輕咬了一口，才抬起頭來，寶貝妻子太可愛了，臉皮薄偏偏還喜歡調戲他，玩不過就惱羞成怒，不過，他真是愛極她這氣呼呼的小模樣了。

又在安然唇上重重親了一口，鍾離浩才答道：「白小姐自小在她外祖家長大，後來去了昆城將軍府，此次回京一個人都不認識。白家老三知道我成親了嘛，就想請妳幫忙照顧他妹子一下。他們白家男丁興旺，就這麼一個寶貝嫡閨女，真正是掌上明珠。」

「哦，原來是要本妃替你報答救命之恩啊，好說好說，你記得本妃的恩情就可以了。」安然努力地想要扳回一局。

鍾離浩很狗腿地涎著臉。「王妃的恩情，小的一刻也不敢忘記，此生必將任勞任怨，報答王妃。」

安然見他強調「任勞任怨」時曖昧的口氣，又好氣又好笑，暗暗啐了一口，真是什麼時候都能聯結到那事上。「那白小姐不是個刁蠻姑娘吧？」千疼萬寵的，若是鍾離菡之流，她可真的沒有興趣「照顧」。

鍾離浩搖頭。「應該不會，白老太君、白夫人還有白家幾位少夫人都是爽利女子，聽妳三舅舅說，這位白小姐小小年齡，不僅琴棋書畫樣樣拿得出手，還有一身好武功，不愧為將門之女。」

「文武雙全啊？」安然眼睛一亮，對白家小姑娘充滿了興趣。「幾歲了？訂親了沒有？」

「怎麼，真的這麼賢慧？想給自己找個『妹妹』？」鍾離浩摟著安然揶揄道，再好的女子又怎樣？他的心裡眼裡只有懷裡這個寶貝，也只容得下這一個寶貝妻子。

安然撇嘴。「美的你！如果真的那麼好，自然是留給我們家君兒了。」

「倒是啊。」鍾離浩點頭。「白三說他妹妹正月裡及笄，比我們君然小兩歲，很合適。好！只要君然喜歡，我這個做姊夫的一定幫他搶來！說實話，二皇子還真是配不上那麼好的姑娘。真要是說給了那兩母子，我以後面對白三也不好意思啊。」

「二皇子？」安然撇嘴，那樣一個人，真是糟踐人家姑娘，何況還有一個一肚子壞水的德妃。

鍾離浩笑道：「可不是？德妃一直纏著讓皇兄給二皇子和白小姐指婚呢。不過白家是功勛之家，世代忠臣，又只有這麼一個掌上明珠，皇兄不想勉強他們，只說跟白老將軍提一提，等白小姐回京了再議。其實皇兄也知道德妃是想把白家跟二皇子奪位之爭綁在一起，現在德妃又與那趙煊有牽連，皇兄哪裡會任她算計？」

安然壞笑。「你說，老大要是知道了他疼愛那麼多年的二皇子不是他的兒子，根本與皇家無關，會是什麼樣的感覺？可惜這裡沒有DNA測試，要不我一定建議老大讓他那些個兒女都去驗驗。皇宮那種地方，真是有無限的可能啊，只有你想不到的，沒有不可能發生的。」

鍾離浩點了她額頭一下。「幸災樂禍的小丫頭，連妳老大都敢笑話。」

京郊，一片荒木林裡，星星點點落著七、八個無碑小墳包。其中一個墳包前，一身素淡的謝氏正在拔草。聽到身後窸窸窣窣的腳步聲，謝氏回過頭，是一個戴著帷帽、黑衣裹身的女子。

「秀娥，妳來啦。」謝氏轉回去繼續拔草。

「是，大少奶奶，秀娥一直在等您的指示。您回京以後，進宮幾次都沒有聯繫秀娥，秀娥幾乎以為您忘記了虞家的仇，忘記了虞美人的恨。」秀娥摘下帷帽，蹲下身同謝氏一起拔去墳包上的草。「大少爺，您們安息吧，秀娥留著這一口氣就是為了替您們報仇，若不是您和虞美人再三叮囑我聽大少奶奶的吩咐，我早就同葉璃兒那個賤人同歸於盡了。」

「只是要了那個賤人的命太便宜她了，秀娥，我要的是她生不如死。」謝氏的臉上一片冰冷。「前幾年，我不讓妳動她，是因為燁兒的消息掌握在她手上，但現在，我們可以找機會動手了。」

秀娥狂喜。「大少奶奶，您的意思是孫少爺找到了？老爺、太太、大少爺，您們聽到沒有，孫少爺找到了，虞家有後了。」秀娥邊哭訴，邊對著幾個墳包磕頭，接著轉身向謝氏磕了三個頭。「大少奶奶，奴婢誤會您了，您找到了孫少爺，這比殺了那賤人更重要。大少奶奶，您放心，現在那賤人很信任奴婢，奴婢對付她就可以了，您若是牽扯進來，必定又會連累了孫少爺和孫小姐。」

謝氏冷聲道：「不，這個仇我一定要親手報。秀娥，妳就負責照顧好樺兒，盯著那賤人，以及給我遞消息就可以了。」

「奴婢照顧孫少爺？」秀娥大驚。「大少奶奶，孫少爺也在宮裡嗎？」

謝氏冰冷的臉上浮起了一絲暖意。「二皇子鍾離旭瑞就是我的兒子虞紫樺。」

「啊……」秀娥完全驚呆，好半天才回過神來。「難怪那麼巧，幾乎是我們孫少爺失蹤的同日，她就早產了。原來她早算計好了，才安排那個嬤嬤來照顧大少奶奶，說什麼嬤嬤偷走孫少爺，其實根本就是她偷的。」

謝氏的眼裡迸出徹骨的恨意──何止，葉璃兒那個賤人從更早的時候就開始設計了，她對自己和虞有慶下了「桃夭」，才令得自己婚前孝期失身（當時謝氏為其祖母守孝，未出孝期）、婚前懷孕，目的就是以名聲和孩子要脅虞有慶，控制虞家。當然，這都是好多年後他們才知道的，可惜已經遲了，連小姑虞美人都入了葉璃兒和晉王趙煊的套。

秀娥還在繼續「難怪」。「奴婢在宮裡那麼久也聽了不少傳言，都說葉璃兒當年多麼幸運，碰巧被太子臨幸一次就懷上了孩子，還一舉得男。可奇怪的是，這前幾年，她幾乎獨寵後宮，卻再也沒懷孕過。敢情那時候不是幸運，而是早就準備好偷我們虞家的小主子啊，難道她早就知道自己生不出孩子？」

謝氏正要說什麼，秀娥突然又驚呼。「不對不對，她好像還有一個私生子呢。奇怪，龍子生不出來，卻有私生子，難道是我理解錯了？」

謝氏忙問：「什麼私生子？什麼理解錯了？」

秀娥答道：「葉璃兒不知道從哪兒弄來一隻信鴿，由我負責養著，有一次我偷偷看了她讓我傳出去的字條，上面寫的是『兒子找到了』。」

謝氏渾身一震，難道那個人還沒死？不可能的呀，不是說燒死了？

「大少奶奶，您怎麼了？」秀娥扶住搖搖欲墜的謝氏。

「秀娥，妳見過她找到的那個兒子嗎？」謝氏緊張地握住秀娥的手。

秀娥搖頭。「不過我有一次套春喜的話，好像尤嬤嬤找了不少十八歲左右男子的畫像回來，但葉璃兒都不滿意，還在繼續找呢，好像還說什麼要沒有親人的最好，不會就是在找她的兒子吧？又要冒充？」

謝氏思忖了一會兒才道：「秀娥，妳下次有機會再想辦法偷偷看看他們傳的信，但是一定要格外小心。還有，對著二皇子要掩飾好，不要露了馬腳，葉璃兒很敏感的，萬一讓她猜到我們已經知道二皇子的身分，我們和二皇子都會很危險。」

秀娥點頭。「大少奶奶放心，我會很小心的。」

秀娥離開後，謝氏的身體還在不由自主地發抖，晉王還沒死？當年，葉璃兒用謝氏的名聲和他們的兒子要脅虞有慶，雖然能讓虞有慶忌憚於她，幫她做事，但還不足以逼迫虞家背叛皇上。是虞家嫡女虞美人與晉王「私通」，並被葉璃兒「捉姦在床」，甚至後來懷了胎兒也是葉璃兒「幫忙」找人偷偷打掉，才令得虞家除了助晉王起事外沒有其他退路。

她也是這兩、三年發現紫鈺越長大越像晉王，才開始懷疑葉璃兒當年的姦夫是晉王趙煊。

謝氏靠在樹上，閉上了眼睛。葉璃兒在找兒子，她要不要「幫」一把呢？這是個機會。如果能把假死的晉王趙煊也拖出來，這個仇就報得更完美了，謝氏陷入了沈思……

君然從宮裡出來，直接去慶親王府看安然，一見面就替鍾離浩報行蹤。「姊夫今天一下午都在御書房，到這會兒都還沒出來呢。」

安然讓人端了酸菜豬肉餃子上來。「來，陪姊吃幾個餃子，酸菜餡是林嬤嬤做的，味道好極了。」

君然皺眉，他可不喜歡吃酸菜。不過，天大地大，懷了寶寶的姊姊最大，姊姊難得有胃口，就陪她吃幾個吧。

安然見君然一副「捨命陪君子」的模樣，呵呵笑道：「別擺出一副視死如歸的英雄氣概，我面前這盤是酸菜豬肉餡的，你那盤呢，是你最喜歡的豬肉韭菜餡。」

「呵呵，我就知道姊最疼我。」君然摸了摸鼻子。

安然瞥見他腕上那條黑石手繩，笑得賊兮兮，讓君然感覺後背發涼。「姊，可不可以不要笑得這麼奸詐？讓我懷疑吃了這餃子會不會壞肚子，在床上躺個三、五天。姊，我最近沒有惹妳生氣吧？」

安然撇嘴。「以小人之心度君子之腹，怕就別吃。」

「別。」君然哈哈笑。「只要我姊給我吃的，別說壞肚子了，就是有砒霜，我也一定吃得一個不剩。」說著挾了一個進嘴裡細細咀嚼。「嗯，一吃就知道，這餡是我姊親自調味的。」

安然嗔道：「小東西，待官場沒幾天，學會溜鬚拍馬啦？」

「姊——」君然看了看旁邊侍候的小丫鬟，還有正在另一邊忙碌的舒霞和冬念，臉紅得像抹了胭脂。「我只比妳小片刻，妳別總把我當成瑾兒好吧？」

安然噗哧一笑。「好好好，我家君兒長大了，可以成親了，這次百花宴後，姊可要好好挑一挑。說說，你喜歡什麼樣的女孩？」

「姊——」君然的臉更紅了。「姊夫不在家，妳沒有人欺負，盡欺負我是吧？我可沒有想這事，姊夫和黎軒大哥他們都是二十歲後才成親的。」

安然擺手。「也沒讓你馬上成親啊，有合適的好姑娘可以先訂親，要不等你想成親的時候好女孩都被人挑光了。」沒辦法，在這古代就是這樣，現實國情嘛，安然也只好隨大流。成親可是大事，萬一找個不靠譜的弟媳……何況自家弟弟如此優秀，配得上最好的女孩。

君然赧然。「父母之命，媒妁之言，我的親事，自然是由祖母和姊姊姊夫作主，姊喜歡的就行。」他說話的時候瞥了一眼手上的黑石，心裡閃過一絲異樣，只是不大清晰。

安然笑道：「我們家不興這一套，你要娶的妻子，自然要是你喜歡、願意跟她攜手一輩子的女子。姊會幫你把關，給你參考意見，但這些都是次要，重要的是你們能彼此喜歡。」

君然默默地吃了幾個餃子，突然有點扭捏地說道：「姊，我見到小乖了，她現在也住在京城。」

「哦？你們怎麼遇上的？這麼多年了也能認出來？是她看到你的黑石頭，還是你看到她的黑石頭啊？」安然一連串地問道。沒辦法，女人的八卦精神太旺盛，何況涉及自家弟弟的終身大事？剛才君然眼裡一閃而過的柔情並沒有逃過安然的眼睛，而且他們倆是雙胞胎，心靈感應特別強烈。

君然有點不好意思地摸了摸鼻子。「她想看看新科狀元是不是個書呆子，就扮成男裝去明月茶樓的詩會，還寫了一首很好的詩，我們都過去品詩，她就看到我的手繩了，她自己的那塊石頭也隨身帶著呢。」

「哦——」安然敏銳地感覺到君然言語、神情中的喜悅和驕傲。「那你現在知道她的名字和府上是做什麼的嗎？或者，她住哪裡？」

君然在安然面前就是個乖寶寶，很老實地回答了。「她叫白伊淩，回京陪伴她祖父祖母，其他我就不知道了。」

這個笨蛋，久別重逢，不會送人家回去嗎？等等，白伊淩？姓白，剛回京，陪伴祖父祖母，而且君然說過小乖當年是要去昆城的？這麼巧合，不會是同一個人吧？安然心裡樂開了花，明日白家姑娘就會過來拜訪，她可得好好看看。很明顯，自家弟弟對那個白伊淩是有意思的。

君然見安然的臉色變幻很是忐忑，這個雙胞胎姊姊是不是猜到他心裡在想什麼了？他們兩姊弟總是能感受到對方的喜怒哀樂和劇烈的心理變化，姊姊說這叫心靈感應。

「呵呵，你們姊弟倆這大眼瞪小眼的做什麼？餃子都涼了。」鍾離浩解下身上的披風遞給冬念，一邊洗手一邊打趣安然兩人。

「沒。」君然搶先答道，生怕姊姊當面說破他的心事。「姊夫你回來就好了，我姊沒人欺負盡欺負我，我吃飽了，先回去。」說完逃也般往外走，也不管身後安然「格格」笑得多開心。

鍾離浩好笑，小舅子面皮薄，小妻子又老是喜歡捉弄他。「妳又怎麼欺負君然了？看他面紅耳赤的。」

冬念端了一盤鍾離浩喜歡的牛肉香菇餡餃子上來，又添了幾道菜，就帶著小丫鬟們退了出去。

安然笑道：「小呆子動了春心，不好意思呢。」

鍾離浩瞪大了眼睛。「真的遇上那個什麼小乖啦？是哪家的小姐？到京城來走親戚嗎？」

安然不答反問：「浩哥哥，那個白家的小姐叫什麼名字你知道嗎？」

鍾離浩奇道：「白三信裡有提到，好像叫白……什麼來著，信在那兒呢，妳待會兒自己看一下。也是，明日人家上門，妳連人叫什麼都不知道不大好。」他疑惑地看著安然，這思維跳得也太快了吧？

「白伊淩。」安然笑咪咪地看著他。

鍾離浩一愣，好像是欸，不過他真的不確定，伸長手從架子上取了那封信看了一下。

「真的是！白伊淩……然然妳怎麼知道的？不會……」

安然眉眼彎彎地點頭。「那個小乖就叫白伊淩，她昨天女扮男裝跑去明月茶樓看新科狀元了！」

鍾離浩哈哈大笑。「看來我跟白三真的有緣做親戚了，這樣，明日中午，我帶君然一起回來用飯。」

「好啊！」安然雙手贊成。「這白小姐六、七歲的時候就那麼善良，一定是位好姑娘。如果她對君兒也有意思，我們就趕緊下手，請大長公主祖母向白家去提親，真讓二皇子搶去了，可沒地找哭去。」

鍾離浩笑道：「我們已經確定二皇子不是皇家血脈，皇兄不會按德妃的意思把白小姐指婚給他的。」

「什麼？你們怎麼確定的？那冷紫鈺呢？確定了沒有？」安然大為驚訝，速度啊！

「是謝氏親口說的。」鍾離浩將暗衛傳回來的謝氏和秀娥在墳地的對話說了一遍給安然聽。

「哇噻，間諜無處不在欸。」安然驚嘆。「那個秀娥是虞家的人？德妃又怎麼會信任她，還讓她負責飛鴿傳書？」

鍾離浩沒有回答，而是給安然盛了一小碗去了油的雞湯，笑咪咪地看著她。

安然知道這個腹黑男又在跟她講條件了，沒辦法，為了滿足自己的好奇心，她只好閉著眼睛，一口喝掉了面前的雞湯。

鍾離浩滿意地輕捏了一下她的臉，這才答道：「當年虞美人給趙煊傳遞訊息，事發後畏罪自盡，聽說臨死前給貼身侍女秀娥下了絕子散，還在她身上生生刻了個『賤』字，秀娥要投井的時候被德妃的人救了，自那以後就一直跟在德妃身邊。現在看來，那個秀娥當年應該是使了苦肉計，為的就是有機會接近德妃。」

「真是夠狠。」安然嘖嘖嘆道。無論是他人下手戕害，還是自殘，這些人都有夠狠的，皇宮就是好女人的地獄，惡女人的溫床。

鍾離浩苦笑。「可是總有那麼多女人把皇宮當作天堂，當作揚眉吐氣、振興家族的跳板。皇兄好意想放那些沒有侍寢過的嬪妃出宮，讓皇嫂給她們安排個好去處，可是不少人愣是不願意。在她們看來，即使不受寵，有個女兒在宮裡，她們的父兄、家族也更有面子吧！

「對了，福公公暗暗查了一下內侍紀錄，在冷紫鈺出生的大概時段，大半年的時間裡，葉良媛幾乎沒有出過自己的宮殿，皇伯母要看二皇子的時候，也是他的奶娘抱去給皇伯母請安的。據說是生二皇子的時候傷了身子，必須臥床養著。那時候皇兄並不在意葉良媛，也沒去探過，只是讓人送了補品過去。

「福公公還查了一下，當年給葉良媛保胎、看診的都是一個姓馬的太醫。葉良媛康復以後沒多久，那位馬太醫的家裡突然遭到盜賊謀財害命，夫妻倆還有大兒子都死了，兩歲的小女兒和貼身奶嬤嬤失蹤。」

「很明顯是殺人滅口。」安然搖頭。「浩哥哥，那個紫鈺一定是德妃和大鬍子的私生子。老大打算怎麼做？」

鍾離浩失笑。「皇兄說，先給他們機會，各自找找兒子、報報仇，我們盯著看戲就是。不過然然，只要那趙煊一日沒有抓到，妳一定要格外小心。我們的人發現，那何玉開始有動靜了，鍾離麒似乎也摻和了進去。」

# 第九十六章　議親

第二日，安然早早就起床了，準備親自做幾樣小點心招待白伊淩。

鍾離浩很是妒忌。「八字還沒一撇呢，妳就這麼興奮，害得我的小然然都沒睡飽。」

正在幫他束髮的安然故意拉扯到幾綹頭髮。「真是沒良心，枉費人家一早起來幫你束髮。就算我一天十二個時辰不睡，也影響不到你的小然然睡覺啊。」

鍾離浩裝模作樣地齜牙咧嘴。「疼，疼！妳看看，弟媳婦還沒訂下呢，就不心疼妳家夫君和寶寶了。妳沒睡好，我和寶寶都會心疼，寶寶心疼了，哪裡還能睡好。是不是，寶寶？你娘不心疼我們，我們可心疼你娘了。」說完笑嘻嘻地轉過頭，隔著衣服在安然小腹處親了一下。

安然看了一眼在那邊圓桌上「專心」擺早餐的丫鬟們，「狠狠」拎了一下鍾離浩的耳朵，然後「若無其事」地繼續幫他綰好頭髮。

鍾離浩偷笑，抓過安然一隻手放到唇邊重重親了親，這個寶貝妻子，成親四個月多了，還如此害羞。

白伊淩很準時，在約定的時間到了慶親王府，帶著一個嬤嬤和兩個大丫鬟。

安然見到白伊淩，第一眼就喜歡上了這個女孩子。白伊淩今日穿一件粉橙色的繡花羅衫，下著乳白色湖縐裙，帶點嬰兒肥的白嫩如玉的臉蛋上，頰間有一對可愛的小酒窩，看得出並沒有抹胭脂，但兩腮自然粉潤得像剛開放的一朵瓊花，白裡透紅。一雙流盼生光的眸子黑白分明，一閃一閃好像會說話。烏黑的長髮梳成簡單的垂掛髻，兩邊各插了一朵珠花，盡顯小女兒的靈動和嬌態。

「伊淩見過王妃。」白伊淩盈盈向前，向安然行禮，一笑起來微微露出兩顆可愛的小虎牙，真是愛煞安然了。

「呵呵，真是一個漂亮孩子，妳三哥同王爺是好兄弟，妳到我們府裡不用見外，喚我安然姊姊就好。」安然親自拉了白伊淩坐下。「我就喚妳伊淩可好？你們家裡人怎麼稱呼妳的？」

白伊淩出身武將世家，也不是個扭扭捏捏的，而且她真的很喜歡面前這個和醜醜長得一模一樣的慶親王妃。

在昆城的時候，娘和三哥哥就跟她說了不少慶親王妃的事蹟，還說三元及第的新科狀元跟王妃長得一模一樣，明面上說夏狀元是王妃母親名下的養子，但明眼人都知道這兩人必定是血親的雙生子，至於其中隱情，當事人不願意透露，旁人也就沒必要深挖了，畢竟這姊弟倆現如今都不是可以輕易得罪的，也沒必要得罪。

「安然姊姊好，家裡人都叫我淩兒或者……」白伊淩脫口而出，卻在一半的時候收住了口，第一次見面，就跟王妃說自己在家裡的暱稱，是不是太輕狂了？可是王妃讓自己覺得很親切，竟然情不自禁地就覺得跟她很熟絡了。

「或者小乖是嗎？」安然笑問，指著冬念端過來的奶茶說道：「來，淩兒，嚐嚐這紅豆奶茶，給點意見，這是百香居準備在新年推出的新品奶茶。」

白伊淩的嘴張成小O形。「安然姊姊妳……」怎麼知道的？轉念一想，醜醜可是安然姊姊的弟弟，自然是醜醜說的，白伊淩的臉蛋發熱，趕緊垂下眼眸專心品味奶茶。

白伊淩的吃相優雅，絲毫沒有矯揉造作之感，那微瞇著眼的姿態讓人感覺得到她很享受嘴裡的美味。

「嗯，色澤柔美，溫潤香濃，加上紅豆的軟糯，入口更加醇香。安然姊姊，我回到京城這幾日每日都要飲一杯熱熱的奶茶，很是喜歡，這加了紅豆更好喝了。」白伊淩笑起來，那小酒窩讓她更顯乖巧。

不錯，不但會吃，還會品，本身就是個吃貨的安然高興道：「喜歡喝以後就多來玩，以後還會推出各種口味的奶茶呢！來，再嚐嚐這些點心，可是我親自做的哦。」

「是啊，白小姐，我們王妃一早起來親自下廚給您做點心呢，您可要多嚐嚐。」冬念在一旁說道。

這可怎麼好？出來時祖母還特意交代說王妃有了身孕，不能疲累，讓她不要叨擾王妃太久，如果見到王妃有疲乏之色便要主動告辭。

「安然姊姊，這……怎麼好意思？怎能讓妳受累？淩兒謝過安然姊姊的厚愛。」白伊淩趕緊站起身行了一禮。

「不用客氣，我喜歡做吃的給親人、朋友品嚐，然後誇我兩句，滿足我的虛榮心，所以妳不用覺得不好意思，多吃兩塊，只要妳喜歡，我就會很開心。」安然呵呵笑道。

「呵呵。」白伊淩也樂了，她真的很喜歡安然。作為大昱唯一的親王妃，還有強勢的靠山和眾多光環，卻是如此親和可愛。難怪大家都在傳慶親王爺寵愛王妃至極，就是她同為女子，還是第一次見，都喜歡得緊呢。

白伊淩的奶娘趙嬤嬤見到慶親王妃待自家小姐分外親切，也是歡喜得緊。大將軍府就小姐一個女兒，還是嫡女，可比那些哥哥弟弟們金貴多了，小姐完全是在全家人的寵愛中長大的。此番回京，將軍、夫人以及各位兄嫂都極不放心。本來夫人想一同回京，無奈三少夫人即將生產，又因年關將至，就決定等到過年後再回來，好在大少爺大少夫人會趕在小姐及笄前回到京城。大少爺此番回京受職，即將接替大將軍的位置，以後將軍和夫人就能留在京裡生活了。

回京前，三少爺給慶親王去了信，請慶親王妃關照一下自家妹妹。回到京裡，老將軍和老太君也是對慶親王妃讚不絕口，極其贊成孫女多跟王妃交好。

進王府前，趙嬤嬤還是有點忐忑的，畢竟這王妃極受寵，也不知道好不好相處？這會兒她把心放進肚子裡了。

趙嬤嬤給安然行了禮，捧上一張禮單。「王妃，這是我們家夫人的一點心意，不是什麼名貴東西，只是雲州的特產，其中的翡翠玉枕非常適合孕婦用，還請王妃笑納。」白伊淩身後的一個大丫鬟將手上抱著的一個錦緞包袱放在桌上打開，是一個翡翠做的玉枕，觸感溫潤，玉質極佳，而且枕頭的形狀很特別。

正院，吳太妃正端著茶杯問王嬤嬤。「白家小姐？她怎麼會認識冷安然的？」

王嬤嬤回道：「太妃忘了？白家三少爺同王爺可是至交好友，還曾經救過王爺，他的妹子回京，想必是託付王妃照顧吧？畢竟白老太君年紀大了，白夫人和幾位少夫人又不在京城，白府裡那兩位都是上不了檯面的庶子夫人。白小姐這個年齡要參加各府的宴請，都得有人帶著才好。」

吳太妃點頭。「也是，那白小姐可是白家的掌上明珠。」

王嬤嬤連忙附和。「可不是，帶著七、八個將軍府的侍衛呢，送給王爺王妃的禮物整整一車。」

吳太妃恨得咬牙，她做了近二十年的慶親王妃，因為太后和大長公主壓著，幾乎沒有過高高在上、被眾貴婦夫人捧著巴結討好的輝煌。先王爺過世後，就更沒有人把她放在眼裡了。

突然，吳太妃的眼睛一亮。「王嬤嬤，如果麟兒娶了白家小姐，妳覺得如何？」

王嬤嬤笑道：「那自然是上佳，白家是四大將帥世家之一，在皇上面前極有臉面，如果三爺有個這樣的岳家，三年後再能金榜題名，日後何愁？」

吳太妃笑得合不攏嘴，好像已經跟白家談定了親事。「可不，那白家不知多重視這個唯一的嫡女，那嫁妝一定不可小覷。而且，鍾離浩跟白家三少爺的交情，到時候也不好意思讓麟兒分府另過吧？」

王嬤嬤猶豫道：「可是太妃，您跟白家向來沒有什麼來往，這……」

吳太妃不以為然地擺擺手。「我沒有，鍾離浩和冷安然有啊！麟兒的親事，他們作為兄嫂，理當張羅，讓冷安然去說合這門親也在情理之中。不過他們倆一向不待見菡兒，先緩緩，等百花宴過後，菡兒打出名聲，我們為麟兒和菡兒兩兄妹造造勢，然後再談這門親事。」

君然感到很奇怪，姊夫今天為什麼一定要他一起回王府用午餐。一般情況下，只要皇上沒有特別要求，他都是早上在皇上身邊當差，下午去翰林院，而午餐多是在翰林院與同僚們一起用，他年紀輕輕就成為皇帝「近臣」，不想給人恃才傲物、高人一等的感覺。不論是皇上、姊夫，還是許先生，都告誡過他他只是比別人聰慧些、勤奮些，仍然有太多的東西需要歷練，還需要向身邊的人多學習。

不過，他一向敬重鍾離浩這個姊夫，心裡疑惑，面上卻不敢有一絲遲疑。

兩人到靜好苑的時候，小丫鬟回報王妃在花廳招呼白將軍府的小姐。

鍾離浩一揮手。「走，君然，我們也過去見見貴客。」

君然猶豫。「姊夫，我過去不大好吧？人家還是一個閨閣小姐。」

鍾離浩笑道：「無妨，我和白三少爺是至交，這次也是他託付你姊照顧妹妹的。我們只是過去認個臉而已，以後白小姐有什麼事需要幫忙，君然你也要看在我的面子上關照一下。」

君然點頭。「既是這樣，君然就隨姊夫過去打個招呼。」

進了花廳，安然起身為白伊淩和鍾離浩二人做了介紹，她清楚地看見，君然踏進門的那一刻，白伊淩的臉就紅了，還微微垂下腦袋。

鍾離浩自覺和藹（可惜他那張冰山臉只能讓人敬畏）地說道：「白小姐，我同妳三哥是生死之交，妳不用拘束，有什麼需要，儘管來王府找王妃，妳們年齡相差不多，應該能談得來。」

白伊淩行了一禮。「謝王爺，伊淩知曉了。」接著，她又依禮向君然行禮。「夏公子好。」

君然呆呆的沒有反應，只是一臉驚異地盯著白伊淩，怎麼這麼像？可憐君然也才見過長大後的白伊淩一面，還是男裝打扮，乍然再相見，一時還真是反應不過來。

君然的舉動讓白伊淩的臉越發紅得要滴出血來。

趙嬤嬤聽過新科狀元夏君然的名字，也知道他是慶親王妃的弟弟，可是沒有想到這個所謂才高八斗的人這麼無禮，若不是王爺王妃在這兒，她都恨不得開口訓斥了。

「咳咳，老奴見過夏公子。」趙嬤嬤忍無可忍。

君然猛地回過神來，轉而盯著趙嬤嬤。「嬤嬤，我又見到妳了！我是醜醜，妳還記得嗎？」趙嬤嬤這個年紀，九年時間的變化並不是太大，很容易認出來。「那時候我八歲，我們母子在花園幫工，對了，我那時背上、腳上燒傷的地方長了很多泡泡，還是妳找到一個老大夫幫我看診的。妳不記得我了嗎？」

「醜醜？」趙嬤嬤看著眼前這個錦衣華服、風度翩翩的俊俏公子，不敢把他和多年前那個又瘦又黑的可憐孩子聯想在一起。「你真的是醜醜？那個被你娘打也要藏著書看的孩子？」

「是，我就是那個醜醜，娘是我的養母，現在，我找到了親姊姊……就是慶親王妃。」君然高興地看向安然。「姊，她就是小乖的奶娘趙嬤嬤，那時候，嬤嬤經常偷偷拿吃的給我，還幫我做了兩身衣服，我還是第一次穿自己的新衣服呢。」

安然起身，向白伊淩和趙嬤嬤行了一禮。「多謝淩兒和趙嬤嬤對君兒的照顧，如果不是妳們，也不知道那時君兒身上的傷還會引起什麼病症，我們姊弟很可能都見不著面了。」

白伊淩和趙嬤嬤趕緊避開安然的大禮，趙嬤嬤連聲道：「不敢不敢，王妃真是折殺老奴了。是夏公子小時候就乖巧懂事招人疼，當時府裡很多人都疼惜這個孩子呢。」

白伊淩也道：「安然姊姊，妳太客氣了，我和醜……夏公子是朋友嘛，力所能及的小事，不足掛齒。」

君然一副傻呵呵的樣。「小乖！妳……妳就是白老將軍的孫女？我跟我外祖父去白府拜訪過妳祖父呢！沒想到……呵呵，真巧！」

安然差點忍不住笑出聲，這個傻弟弟，能不能再傻點？

鍾離浩也撇嘴，這個小舅子，怎麼說的盡是廢話？唉，看樣子自己這個姊夫要教教他怎麼追女孩子了。雖然自己也只追過一個女子，可是從來沒有這麼傻乎乎的，真是丟他這個姊夫的臉！

白伊淩不敢抬眸，醜醜怎麼這樣？當著王爺王妃和這麼多丫鬟嬤嬤的面一口一個「小乖」，多羞人！可是，心裡沒來由地甜滋滋的。想到如果他口口聲聲稱呼自己「白小姐」，一定很不順耳。

午餐是在花廳裡用的，擺了兩張小桌，安然和白伊淩，還有鍾離靜、鍾離嫣一桌，鍾離浩和君然一桌，中間隔了一個屏風。

午餐後，鍾離浩和君然就回去當差了，安然見白伊淩不時偷偷瞄一眼君然，心裡還有什麼不明白的？呵呵，好幾日沒有去看望大長公主祖母了，正好明日過去，打鐵要趁熱，何況還有個虎視眈眈的德妃？安然從來不喜歡做讓自己後悔的事，尤其是所謂的「就慢一步」。

大長公主聽到君然和白家小姐的一段善緣，也是極其歡喜這樁親事，只是，她畢竟是皇家人，有著多一層顧忌。

現在大長公主府和慶親王府、大將軍王府的關係已經太扎眼了，如果再加上白家……

大長公主在去白將軍府之前，先進了一次宮。

鍾離赫已經從鍾離浩那裡知道了君然和白伊淩的故事，也覺得兩人天生一對，正準備請太后賜婚呢，大長公主就來求見了。

聽了大長公主的顧慮，鍾離赫笑道：「姑姑多慮了，你們幾家都是大昱的忠臣，而且您是朕的親姑姑，浩兒是朕看著長大的小堂弟，朕是需要擔心忠臣聯合叛變呢，還是需要害怕姑姑和弟弟謀算朕？那只能證明朕是無德無能，才被親人和忠臣放棄。」

鍾離赫來自現代文明社會，不像土生土長的君王那樣成天擔心自己屁股底下的龍椅被人盯上。而且他信奉一點，會被人背叛，肯定也有自己的原因，若非自己失德，不值得人擁護，就是自己識人不明，用人不當，那是自己能力不足。

在現代的時候，自己管理企業，總是喜歡學習古代的兵法、謀略。到了古代，管理天下，他又經常結合現代管理學和理論。如今對幾個皇子的教育，他也是融匯了古今的管理精髓。

大長公主聽了這一番話，總算放下心來，不過她還是請皇上慢點賜婚，讓她先同白家議婚，兩家議定，再請太后賜婚，錦上添花才好。

大長公主從安然那裡知道德妃有意讓二皇子娶白大小姐，想著雖然皇上還沒有正面答應，但是突然又下旨給君然賜婚不大好，畢竟二皇子是皇子，以後父子會有嫌隙。不如讓兩家正常走議婚程序，那樣，皇上可以有個「天家不奪臣妻」的說法。除非有賜婚在前，皇上也不能明著阻擋各家臣子之間談婚論嫁吧？

為了不打草驚蛇，鍾離赫現在還得對二皇子和冷紫鈺的身世高度保密，所以暫時不能讓大長公主知道所謂的「父子嫌隙」無須顧忌。

再想想，按大長公主說的做也好，無須正面激怒德妃，引起德妃兄妹和朝臣的猜疑，畢竟現在二皇子名義上還是他的兒子。

沒兩日，大長公主就請了燕王妃說合，白老將軍和白老太君先是驚訝，隨後自然是萬分欣喜。

先前皇上有跟白老將軍提了一下二皇子和白伊淩的親事，但也表示尊重白家的選擇。白將軍真心不想讓唯一的寶貝閨女嫁入皇家，何況還是他們看不上眼的德妃所出的二皇子。但是白家世代忠良，如果皇上堅持，他們也不敢抗旨，為此，白家上下不是一點點的煩躁啊。

現在大長公主突然請燕王妃上門為夏君然和白伊淩說合，他們不能不驚訝，大長公主和慶親王爺不可能不知道德妃與白家結親的意圖。

近來清平侯府極力與白將軍府套近乎，德妃還曾經提出為之前沒有報名的白伊淩「開後門」，臨時加入百花宴參賽名單，只是被白家以白伊淩從小在南方出生長大，剛回京必然水土不服為由婉拒了。

現在既然大長公主提出聯姻，想必已經得到皇上的默許，白老將軍又想起當日皇上曾經說過尊重白家的意願，這是不是說明只是德妃一廂情願，皇上並不準備勉強白家？

對於小小年紀三元及第的新科狀元夏君然，白老將軍和白老太君自然是一萬個滿意，何況安然、君然姊弟本就是京城這幾年的風雲人物。

白老將軍當即表示願意，但還是要去信徵求一下兒子兒媳的意見，畢竟白將軍白夫人才是白伊淩的父母，一旦收到回信，雙方就交換庚帖和信物。

白伊淩的丫鬟蒙頂探到燕王妃離開，趕緊去通知白伊淩。此時，白伊淩的二伯母和四嬸正在白伊淩房裡「恭喜」白伊淩。「這燕王妃來啊，肯定是為了二皇子的事，聽說當初皇上的意思是等妳回來了，再議這門親事。淩兒啊，嬸嬸可要恭喜妳了，誰不知道皇上最器重的皇子就是二皇子。」

趙嬤嬤在一旁撇嘴，自從小姐回京，這兩個女人就像蒼蠅一樣成天黏過來嗡嗡嗡，也不知道自己多討人嫌。二老爺和四老爺文不成武不就，好高騖遠，上了戰場掩著屁股跑，娶的媳婦也是不省心的，真是蛇鼠一窩，也不知道他們收了德妃什麼好處？

白伊淩默默地喝著丫鬟剛買回來的三元及第奶茶，不知道在想什麼，一點反應都沒有，直到白二夫人和四夫人停下「嗡嗡嗡」的聲音喝茶，她才「驚醒」過來。「不好意思，淩兒剛才想著祖母交代的事，二伯母和四嬸嬸都說了些什麼？對了，蒙頂，祖母現在有空了嗎？我要去給祖母按壓了，安然姊姊教我的，祖母說很舒服呢，我可要多練練。」

二夫人和四夫人氣結，敢情她們剛才在唱歌？白白費了那麼多口舌在對著空氣說話？

哼，不就是嫡系嫡女嗎？她們也有嫡女啊，可惜沒入了德妃娘娘和二皇子的眼，否則誰有閒心來跟這個半大的丫頭套近乎？還是個油鹽不進的，一點都不知道尊重長輩。

趙嬤嬤和蒙頂、滇紅兩個大丫鬟則低著頭拚命忍住笑，連二夫人、四夫人帶來的丫鬟都趕緊低下頭，生怕主子抓到藉口遷怒於自己。

白伊淩一到白老將軍和白老太君的正院，白老太君就笑道：「祖母的小乖是不是聽到信兒了？來得這麼快？看來我們的小乖真是長大了，想嫁人了，哈哈哈……」

白伊淩心裡一驚，真的是親事？小嘴一噘，投進白老太君的懷裡撒嬌。「祖母，小乖不要嫁給那個什麼二皇子，小乖才不想嫁進宮裡，以後都不能隨時見到祖父祖母了。」

白老太君哈哈大笑。「好好好，祖母也捨不得我的小乖啊，我們不嫁進宮，我們嫁個近的，以後祖母想小乖了，就隨時把小乖召回來。」

不是二皇子？還有別人？白伊淩也顧不上害羞了。「祖母，您剛才見的是哪家呀？說好了，小乖不喜歡的，可不嫁。」

白老太君點了一下寶貝孫女的額頭。「沒羞沒臊的小潑猴兒，誰家小姐如妳這般一口一個喜歡，一口一個嫁人的？哈哈哈，狀元郎妳要不要啊？」

狀元郎？白伊淩驚喜。「醜醜？呃，不，祖母，您說的是三元及第的夏狀元嗎？」

白老太君大奇。「醜？夏狀元不醜啊，祖母見過，很俊的孩子，人又聰明懂事，妳祖父可喜歡了。那孩子現在可是京城第一搶手的女婿人選呢，怎麼，我們家小乖不喜歡？」

白伊淩大喜之下立刻扭捏起來。「祖母，小乖不想這麼快嫁人，小乖想陪著祖父祖母嘛。」

白老太君第一次見到寶貝孫女如此羞態，心裡了然，哈哈大笑。她可是知道那天小乖女扮男裝偷跑出府去明月茶樓的詩會了，這個孫女天資聰慧，能文能武，聽說新科狀元年僅十六歲就三元及第，一心想跟他比試比試，看看是真才實學還是靠那些強大的靠山和親王姊夫？

白家是武將世家，沒有那麼多酸腐的文人規矩，白伊淩又是白家上下最受寵的掌上明珠，白老太君也就睜隻眼閉隻眼了。

現在看來，自家孫女對夏君然那孩子也是有意的，哈哈，白老太君心裡直樂呵，害羞就害羞，沒必要說人家醜嘛。

祖孫兩人正笑鬧著，沒注意到白老太君身後的一個二等丫鬟悄悄走了出去，一出院門就向二房的院子跑去。

# 第九十七章　美女間諜

慶親王府，吳太妃的正院裡，鍾離菡已經把能摔的東西都摔了。王嬤嬤在吳太妃的眼神示意下，早已經把所有丫鬟婆子都帶了出去。

「為什麼？為什麼？我才是慶親王府的嫡女，憑什麼大嫂讓那兩個庶出的賤人那麼風光，對我卻愛理不理。」鍾離菡摔累了，脫力地跌坐在椅子上。

經過八日的賽事，「百花宴」最後的決賽名單即宴會邀請函已經發出，鍾離靜和鍾離嫣都以極好的名次列在第一批，鍾離菡則是勉強進入決賽。

其實她正常發揮的話，本來可以拿到靠前的名次，畢竟這幾年吳太妃在她身上可下了不少血本，前前後後花大錢請了不少名師。無奈她沈不住氣，第一日比賽結束就自亂陣腳，後面的兩場賽事發揮都不穩定。

鍾離菡一心想看鍾離靜和鍾離嫣在第一場比賽就被刷掉，不料那兩人的表演震驚四座，倒是把她自己氣得火冒三丈，大嫂實在太偏心了！

而且從比賽開始的第一日起，大長公主就找了藉口把鍾離靜和鍾離嫣接到大長公主府去暫住了，她想洩憤都找不到人。

吳太妃閉著眼睛靠在榻上，鍾離浩和冷安然這對賤人就是她的剋星，現在還要來剋鍾離菡。

如果早知道冷安然會如此抬舉那兩個庶女，她當初就不該顧忌名聲而沒有完全廢掉鍾離靜的一雙手，還有那鍾離嫣，那年為先王爺守靈的時候半夜發高燒，若不是大管家多事，說不定早就死了。

現在這兩個卑賤的小庶女聲名鵲起，讓鍾離菡這個嫡女情何以堪？本來留著這兩個人是為了襯托鍾離菡這個嫡女的優秀，也是她用來拉關係聯姻的工具，萬一真的讓她們倆進入百花榜前十名……

吳太妃握了握拳——為什麼一切都脫離了她的掌控？

按照慣例，百花榜排名前十的女子，已經訂親的，成親的時候宮裡會送上一份添妝，未訂親的，親事不再由父母作主，而是由宮裡決定，當然，指婚的人家多是皇親國戚、功臣名將或其子弟。這是皇上給功臣、寵臣家族的「人情」，也是女子一生的榮耀。

因此，如無特殊原因，年齡不大又有信心進入百花榜前十的女子，家裡多數不會早早給她們訂親。

也就是說，一旦鍾離靜和鍾離嫣進入前十，就脫離了吳太妃的掌控。在這古代，主母對庶子庶女，尤其是庶女，最大的掌控就是拿捏住了她們的婚姻大事。

冷安然！吳太妃現在提到這個名字就想吐血，一切都是被她給破壞的。

「母妃——」鍾離菡撲了上來。「您快除掉那兩個賤人！或者再給她們的箏下毒，給跳舞的鞋子下毒！」

吳太妃一手掩住了鍾離菡的嘴，低吼。「妳瘋了，這種話也能亂嚷嚷？」別說那兩人現在在大長公主府，就算在府裡，她也不能在這個時候讓她們出事，至少不能兩個都出事，否則她和鍾離菡母女就真的成了京城的名人了——千夫所指的惡毒名人——嫌疑太明顯了，誰也不是傻瓜，即使什麼證據都沒有，鍾離菡的親事也會受到極大影響。

鍾離菡不以為然地翻了個白眼，她知道自己母妃的手段，這個院子裡哪裡有下人敢多嘴？

「要不，母妃您就裝病，讓她們回來侍疾，不能參加比賽。」鍾離菡靈光一閃，覺得自己從來沒有這麼聰明過。

吳太妃無奈地嘆了口氣。「她們不能參賽，妳還能參加嗎？」那真真被人唾棄死，庶姊妹都棄賽回府侍疾了，親生嫡女還大咧咧地繼續比賽？

不過，如果姨娘得了重病了呢？吳太妃眼睛一亮。「可是只能拉下一個，妳覺得拉下誰對妳比較有利？」不可能兩個姨娘同時病了吧？還都是重病？靜好苑那兩個婢女都懂醫術呢。

鍾離菡想了一下。「那就鍾離靜，她跟我一樣彈箏，她那首什麼〈蝶戀〉真的太好聽了。」聽說那是大嫂冷安然作的曲，如果鍾離靜參加不了比賽，她是不是可以名正言順地要來曲譜？

吳太妃卻是覺得鍾離嫣的舞蹈實在震撼，不過……

吳太妃還沒拿定主意，門口王嬤嬤急慌慌地通報。「太妃，慈寧宮來人了。」

吳太妃趕緊帶著鍾離菡迎了出去，看見崔氏和喬氏也被叫來了。

宮裡來的人正是太后娘娘身邊的喜公公。

喜公公給吳太妃行了禮。「咱家見過吳太妃，太后娘娘近來身子有些不適，總是腰痠，想起先太妃身邊的崔姨娘按壓手法好。另外，聽先王爺說過，喬姨娘最會講先秦的傳奇故事，要她倆即刻進宮侍疾。如果這令得吳太妃身邊侍候的人手不夠，太后娘娘可以先撥幾個宮女嬤嬤來幫襯幾日。」

吳太妃恨得咬牙，面上還得堆著笑臉。「公公說笑了，兩位妾侍能夠有機會給太后娘娘侍疾，是慶親王府的榮幸，也是本妃的榮幸。請太后娘娘放心，本妃身邊人手十分充裕。」笑話，她可不想讓太后有機會往她這裡安插人。「崔氏、喬氏，妳二人進宮，定要好好侍奉太后娘娘，不得有半點懶怠。」

崔氏和喬氏連忙應下，她們心知又是王爺王妃在幫她們，心裡真是感激不盡。聽說鍾離靜和鍾離嫣在百花宴上大出風頭，雖然姊妹倆被王妃安排住在大長公主府不怕被吳太妃陷害，但是崔氏二人一直擔心吳太妃拿她們做文章謀害鍾離靜姊妹。現在總算放心了，王爺王妃想在前面，又替她們安排妥了。

喜公公帶著崔氏二人走了，吳太妃用帕子捂著嘴，王嬤嬤暗自心驚，吳太妃最近接連受挫，急怒攻心，身子骨越來越差，再這樣下去如何了得？

進了屋，鍾離菡正要發瘋，聽到王嬤嬤一聲驚呼，抱住搖搖欲墜的吳太妃。「太妃，太妃！為了菡郡主和三爺，您要保重啊！您要真氣出個好歹，就沒有人為他們打算了。」

鍾離菡這才看到自己的母妃臉色蒼白如紙，手上的帕子一片血紅，嚇得撲了上去。「母妃！母妃！您可不能有事啊！」大哥大嫂根本不把她當回事，如果母妃沒了，就沒有人為她撐腰了。

靜好苑裡，安然靠在榻上聽著正院那邊發生的事，輕輕搖了搖頭，這些人累不累？成天算計人，想著怎麼害人，都想到吐血了，這樣很有樂趣嗎？

「對了，梅心院那兩位在做什麼？竟然第一輪就被刷下，鍾離青也太差勁了吧？」安然「幸災樂禍」地嘟囔了一句，取了一塊果乾放進嘴裡。

舒安回道：「聽說鍾離青倒是不吵不鬧，一個人坐在廊下發呆，一坐就是兩、三個時辰。許側太妃都被嚇到了，也不敢說她，就那麼坐在旁邊看著。」

安然又丟了一顆梅子進嘴。「她在感悟人生！哈哈，要是現在真的知道重新做人倒也還好，不要跟著她那娘和哥哥一條道走到黑。」

鍾離青怎樣，安然並不在意，只是盯著防止她們再起什麼陰謀罷了。這馬上就要過年了，事情又多起來，只是大家都不讓她操心，只有需要她最後拍板的事才會找她。

不過有一件事讓她挺開心的，本來以為年夜飯不得不跟那些討厭的人一起，擔心那些人又會起什麼煩人的么蛾子。沒想到原來今年的百花宴宴會是定在大年夜，且在宮裡舉行，決賽既是比賽，也是表演。這樣一來，到時候鍾離浩和安然肯定是要去宮裡過年的。安然腹誹，老大這是想起春節聯歡晚會了吧？

「可憐那些外地來參賽的姑娘就要獨自在京城過年了。」安然「很沒誠意」地同情了一把。其實在她這個現代人的心裡，這不算什麼事，每年春晚不是都有那麼多人在現場表演？還有大把在外地甚至外國工作、學習的人不能趕回家過年，她自己有一年的三十晚上就是獨自在雪梨的酒店度過的。

「那有什麼？」桂嬤嬤笑道：「這是多大的榮幸啊！她們不僅自己能進宮參加百花宴，還能憑邀請函帶兩位親人。來參賽的姑娘們，有點把握的，基本上都是由父母或者兄長陪著來的，這下連父兄都跟著沾光了，多少人一輩子也沒有機會看到皇宮長啥樣。」

「那倒是。」安然呵呵笑道，這年頭，能進一趟皇宮，尤其還能跟皇家人一起吃頓年夜飯（當然，距離肯定老遠），可以炫耀一輩子吧？

桂嬤嬤繼續解釋。「以前的百花宴宴會都在年初三，那些姑娘們很多都是大年夜還在練習呢。今年多好，勝出的，昂首挺胸迎接大年初一，是個好兆頭。輸了的，舊年裡就結束，也不用熬跨年不是？」

舒盼突然道：「王府的主子都進宮過年了，不就剩下許側太妃和大小姐兩人了？真可憐！」

舒安打趣。「不如妳留下陪她們？」

舒盼大急。「才不，我都還沒進過宮裡呢，而且公子說了，我是不能離開王妃的。」上次安然進宮請安的時候，舒盼剛來，還沒學過宮規，所以沒能跟去。

芳嬤嬤大樂。「舒盼姑娘，『沒進過宮』這個理由可是擺在黎軒公子的交代之前哦，看樣子主要還是因為我們舒盼姑娘貪玩呢。」

舒盼羞得直跺腳。「王妃您看，她們又欺負我。」

安然大笑。「誰讓妳年紀最小呢？可不就是讓大家欺負的？」

「哈哈哈哈……」眾人再也忍不住了，愉快的笑聲迴盪在靜好苑上空，讓剛剛回來正走到院門口的鍾離浩彎起了嘴角。

一旁的南征也是樂呵呵。「看來王妃的心情很好啊，林御醫還跟您說什麼女子生產前後容易抑鬱，我看誰都抑鬱了，我們王妃也不會抑鬱。冬念總說，在王妃身邊的人性格再冷淡，也都會變得愛笑呢。」

提到冬念，南征的語氣也變得柔和了，王妃已經將冬念許給了他。

安然憐惜冬念在冷府受了那麼多年的苦，本想讓她和南征早日成親，也享享福，以南征的能力和在鍾離浩身邊的地位，冬念完全可以享受少奶奶的生活。

只是冬念堅持要等小主子出來以後，照顧小主子一年再成親。那時她二十一歲了，也不會壞了規矩。在冬念看來，自家小姐太仁慈，正如何大管家所說，該有的規矩還是得堅持。她是小姐身邊的老人，自然要為小姐把規矩立起來，丫鬟最早也得二十歲以上才能放出去，否則培養起來的人用不了多久，小姐身邊哪有得用的人？

南征仰慕的就是冬念重情重義、溫柔婉約的性情，堅決支持她的決定，而且還更加疼惜冬念。南征兩歲的時候，娘就跟人跑了，爹又傷心又憤怒，喝醉酒失足摔死，南征跟著奶奶長大，五歲的時候奶奶病死，他就被二叔賣到了慶親王府。

奶奶在的時候，他經常聽到奶奶跟人念叨，娶媳婦就一定要找個賢良性子好的，奶奶總是後悔當初給他爹娶了個那樣的媳婦。這二十幾年，南征跟著鍾離浩，見過各種各樣的事，真正理解了一句「妻賢禍少」。何況冬念不但賢良，還漂亮。想著想著，南征的心裡就甜蜜蜜的，難怪遇到王妃後，王爺變了那麼多，心裡有個讓人牽掛的小人兒就是不一樣。

鍾離浩看到南征樂滋滋的樣，打趣道：「你明日準備帶冬念去哪兒玩呀？」

鍾離浩明日休沐，南征跟著休息，安然就也給冬念一天假期，說是要讓他們「談談戀愛」。

「嘿嘿……」南征不好意思地摸摸後腦勺。「上次王妃教我說爬山最好了，又不怕遇到熟人，又可以帶冬念鍛鍊身體。」

鍾離浩好笑道：「你倒是很聽王妃的教導。」

南征忙一本正經地答道：「爺和王妃的話，南征都會一字不漏嚴格照做的。」

「哈哈哈，你等著，爺親自去幫你把冬念叫出來。」鍾離浩大笑著跨進了院子，留下嘿嘿傻笑的南征。

眾人都退出去了，鍾離浩摟著安然還在悶笑。

安然嗔道：「有這麼好笑嗎？讓南征知道了多憋屈，人家認認真真談戀愛有什麼好笑的？」

鍾離浩繼續笑。「我不是笑他談……那個什麼……談戀愛，我是笑他那傻乎乎的樣子。對了對了，還有君然，也是傻呵呵的。爺也跟然然談戀愛啊，就從來沒有像他們那樣只知道傻樂，哈哈哈。」

安然好笑地拍了他一下。「沒羞沒臊，人家都傻，就你狡猾得跟隻狐狸似的。」

鍾離浩親了親安然的髮頂。「沒辦法，我們家然然這麼聰明，我能不狡猾嗎？不狡猾早就讓我的寶貝兒給溜了。寶貝兒，妳確定要去百花宴嗎？皇兄說要不到時候讓妳待在坤寧宮裡。」

「才不，我要看節目，還要給靜兒和嫣兒打氣呢。」安然一口回絕。「你們放心，那個百花宴參賽選手中的間諜，在沒有確定無法讓你這個王爺動心之前，不會對著我來的，還是在宮裡、在那種場合，那麼多侍衛、暗衛層層包圍著。若是真有這種水準，也不用對我來了，直接對著老大豈不更好？所以，這顆棋子的作用一定不在於武力刺殺。對了，你們還沒分析出可疑人選嗎？沒有人跟德妃聯繫？」

「沒有。」鍾離浩搖了搖頭。「參加那晚最後一場比賽的二十名女子，我們逐一排查，目前還沒有什麼頭緒。德妃那裡有人盯著，一直也沒有什麼人聯繫她。」

安然俏皮地眨了一下眼。「你們首先要看一下最漂亮最出眾的那個。要透過這個管道做美女間諜嘛，自然要是特別打眼的，要能夠讓我們慶親王爺一見就迷倒的。」

鍾離浩一手托住安然的下巴，在她唇上重重親了一下。「那他們只能找慶親王妃做這個美女間諜了，這個世上能讓本王一見就迷倒的女人只有本王的愛妃一個。」

「嗨，我認真的。」安然紅著臉拍了某人一下。

某人涎著臉。「本王再認真不過了。」

安然懶得跟他磨嘴皮，繼續道：「還有一種可能，有沒有長得比較像母妃的？」

「像母妃？為什麼？父王都不在了，本王又不找母妃。」鍾離浩奇道。

安然幾乎要暈倒。「誰給你找母妃了？這叫移情，你那麼小就失去母妃，見到與母妃長得很像的女子，會不會心動、好奇或者憐惜，看不得她受委屈？男人都有點戀母情結嘛。」

鍾離浩搖頭。「不知道妳這小腦袋想的都是什麼？這戀母情結是什麼東西？自己愛的女子長得像母親？想想就怪怪的。不過妳這麼一說，我倒是看過一個參賽女子的畫像挺像母妃的。不過我當時就是覺得這人有點像母妃，沒有妳說的那麼多想法，還什麼情結？」

安然假裝「暈倒」在某人懷裡。「我早說過，你這個人的思維不是正常男人。」

「哈哈哈……」鍾離浩摟著嬌妻大笑。「不過寶貝兒，我會讓人照著妳的思路繼續查那些女子。」

旻和宮，正殿，德妃不耐煩地瞥了一眼剛走進來的尤嬤嬤和秀娥。「都沒有消息嗎？」

尤嬤嬤搖了搖頭，秀娥則是輕聲答道：「奴婢一直在後院候著，剛剛過來的時候鴿子還沒有來，要不，再讓小灰飛一趟？」

德妃擺擺手。「算了，按照之前的約定，那個人不是透過小灰跟我們聯繫，是本宮著急了，再等等吧。」

尤嬤嬤點頭。「聽說今年的比賽特別激烈，那個人要想脫穎而出並不容易，恐怕這時要先忙著比賽的事吧？」

德妃緊皺的眉頭舒了舒。「也是，如果三日後，她不能讓人眼前一亮或者進入前十，這顆棋子根本發揮不了作用。不過妳要特別留意，不要錯過了那個人的聯繫。」

尤嬤嬤應下。「是，奴婢會小心留意的。娘娘，白家那邊……」

「哼！」德妃柳眉倒豎。「皇上那日雖然只是隨口提了一下，也說了一句會尊重白家的意願，但誰都知道那是客氣話。白家竟敢另外議親，真是太不把本宮和二皇子放在眼裡了。」

「娘娘，除了聖旨難違，手握兵權的武將世家歷來不願意與皇子結親。」尤嬤嬤小心翼翼地說道：「皇上遲遲不肯下旨賜婚，是不是也對二皇子有顧忌……」

德妃長嘆一口氣。「若是以前，他必定不會防備瑞兒，但是現在……」現在皇上與皇后重現恩愛，大昱又是特別重嫡輕庶……

德妃真是恨死了鍾離浩和冷安然，每次都是他們打亂了自己的所有計劃，偏偏這兩個人還狡猾得很，聽說趙煊那邊也下了幾次手都沒有成功。

哼，不能不對這兩人下狠手了！

德妃看向秀娥。「年三十那日，本宮會讓謝氏提早進宮，要她幫本宮辦件事，妳也跟她敘敘舊，讓她看到本宮對虞家的好。」

秀娥一副不願意的模樣，眼裡帶上了仇恨。「娘娘，奴婢……奴婢不想見虞家的人，那個謝氏跟虞美人最是要好，奴婢……奴婢見到她會控制不住。」

德妃伸出手，止住了秀娥的話。「本宮當年救妳，一是看妳可憐，二就是因為謝氏跟虞美人要好，會相信妳這個貼身丫鬟。秀娥，妳如果能套出虞家的那件東西藏在哪兒，就是大功一件，日後自然有妳享不盡的榮華富貴。」

趙煊傳了消息給她，當年虞有慶從地道密截了趙煊私藏的大量黃金珠寶、趙家的傳國玉璽，以及倭人送過來的武器，都藏在了一個山洞，而那個山洞的圖紙和鑰匙很可能在謝氏手上。

秀娥「震驚」。「娘娘，真的有那東西嗎？我一直在虞美人身邊，怎麼一點都沒聽說過？」

德妃嘆了口氣。「我們也不確定，希望有吧，晉王現在需要大量的銀子。」

秀娥「掙扎」了一會兒，才堅定地點頭。「好，奴婢照做就是，奴婢這條命都是娘娘的。」

德妃滿意地笑道：「這幾年妳也幫本宮做了不少事，等我們成功了，本宮一定不會虧待於妳。去吧，幫本宮把二皇子找來。」

秀娥應下，轉身出殿，眼裡的誠惶誠恐在轉頭的瞬間立即換上了冷意──葉璃兒，很快，我們就會讓妳血債血還！大少爺，三小姐，你們一定要保佑大少奶奶和奴婢順利報仇！

冷府，謝氏關在自己的臥室裡，手裡握著一朵仙女嵩（虞美人）形狀的玉珮。本來，她是想在自己死前毀了這個玉珮。不過現在，晉王趙煊那個奸賊竟然沒有死，如果她能抓了那奸賊，再把這東西獻給皇上，能否將功贖罪，保下自己的兒女？

之前，她並不知道那個山洞裡有什麼？只是相公交代說以後若是找到兒子，關鍵時刻說不定能以此跟皇上換兒子一命。說實話，她並不大相信，是秀娥從晉王飛鴿傳來的信上看到，原來當年虞有慶藏起來的東西真的很重要。

「娘，您在想什麼？又在想念爹爹了？」冷紫月一踏進門就看到謝氏看著她親爹虞有慶留下的玉珮發呆。自從那次跟二皇子的事後，她娘跟她說了很多以前的事，倒是讓她穩重了不少。

「月兒，來，坐娘跟前來。」謝氏拉著冷紫月的手，讓她坐在床邊。「妳現在已經擠進了百花榜前二十名，再有現在的身分，嫁去安城娘也放心了。月兒，妳已經長大了，以後娘不可能一直在妳身邊，妳要記住，做任何事都要小心謹慎，不能意氣用事。」

「娘，您最近總是說這些話，您是不是有什麼事瞞著月兒？」冷紫月緊張地抓著謝氏的手。

「別瞎想。」謝氏慈愛地拍了拍紫月的肩臂。「來年四月，妳嫁過去以後，我們娘倆就不能這樣日日在一起，想說什麼隨時都可以說了，所以娘要把能想到的話都先說了才好。月兒，妳一定要記住娘的話，即使不能跟慶親王妃交好，也要保持聯繫，至少每年過年的時候，都要送上年禮，東西不重要，重在心意。記住，永遠不要同安然交惡，永遠不要算計她，或者自以為是地逼迫她，那個女子是吃軟不吃硬的。」

紫月點了點頭。「娘，我知道了，您說過，我不是她的對手，我也看到了冷安梅和冷安蘭的下場，月兒會記住您的話。可是二姊姊對我們一向清冷，有什麼事，她會幫我嗎？」

謝氏嘆道：「娘不確定，但是娘知道，只要沒有對她不利，她不介意幫人一把的。畢竟，在名分上，妳還是她的妹妹。而且娘看得出來，她雖然表面清冷，但是心軟，妳對她一分好，她就會對妳五分好。」

謝氏知道德妃上次找她又是想算計安然和鍾離浩，她也讓秀娥注意了。如果可以，她真的希望在自己死前可以讓安然欠她一個人情，即使用她的命換也沒有關係。報了仇，安置了兒女，她也就了無牽掛了。

在慶親王府裡吃著燕窩粥的安然突然覺得耳朵癢癢，今天已經好幾次了，到底是有人罵她還是有人讚她、記掛她呢？

# 第九十八章 各方忙碌

安然看著桌面上的畫像，還真是百花爭妍啊。不過也是，能進入百花榜的女子，都必是有才有貌，何況這二十個是進入最後決賽的佼佼者。

把熟悉的幾人（都是京城貴族家的小姐）拿起，剩下的十二張畫像，安然讓人按照順序平鋪在桌面上。

首先看了鍾離浩說像先太妃的那個，對比了一下先太妃的畫像，還真是有五、六成像呢。如果這真是大鬍子趙煊的棋子，找這麼個人還真要費點心思。

資料顯示，此人名叫余蓮兒，是粵州一個中等縣城知縣的女兒。

放下余蓮兒的資料，安然一眼看到了一張絕美的畫像。這一世的安然自己就是個美女，身邊來往的也是美人無數，但這張畫像上的女子真真正正是「沈魚落雁」啊，畫像已經如此奪人目光，真人還了得？

這人名叫郝秀媚，來自川州，是川州刺史的獨生女兒。據說此女畫藝了得，舞藝更是高強，這次比賽中跳的飛仙舞打破最高紀錄，懸空飛轉五十五個圈。

高級女間諜，就應該是這樣的吧？

安然繼續看其他畫像和資料，突然，安然的視線定格在一張畫像上，畫上的女子也很清麗，當然，跟郝秀媚比要差許多。只是，那女子的面容，尤其是額上那點朱砂痣讓安然想起了自己特別熟悉的人。

據資料上紀錄，此女名叫李玉波，是湘州一個生意人家的小姐，父母雙亡，跟著叔叔嬸嬸生活。今年已經十八歲，馬上就十九了，卻未曾訂親。

玉波？玉濤？十八歲？湘州，米糧生意？多麼的相似！

安然蹙眉。「舒安，妳帶著人去一趟麗繡坊……記住，悄悄把人接來，不要當著其他人的面，先不要提畫像的事。」

「是。」舒安領命而去。

此時，鍾離浩正在御書房對皇上抱怨一番。「這個趙煊看我這麼有愛？他要奪的是皇兄您的位置，老費那麼多心思對付我幹麼？」

鍾離赫忍不住抬手敲了一下鍾離浩的腦袋。「犯傻了？他不是要對付你，是要拉攏控制你，誰讓你要錢有錢，要權有權，要地位有地位，手上有兵力，還跟朕這麼親近？就算他有本事找人殺了朕，也不能明正言順地奪了龍椅。只有兩條路，一是有地位有號召力的人擁護，二是控制朕的兒子作為傀儡皇帝。」

鍾離浩說道：「第二條路有德妃和二皇子，第一條路就難了，所以他盯上我和白家。」

鍾離浩不是不知道，只是煩，趙煊和德妃總是用一些下三濫的手段，而且，最近趙煊就像是隱身了一樣，一直都沒露出任何行蹤。「不過皇兄，您還真是要小心些，也不知道德妃跟那個毒醫到底什麼關係，手上似乎有不少稀奇古怪的毒藥，您還是不要去旻和宮了吧。」

鍾離赫擺了擺手。「現在還不能讓她懷疑我們對她的戒備。你放心，朕會很小心的。」說完拿起書案上一份密摺遞給鍾離浩。「浩兒，你怎麼看？」

奏摺是從東北邊境發回來的，攻打新羅的倭人和百濟在白江口海戰中敗得一塌糊塗，已經徹底投降，李家軍正準備從新羅撤回。

李將軍無意中發現駐守東北邊境的主帥孫榮耀一直與倭人暗中聯繫，暗查之下，從一封書信中發現多處提到「晉王」。李將軍大感蹊蹺，前朝的那個晉王已死，大昱現在並沒有「晉王」這個封號，連忙抄了那封書信，隨同奏摺一起緊急密報給皇上，請求指示。

鍾離浩第一反應就是——「先不要打草驚蛇，以免趙煊懷疑自己已經暴露，我們就更揪不出他來了。」

鍾離赫點頭。「朕也是這麼想，趙煊要造反，一定會再給孫榮耀指示，孫榮耀手上可有兩萬兵力呢，還要負責聯繫和引進倭人。不過這樣一來，李家軍留在那兒就需要一個合適的藉口了。」

其實孫榮耀手上的兩萬人本也是李家軍的一部分，只是這兩、三年李將軍想逐步把兵力還給朝廷，首批分出的就是駐紮在東北邊境的那兩萬人，由李將軍以前的副將孫榮耀掌管。

李將軍夫妻情深，偏偏夫人體弱，只有一女一子，李夫人懷著兒子的時候病了一場，沒有養好胎，李少爺至今都是一副病弱的身子，不可能繼承衣缽。李將軍之前還有兩個妾室，卻先後謀害李夫人和李少爺，李將軍一怒之下，把妾室發賣了出去，只留下一個庶女。李將軍賣妾的時候當眾發誓，從此不再納妾室通房。

而李將軍嫡親大哥的幾個兒子都是能文不能武的，三個庶兄弟倒是都想把自己的兒子過繼給他，繼承大將軍府的榮耀，可是李將軍看不上他們的品性。

因此，三年前，李將軍就跟皇上請示，培養兩、三個副將，將李家軍逐步分出去。

鍾離浩沈思了一會兒，突然眼睛一亮。「皇兄，倭人又被李將軍重創了一次，想來東北暫時沒有戰事危機，不如先開始試點那個『建設兵團』？不久前皇兄在朝堂上提過這件事，現在這樣安排李家軍，也順理成章，不會引起文武百官的懷疑。」

鍾離赫想了想，鬆開眉頭。「正是，東北土地肥沃，人手充足的話，以後必然出產豐富。建設兵團的士兵們自耕自足，不但自己能吃飽穿暖，還能養家餬口，更能給大昱建一個大糧倉。浩兒，你把上次我們確定的建設兵團的操作章程準備一份，派秘使給李將軍送去。」

鍾離浩點頭。「再讓工部送幾個經驗豐富的農事官過去，幫助李將軍。」

「對了，上次黎軒不是說李少爺的身子需要多運動，多接觸新鮮空氣嗎？還建議他去鄉下調養。這樣吧，開春後，派人把李夫人和子女穩妥送到東北去，再從錦繡女子學院找兩個學醫理的學員隨身照顧。」在鍾離赫看來，無論李少爺以後能不能繼承李將軍的衣缽，這樣的忠臣都應該留下健健康康的子孫才好。

眾人各自忙碌，大年三十卻是很快到了。因為百花宴，今年京城的年三十特別熱鬧，到處都可以聽到三三兩兩的人在評論哪家小姐會勝出，又會有什麼樣的好際遇。

一大早，謝氏就被召進了宮。

屏退宮女嬤嬤們，德妃拉著謝氏的手笑道：「恭喜姊姊了，聽說月兒的表現很好。今晚的名次一定不會差，弄不好還能進前十呢。」

謝氏恭恭敬敬地行禮。「還要多謝娘娘，鴻衣娘子不但善彈琵琶，還精通各種比賽技巧，給了月兒很大幫助。」

德妃無限親熱。「瞧姊姊說的什麼話，月兒可是我的外甥女，我可不比姊姊少疼她。正想跟姊姊商量一件好事呢，待今日百花宴結束，我就請皇上給月兒賜婚，男方是這兩年新興的大將軍孫榮耀。孫將軍的夫人去年病死了，留下一個七歲的兒子和四歲的女兒，小孩的外祖家是升斗小民沒有任何背景，月兒嫁過去就是舒舒服服的當家夫人，若是再生一個兒子，自然壓過先前留下的那個小子，萬一生不出兒子，也可以把那個小子放在自己名下，妳說多好，真正的進可攻退可守呢，哈哈哈！」

謝氏暗自恨得咬牙，大年三十竟然詛咒她的月兒生不出兒子！

「多謝娘娘了，不過月兒的親事我已訂下，成親的日子訂在明年四月，這不，正準備今天跟娘娘說呢。」謝氏端起面前的茶杯低頭喝茶。

「什麼？」德妃怒。「什麼時候訂下的？」這個謝巧巧，真是越來越不把她放在眼裡了，竟然不聲不響地就給冷紫月訂下親事，她還準備拿冷紫月去籠絡監控孫榮耀呢。

謝氏「大驚」。「娘娘怎麼了？月兒已經十六了，除了守孝，哪家的小姐過了十六還沒訂親？我不急，我們家老爺也急了啊！」

「訂的哪家？」德妃壓了壓心裡的憤怒，她確實不好光明正大地干涉冷紫月的親事，可是謝氏一向以她為尊，議親這麼大事竟然沒有徵求她的意見。看來，她們母女還在為了二皇子的事生氣啊！

謝氏笑答。「是陝甘大都督章仕英。」

鍾離浩那邊的人？德妃蹙了蹙眉，章仕英是先慶親王爺的得意門生，與鍾離浩的關係很不錯。

「算了，既然姊姊已經訂下了，本宮也不好說什麼，那個章仕英雖然不如孫榮耀有前途，不過也還行，以後讓月兒多勸勸他，如果是個懂事、識時務的，本宮看在月兒的面子上，可以提攜提攜他。」章仕英在西北也算地頭蛇，如果可以投向自己和趙煊，倒也不失為一件好事。

「那就多謝娘娘了。」謝氏嘴上恭恭敬敬，心頭卻是冷笑，她很清楚自己那個未來女婿也不是德妃那麼容易能夠拿捏的。

德妃很不喜歡謝氏現在這種淡淡疏離的態度，雖然她從來就沒有真心對待過謝氏，但是在她的認知中，謝氏就必須像從前一樣情真意切地對待她，一切以她的喜好為重，視她為最重要的親人和救命恩人。

「咳咳！」德妃換上一副哀怨的神色。「表姊，妳還是不肯原諒本宮和瑞兒嗎？妳這樣讓本宮很傷心呢，在本宮心裡，表姊從來都比本宮幾個親兄弟姊妹還親近。」

強壓住噁心的反胃感覺，謝氏笑道：「娘娘厚愛，自是銘感五內，只是今日惦記著月兒的比賽，沒什麼心思罷了。如果娘娘沒什麼事，我想去看一下月兒準備得怎樣了。」參賽的小姐們今天也是一早就進宮了，在宮嬤的統一安排下做各項準備。

這倒是說得通，對女子來說，百花榜比賽就如同男子的科舉考試，德妃「大度」地原諒了謝氏，不再糾結她的態度。「本宮今日請表姊來，確實有一件重要的事情要與表姊商量。」

德妃看了尤嬤嬤一眼，尤嬤嬤走到門口，四處看了一下，對德妃點了點頭，然後關上門守在門外。

謝氏沒有言語，靜靜地看著德妃。

德妃拿出一張畫像擺在謝氏面前的几子上，畫像上是一個十七、八歲的男子。「讓冷弘文認他為義子，儀式一定要體面張揚。妳好好教導他，到時候本宮還會幫冷府給他請一位名師。」說著又遞過來一疊銀票。「這些是費用，還有給你們的酬勞。」

謝氏臉上一片迷茫和為難之色。「這是什麼人？為什麼要認他作義子？冷府已經有三個兒子，老爺不會同意的。再說，這麼大件事，慶親王爺和王妃肯定要過問。」

德妃笑道：「本宮知道冷大人對姊姊寵愛有加，認個義子而已，又不入族譜，姊姊連這點小事都做不到嗎？實話說吧，這孩子是晉王趙煊的兒子，從小跟著他姨娘躲在鄉下，幾年前他姨娘過世了，就一個人四處流浪，偶然被晉王一個隱姓埋名的舊部屬認出他背上的痣，就託人送來京城。妳知道的，晉王叛亂前，本宮跟他們夫妻也算是有點交情，本宮心軟，又想著無論他父親做了什麼，這孩子總是無辜的，既然那時候已經逃過了一劫，也許就是命不該亡，能幫咱們就幫他一把吧，讓他有個身分立足，接受良好的教養，也是積德不是？」

謝氏的手在袖子裡握了握拳，趙煊沒死，這葉璃兒又想把冷家跟趙煊綁在一塊兒？哼，真正的兒子沒有找到，找一個假的來，是想趙煊成功後，母憑子貴做皇后？把冷家攪和進去，是想把冷家變成當年的虞家，為她葉璃兒和葉家頂罪吧？

紫月現在是冷家的女兒，以後還需要倚仗安然和冷家，而且，平心而論，冷弘文待她母女還是很不錯的。

謝氏心裡恨極，面上卻是「嚇到了」。「這……這這……娘娘，這可是要殺頭的，我……我不敢。再……再說了，老爺他雖然對我不錯，但大事上都是聽慶親王爺和王妃的，他一定不會同意認一個來歷不明的義子。」

德妃不屑。「殺頭？你們虞家當年可是叛將，本宮不是照樣救下你們母子三人？他不同意，妳就不會耍點手段？好姊姊，妳就當幫本宮行個善事，應了吧。妳也是做母親的人，就不覺得這孩子可憐？」

謝氏真的很想一個巴掌搧過去，救？如果不是她陷害利用虞家，他們虞家今日的地位就算比不上大將軍王府和救了當今皇上的白家，也能同李將軍府並肩吧？卻落了個滅族的下場和叛軍的臭名。

奇怪的是，叛亂中被劫的太子卻在醒來後突然看上了葉良媛，治療、吃藥都一定要葉良媛相陪，才讓葉良媛有機會出言保下了謝氏母子三人。其實葉良媛也是無意中救了她自己，那時候虞有慶和謝氏正準備向太子供出紫鈺的身世，因為他們知道，那個孩子是葉璃兒的，但一定不是太子的，否則也不會讓奶娘偷偷帶出京城。他們要死，葉璃兒也別想好好獨活！

謝氏起初還不願意帶著紫月苟活，寧願與虞家同死。

虞有慶把開啟山洞的「仙女嵩」玉珮交給她。「本來我想等拉下葉良媛後，把這個交出去看看能不能換下妳們母女，現在，這個就留著待妳找到我們的兒子以後再用。巧兒，妳活著，找到兒子，養大月兒，就是對我們虞家最大的恩情。」

德妃見謝氏目光渙散，似有水光，自以為打動了她，接著勸道：「妳也想念妳的長子不是？吶，本宮體諒妳的慈母之心，跟妳保證，妳幫本宮做完兩件事，本宮就讓妳見到妳的兒子。第一件事，認下這個義子，第二件事嘛，本宮到時候再跟妳說。放心，不會太久的。」

謝氏淒然一笑。「我只是一個繼室，還有強勢的原配嫡女在，根本沒有這個能力，娘娘太高看我了。至於那個長子，我也想通了，見不見到也無所謂了，生下來起就沒有在我身邊待過一日，又有什麼感情呢？也許不認更好，好歹我還有一個兒子。」

「妳！妳……」德妃指著謝氏，反了，真是反了，翅膀硬了，真想脫離她的控制嗎？

「其實娘娘，」謝氏「怯怯」地提議道：「您忘了，三表哥正缺兒子呢，不如讓這個孩子過繼給三表哥？既全了娘娘您的善心，又表示了您對三表哥的兄妹之情。」

清平侯府庶出的葉三老爺生了五個女兒，卻只有一個兒子，不料兩年前，那個兒子一家從水路回京途中遭遇賊匪，全家三口都死了。現在，葉家三房正張羅著過繼一個兒子或者孫子呢。

德妃直直盯著謝氏的眼睛，她是看出自己的打算嗎？不，不可能！她不可能知道趙煊還活著，她只是驚弓之鳥，害怕「窩藏之罪」罷了。還有，她因為冷紫月的事情心裡有了疙瘩，還在跟自己賭氣吧？罷了，這件事先放一放，謝氏現在還得留著，後面對付冷安然和鍾離浩說不定還得用上。

德妃很快換上一副笑臉。「算了，算了，妳實在不願意就算了，不過不找兒子的氣話就不要再說了，骨血之情哪能說不要就不要？相信本宮的人很快就會把他帶進京了，到時候你們母子能團圓，對本宮也是個安慰，畢竟，當年害你們母子失散的嬤嬤是本宮送給你們的。這樣吧，本宮還有事情要處理，讓以前虞美人身邊的秀娥陪妳去找月兒，妳們也好敘敘舊。不過表姊，這個孩子的事，妳就當作沒聽過。」

「什麼孩子？娘娘不就是找我談月兒的親事嗎？」謝氏淡淡回道：「既然娘娘忙，我就先出去了。」

德妃笑著揮了揮手，看著謝氏出去的背影，她的臉上笑容散去，取而代之的是鬱悶和氣憤。這個謝巧巧，好像哪裡變了？

# 第九十九章　熱鬧

用過午餐，小睡了一會兒，安然才起身進宮。

今日的慈寧宮很是熱鬧，覲見太后娘娘的時間定在未時初刻，但是受邀命婦們幾乎都是沒有用午餐就出府了，生怕路上耽擱，寧願在馬車上用一些小點心就是了，到了宮門口還要排很長的隊。

吳太妃也是午時中就到了宮裡，她出發的時候讓王嬤嬤去了一趟靜好苑，不過帶回來的話卻是王妃正準備用午膳。

吳太妃冷笑。「她以為是平日裡進宮請安，踩著點兒到？今日路上、宮門口都要排隊呢。罷了，本妃已經提醒過她，就與本妃無關了。」出醜才好，也讓太后看看自己寵的是什麼樣的粗鄙女子。

安然到慈寧宮的時候，已經是未時二刻，在眾命婦的「注視」下給太后和皇后行了禮，還沒起身，就聽到德妃「關切」地問道：「安然是在宮門口堵住了吧？堵了這麼長時間累不累？」

吳太妃見太后臉上並沒有不滿之色，正愁怎麼挑起這個話題讓眾人看到安然的無禮呢，趕緊接過德妃的話。「這孩子就是算得太精準，凡事都要留個餘地才好。本妃來的時候已經提醒過妳了，妳看看，出門遲了吧？既失禮，又累到自己，妳可是懷著身孕呢！」

安然乖巧笑道：「謝德妃娘娘，謝太妃，安然一點兒也不累呢，一路順當得很，宮門口也不堵啊，福公公還說我的時間掐得剛剛好呢，他安排的轎子跟我幾乎同時到。」

眾人愕然，福公公親自接？還有轎子？更……更奇怪的是還說時間剛剛好？難道她們都把時間搞錯了？

皇后指著安然笑罵。「得了便宜還賣乖，那是妳把時間拿捏得剛剛好嗎？還不是母后精明，算準了時間，才讓妳那個時候出門的？」

安然大呼冤枉。「皇嫂可冤枉安然了，安然的意思是我分毫不差地遵照太后伯母的指令行事，所以才能掐得這麼精準。至於太后伯母算準了時間，那又不奇怪，太后伯母本來就是老佛爺嘛，料事如神，能掐會算。」

這一番對話下來，在場之人哪還有什麼不明白的，太后娘娘得多寵愛慶親王妃啊，怕她累著餓著，特意讓她避開最擁擠的時段進宮，皇后顯然也知道這一安排，大長公主同夏老太君則是很不屑地瞄了德妃和吳太妃一眼。

德妃和吳太妃的臉色都是一片灰敗，她們存了同樣的心，做了同樣的事，也得到了同樣的結果，倒是同病相憐——不但沒有讓安然難堪，還暴露了自己與太后娘娘不親近，與安然不親厚，所以才消息閉塞……

太后對著身邊的嬤嬤笑道：「去去去，快幫哀家把那小潑猴兒給抓過來，看看她袖袋裡是不是藏了蜜糖了，哀家這個老佛爺可是掐算到她一路上偷吃蜜糖了，嘴甜得不得了。」

安然一臉「驚訝」地拍著胸口。「啊呀呀，太后老佛爺，安然下次再也不敢偷吃蜜糖了，連藏在袖袋裡的事也被您算到了？還好還好，都吃光了，袖袋裡沒有證物了。」

眾人哈哈大笑，太后更是笑得直不起腰來，拉著安然坐在自己寬大的榻上，就差沒摟進懷裡了。「這個小潑猴兒，真真是哀家的開心果。」

百花宴設在御花園的東園，南面有一個大戲臺，就是今天的比賽場地了。戲臺正對面一大片用圍牆攔起的高臺上是正席，太后、皇上皇后、品級高的嬪妃、皇子公主，以及正當寵的王爺王妃、少數幾位當紅寵臣都坐在這邊，鍾離浩和安然自然是被安排在此。

東、西兩邊分別是男席和女席。

安然面前的餐點是皇后特意命御廚另外做的營養餐，考慮到安然食慾不大好，每樣都是少而精，還擺上了桂嬤嬤自帶的酸菜和蜜餞。

不知是換了口味比較有新鮮感，還是御廚的手藝確實了得，安然今日的胃口倒是不錯，喜得一旁的鍾離浩開始考慮要不要把這個御廚借回王府幾個月。

可是，比賽一開始，安然就興致勃勃地盯著戲臺，用餐的興趣明顯大減，鍾離浩又蹙起眉頭。「怎麼，還是不好吃？」

安然搖頭，輕聲道：「你不知道『秀色可餐』嗎？看比賽，別一直盯著我吃飯好吧？」

借著寬大袖子的遮掩，鍾離浩好笑地捏了一下她的小手。「秀色可沒營養，乖乖用飯，多吃點，否則我就不讓妳看比賽了，帶妳回慈寧宮用餐去。」說完把剔好骨頭的一小碗魚肉擺在安然面前，這些事本是丫鬟嬤嬤做的，可是鍾離浩就偏偏要自己做，目的就是要「感動」愛妻，讓她看在自己一片愛心的分上，不忍心不吃下去。

「就會要脅我。」安然嘟囔著，不過還是乖乖把魚肉吃了。

鍾離赫和皇后的餐几與安然他們對著，一下就注意到他倆的小動作，鍾離赫的眼裡閃過欣慰、羨慕，還有一絲心痛。皇后挾了一塊鍾離赫最喜歡的糖醋排骨放在他的碟子裡，輕柔地笑看著他。

鍾離赫報以一笑，親自為皇后盛了一小碗湯。「薇兒，這一年妳又辛苦了，謝謝妳。」隔壁餐几的德妃幾乎咬碎一口銀牙，面前的一盤雞肉幾乎被她手上的銀筷戳碎。坐在她身旁的二皇子順著她的視線，看到了相視而笑的皇上和皇后。

接著，他的目光又投向了坐在太后身旁的三皇子鍾離旭衍，近來皇上常常親自教導的皇子。大家都說三皇子越長大越像父皇，而雖然自己長得也很好，卻與父皇真的一點不像。難道是因為這個原因嗎？如果是自己，也會比較喜歡相貌與自己更相似的孩子吧？

臺下，各方各人心思複雜，皇家有皇家的喜怒哀樂，臣子有臣子的抱負追求，從文武重臣到參賽小姐們的親人，都把這頓飯當作一項政治任務和人生轉捩點，有人想著謀算更多利益，有人期望自己的女兒或姊妹能讓家族一飛沖天。

臺上，一個熱熱鬧鬧的喜慶舞蹈之後，比賽正式開始，首先是「花顏展示」，也就是比

「貌」了。當然，這裡的「貌」可不僅僅是五官和身材，還包括氣質、儀態、妝扮等等。

二十位如花似玉的小姐，先是一位一位單獨上臺，繞著舞臺走一圈，讓三面看臺上的人都能看到，接著齊齊上臺，兩位、三位地站在一起，還不斷變換著隊形，讓觀眾好做比較。

「美女啊！」雖然看過畫像，安然還是眼睛都看直了，這可比現代的亞姐、港姐或什麼什麼姐美多了，還都是沒有經過手術加工的自然美女。尤其那個郝秀媚，嘖嘖，柔媚又不失大氣，連她這個女人都快看呆了。

鍾離浩被安然的表情逗得好笑，不過，沒有忘記趁著她目不轉睛地「餐秀色」的時候，挾了一塊雞肉餵到她嘴裡。現在，鍾離浩每天最大的成就感就是讓他的寶貝然然和小然然多吃一點。

坐在不遠處的君然正好瞧見，暗嘆自家姊夫的「大膽」，更為姊姊開心，這可不是在他們的靜好苑裡呢，周圍好多好多眼睛啊。

二十位小姐全部走完場，「花顏展示」這一環節的名次也出來了，第一名毫無爭議地落在了郝秀媚頭上，鍾離靜和鍾離嫣分別位於第三和第八。太后不住點頭，先慶親王總算有兩個不錯的女兒。站在太后身後侍奉的崔氏和喬氏，差點控制不住要流淚，這是她們之前作夢都不敢想的啊。吳太妃則是再一次把自己的手掌心刺出了血。

接下來的才藝比賽，第一個上場的郝秀媚就讓全場驚豔了一把，還是個出乎意料的節目。真正是有備而來啊，安然心道。

連德妃都吃驚了，難道這位才是……

郝秀媚在前面的比賽中都是跳飛仙舞，今晚還是跳飛仙舞，不過舞臺上多了一個畫架，旁邊還放了一桶墨汁和一枝大毛筆。

如安然預料，郝秀媚是邊跳舞邊畫畫，看得眾人是目瞪口呆，這樣也行？郝秀媚的舞姿純熟優美，沒有幾年的功底是拿不下來的，何況還要分神去畫畫卻絲毫不影響舞蹈的動人？畫板上也初現雛形，看著像是要畫一個人，場下頓時一片好奇，這位美麗多才的郝小姐要畫誰？

舞蹈到達高潮，郝秀媚一躍而起，凌空旋轉，她轉得很快。評判在數圈，觀眾則是覺得眼花撩亂，因為飛速旋轉的郝秀媚那長長的水袖沾了墨汁在畫上飛舞。

就在即將落地的瞬間，郝秀媚手上的毛筆飛快地在畫上舞動了幾下……

完美落地，全場驚豔，有人驚呼。「六十六圈，六十六圈！」

同時還有更震撼人的呼聲。「慶親王妃，畫的是慶親王妃，真像啊！」

可不是，畫板上是一幅飛仙圖，雲朵間仙衣飄飄的仙女正是慶親王妃冷安然。

安然自己都看呆了，她也善於繪畫，可是並不擅長畫人物，而且很明顯，畫上仙女的五官是郝秀媚在落地瞬間那飛快的幾筆造就的，人才啊！神筆啊！

鍾離赫和鍾離浩也驚訝，不過只是一閃而過，兩兄弟飛快地對視一眼，從彼此眼裡讀到了默契的肯定。

鍾離赫對著臺上笑道：「郝小姐的舞藝和畫技都是一流，這幅飛仙圖還真是像極了朕的弟妹，皇弟覺得如何？」

鍾離浩應道：「皇兄說得是，不如就將這幅圖賞給臣弟可好？臣弟正想找畫師給愛妃畫一幅像呢。」

德妃心裡糾結啊，這到底哪位才是？見皇上和鍾離浩都開口了，她也趁勢加入討論。「這位郝小姐畫得倒是比宮裡的畫師還好，妳之前見過慶親王妃？」

郝秀媚向這邊看臺盈盈一拜。「謝皇上、王爺和德妃娘娘的讚賞。雖然小女子今晚才是第一次見到慶親王妃，但著實仰慕已久，在小女子的心裡，慶親王妃就是最美麗最善良的仙女。」

第一次看到卻在不到一刻鐘的時間裡就能當場畫出？還是邊舞邊畫！

人群沸騰了！

已經有宮女收好了畫，送了上來，舒敏接過畫，讓舒盼收到後面去。

德妃立刻肯定了這個郝秀媚才是她所盼之人，趙煊送來的人自然是要特別讓人震撼、與眾不同的才對。不過郝秀媚很快下臺去了，比賽還在進行中。

鍾離靜的一曲〈蝶戀〉讓全場自動自發一片寧靜，所有人都沈醉了，琴聲和兩位伴舞的舞姿為大家訴說了一個美麗的故事，雖然不知道故事的具體內容，但他們感受到了深情、摯愛和苦戀。兩位伴舞是安然為鍾離靜策劃的「秘密武器」，前面的比賽中並沒有出現。

這讓不少演奏樂器的小姐和她們的家人扼腕，原來彈奏樂器請伴舞的效果是如此之好！輪到鍾離嫣了，前面看過她舞蹈的人都不由得先正襟危坐，潛意識裡覺得看這個舞蹈就該專注並且莊嚴肅穆。

仙樂飄飄蓮影動，蓮荷舒袖舞清風。更神奇的是，舞臺上有越來越多的仙霧飄出——這也是決賽上才拿出的秘密武器。舞臺後面的紗幔之後，舒捷和舒盼正指揮著幾個太監宮女將乾冰造出的霧氣用竹管導到前面的臺上。當然，乾冰造霧的點子是安然想出來的，具體製作方法就來自鍾離赫了。

仙霧慢慢消淡，白衣仙女飄在粉蓮碧荷之間，讓人如入仙境……紗幔被人從兩邊拉開，一身金色的觀音現在眾人眼前，神聖而莊重。

佛音繚繞，觀音伸出手臂。太后身邊的嬤嬤好奇地數了一下，那躍入眼簾的四十二隻胳膊，姿態婀娜，生動而細膩的手臂組成了一個圓環，似一輪旋轉的光環，襯映著整個觀音造型愈加神聖壯麗。

隨著音律、節奏的變換，四十二隻手臂的造型也不斷變化。

站在第一位的鍾離嫣神態聖潔高雅，舞姿優美，她身後的二十位女孩與她配合默契，四十二隻手恍若一人操縱，演繹得天衣無縫，精采絕倫。

太后娘娘已經放下銀筷，神情肅穆，在場不少老太君、夫人都已經轉動手上的佛珠，口裡唸唸有詞，彷彿真的是觀音大士駕到。

舞蹈最後，鍾離嫣凌空旋轉三十三轉，輕盈地落在一朵大蓮花之上。

沒有人覺得鍾離嫣是只能轉三十三轉，因為佛教裡，有三十三觀音的說法，這只能是人家嫣小姐故意為之。

掌聲雷動——

「好，好，嫣兒跳得好，哀家壽誕之日，嫣兒一定要再舞一次『千手觀音』，就當作給哀家的壽禮如何？」太后興致勃勃。

鍾離嫣恭恭敬敬一拜。「太后娘娘萬福，嫣兒能有機會為太后娘娘拜壽，求之不得。」

「嫣兒是太后伯母的侄女，給妳的皇伯母拜壽理所當然，可不能偷懶！」安然笑道。

「正是如此，嫣兒可聽到妳大嫂的教導？」太后知道安然用心，很愉悅地配合，她是真的喜歡靜兒和嫣兒兩個侄女，畢竟先慶親王留下的子女不多（某些礙眼的人不在太后眼裡）。

聰明的鍾離嫣激動得再次跪拜。「謝太后伯母，嫣兒必定遵從大嫂教誨，不敢有一絲懈怠。」

要不是有絕佳的克制力，吳太妃已經快要暈死過去了，她的女兒鍾離菡雖然貴為郡主，卻從來沒有機會被太后召見、為太后拜壽，更不可能被允許稱呼太后為伯母。

她知道，無論是否進前十名，鍾離靜和鍾離嫣的身價已然不同，而且名聲已經傳出去了，不再是她能夠隨意拿捏的小庶女。因為，沒有人敢輕易得罪慶親王爺，更沒有人敢得罪太后娘娘。

鍾離嫣退下去，上臺的就是那日看畫像時讓安然吃了一驚的湘州姑娘李玉波，李玉波在這二十人中姿色只能算是中等偏下，她的節目是吹笛。

鍾離赫眼角的餘光注意到，李玉波這番一上臺，德妃的眼睛就直了，不過，很快恢復了正常。

鍾離赫看向鍾離浩，剛好碰上對方遞過來的眼神，很明顯，鍾離浩也發現了德妃的失態。其實今天，每位小姐上臺，鍾離赫兄弟倆都會悄悄注意一下德妃。

德妃是真的驚呆了，同每位小姐一樣，李玉波這會兒也換了一身衣服和首飾，髮髻上插了一支琉璃竹葉髮簪。竹葉髮簪男女都可佩帶，而這髮簪本是一對，是趙煊找人特製，一人一支，作為定情信物的。

很明顯，這是聯絡的信號，說明李玉波才是趙煊送來幫她的人。可是，德妃心裡有些失望，這個李玉波並不起眼，恐怕連前十都進不了。

李玉波橫起她手上的玉笛時，輪到鍾離赫和鍾離浩眼睛直了。

安然順著鍾離浩的視線才發現那支玉笛與鍾離浩的極像，連笛子上垂下的絡子都一樣，絡子正中是一顆少見的黑珍珠。

「這玉笛跟你那支有什麼故事嗎？」安然輕聲問道。

「原是一對，另一支被母妃送出去作為信物了。」鍾離浩在安然耳邊回道。

安然眨了眨眼，無聲地問——「訂親信物？」他倆現在已經默契到經常用眼神就可以說話了，不用開口。

「也算是吧。」鍾離浩點點頭。

兩人繼續看向舞臺，李玉波的笛聲悠揚婉轉，實屬優秀，但是也沒有達到讓人眼睛一亮的地步。

所有節目結束，最終榜單其實跟大家估計的差不多。

郝秀媚還是穩坐榜首，鍾離靜第二，鍾離嫣第四，冷紫月雖然沒有進前十，好歹靠前，排在十二，余蓮兒、李玉波也都沒進前十，最差的是鍾離菡，因為情緒不好導致表演失常，墊了底，第二十。

有人驚喜有人愁，全場足足沸騰了一刻鐘才平靜下來。

# 第一百章　信物

正準備進入最後的頒獎環節，那位禮部官員受眾多參賽小姐的委託提了一個請求——她們中不少人崇拜慶親王府，想要一個跟安然說句話的機會。

皇上笑道：「好，朕允了，就給妳們一些時間。」這位禮官要好好查一下了，什麼「眾多參賽小姐的委託」？他們那群人的位置一直有龍衛盯著呢。

其他幾位都還正常，表達一下仰慕之情就過去了，最後剩下的兩位是郝秀媚和李玉波。

郝秀媚盈盈一拜。「小女子仰慕王爺王妃，希望能長久陪伴在王妃身旁，侍奉王爺王妃，為王妃分擔。」

哇，自薦枕席？還是當著這麼多人的面！太癡情了！太讓人感動了！

百花榜榜首欸，慶親王爺可真有福氣！雖然郝秀媚口口聲聲仰慕慶親王妃，但所有人都心知肚明，她這是仰慕王爺在前，仰慕王妃只是為了討好正妃，「姊妹」和睦而已吧。

慶親王妃會怎麼回應？所有人都期待地看向安然的方向。

接受？這可是一個強勁的對手，真正的花容月貌，哪個男人看了不心動？雖然王妃自己也很優秀，但男人都是貪新鮮的不是？除非養不起，哪有男人願意就守著一個女人的？

不接受？這可不就成了一妒婦了嗎？人家把姿態擺得那麼低，一口一個陪伴王妃、侍奉王妃，這樣謙卑恭順的側室都容不下，還能容得下誰？

連德妃都暗自為郝秀媚叫好，這軟刀子用得真是爐火純青！吳太妃也一掃之前的鬱悶和憤恨，死死地盯著安然的方向，鷸蚌相爭，漁翁得利，她非常歡迎這個郝秀媚進府，最好氣死冷安然，至少弄掉她肚子裡的孽種也好。

在眾人「期待」的目光中，安然依然笑靨盈盈，正要開口，被身後的鍾離浩拉進懷裡。「閉嘴，不許跟她說話。」

眾人愕然，這是什麼情況？只見慶親王爺在眾目睽睽之下摟著王妃「訓斥」。「不許再看她，那麼醜有什麼好看？嚇到本王的寶寶怎麼辦？」

那麼醜？這個冰山王爺在說誰？郝秀媚嗎？那可是今晚的百花榜榜首欸，王爺沒有帶眼睛來嗎？

郝秀媚也是面色刷白，全身微微顫抖，一雙美麗的大眼睛瞬間霧濛濛的，當場把一大片男人心疼得直抽抽。可惜，正主兒慶親王爺鍾離浩不在此列，他從來就不是個憐香惜玉的主。

鍾離浩不耐地瞥了郝秀媚一眼。「妳說仰慕本王的王妃，本王已經成全妳一次，收了妳的畫。沒想到妳竟然得寸進尺，什麼長久陪伴在王妃身邊？王妃是本王的妻子，自然只有本王才能長久陪伴，妳算什麼東西？」

暈！若不是在皇宮裡，此刻肯定暈倒一片。有人甚至想替郝秀媚美人解釋一下——人家美人想陪的是王爺您，不會搶您的王妃好吧？見過吃醋的，沒見過這麼愛吃醋的，連女人都要防著，這位王爺的占有慾還真是……

「不……不是，小……小女子是……是仰慕王爺，想……想替王妃分擔，一起侍奉王爺。」

郝秀媚曾經設想過慶親王妃的各種反應，也都想好了完美的應對之策，偏偏沒有想過慶親王爺會跳出來指責她，還是這麼奇怪的、離譜的罪名。她都恨不得慶親王妃消失，搶她幹麼？她是要跟王妃搶王爺才是。

德妃一臉「不忍」地勸道：「浩兒，這位郝小姐對你一片仰慕之情，又敬重安然，既能幫著安然侍奉你，又能隨身照顧安然，豈不妙哉？」

鍾離浩冷哼。

「仰慕我的人多了，我要都接受，慶親王府豈不是要擴建幾倍？」他說話的時候連臉都沒有轉向德妃，說了這一句就直接對著李玉波催道：「妳有什麼要對王妃說的？抓緊時間，王妃累了，要回去坐著。」

德妃恨得直咬牙，這鍾離浩也太不給她面子了，她委屈地向皇上那邊瞄了一眼，可惜皇上正低著頭同皇后說話，一臉溫馨，根本沒空感覺到德妃哀怨的求助目光。

吳太妃也悻悻地靠在椅子上。是啊，有鍾離浩在，哪裡需要安然去面對什麼？就像她自己，先王爺的心不在她這兒，謀算了二十年也是一場空，有男人呵護的女人又何須自己去戰鬥？

郝秀媚掩面哭著跑了下去，眾多男子的心也碎了一地。唉，這麼個美人兒為什麼偏偏喜歡那冰山一樣的慶親王爺，如果是他們，一定捨不得讓美人哭。

李玉波倒是一臉平靜地跪拜下去，將剛才演奏用的玉笛雙手奉上。「小女子只是想把先太妃的信物還給王妃，如此珍貴的東西，還是由王妃收著比較好。」

眾人又是一片譁然，信物？先太妃為什麼會給這個女子信物？

突然，二皇子驚呼。「皇叔，這玉笛與您用的那支一模一樣，好像是一對。」

二皇子話音未落，一對四十多歲的男女衝上臺來，跪在李玉波旁邊，那個男人大聲說道：「波兒，不可以！不可以呀！那是先太妃給的訂親信物。妳這樣做，讓妳爹娘在天之靈怎麼安心？」

中年女子也大哭。「波兒，妳苦苦等了這麼多年，今年都要十九歲了，怎麼能退親？」

訂親信物？退親？眾人恍然大悟，話說這位冰山王爺今晚可真是桃花盛開啊，一個個的美女送上門來。不過這位手上有信物，看樣子慶親王爺躲不掉了，否則不但不義，更是不孝。

德妃心裡樂開了花，原來如此，原來如此！難怪趙煊要送這個李玉波過來，原來這才是李玉波的最大賣點啊。

這時候，一個宮女過來取走了李玉波手上的玉笛。舒盼就那麼當著眾人的面，拿一塊沾了藥水的棉帕擦拭玉笛，又用另一塊乾淨帕子擦過之後才遞給鍾離浩。眾人都看呆了，這是……嫌髒？還是……有毒？慶親王爺不愧是冰山王爺，真夠狠絕的。

李玉波先是一窒，接著臉色青白，淚如雨下，好不可憐。

鍾離浩接過玉笛。「哦？這麼說來，妳就是那對雙胞胎姊妹了？是真的還是假的？怎麼就妳一個人來呢？」

雙胞胎？訂親的是兩個啊？什麼叫真的假的？王爺啊，趕緊講故事啊！眾人的八卦心已經超過了憐香惜玉的興趣。

李玉波愣住了，似乎沒有想到慶親王爺開口就問她是真是假，她的手有點發抖了，身邊的婦人悄悄握住了她的手。「稟王爺，波兒是姊姊，她的妹妹濤兒四年前病死了。」

「哦？」鍾離浩笑道：「你們是誰，是她的父母嗎？」

婦人答道：「波兒的爹娘都過世了，我們是她的叔嬸。」

「那你們可知道，當年先太妃給的信物不只這支玉笛，還有一對玉珮。」鍾離浩邊問邊親自扶著安然坐在太監搬來的貴妃椅上，自己也悠哉地坐下，好似在說別人的事。

「是……是一對蝴蝶玉珮，我不小心摔碎了。」李玉波哭訴。

「浩兒，怎麼回事？她們是誰？如果你母妃給你訂下親事，哀家沒有理由不知道啊。」太后也按捺不住地問道。

鍾離浩回道：「我三歲的時候，有一次跟母妃去清源寺上香，自己偷跑出去玩，差點滾下山崖，懷著身孕的李家太太為了救我差一點小產。後來她生下一對雙胞胎姊妹，眉心都有一顆胭脂痣，母妃很喜歡，同時也想報答李家太太對我的救命之恩，確實提出過結親之事，但是李家太太拒絕了。

「後來母妃的意思是只要雙方還未訂親，李家又有意的話，親事仍然算數。如果無意，就作為信物，李家兩姊妹需要幫助的時候，我們王府義不容辭，此事當時在場的燕王妃和清源寺的住持方丈可以作證。父王臨終的時候還特意又跟我提了此事，說如果有一天看到信物，一定要幫助李家姊妹。」

燕王妃連忙站出來證實鍾離浩所說。

四周又是一片唏噓，原來來遲了，要雙方都沒訂親此信物才生效，現在人家慶親王爺都成親了好吧？這李家真傻，早幹麼去了？不過只要王爺願意，做個側妃也還是可以的。李家三人暗自心驚，他們以為那時鍾離浩才三、四歲，肯定記不得具體事情，沒想到先王爺臨終前還跟他詳細說了，而且還有證人。這下他們不能咬定是訂親信物了。

李玉波淚眼婆娑。

「我爹很早就病故了，四年前我娘重病的時候要我進京找王爺，希望我能嫁進王府，我們姊妹倆以後也好有個依靠，沒想到我娘剛走，妹妹也病死了。我當時只想著給我娘守滿三年孝，出了孝期後，叔叔嬸嬸就勸我參加百花宴，說進京就可以看見王爺了，如果可以成了這門親事，也能讓我娘瞑目。」

德妃一邊抹淚一邊對著太后嘆道：「可憐天下父母心啊，母后，這李小姐沒了爹娘妹妹，孤苦一人多可憐，先王妃如果還在，一定不忍心，李家太太可是救過浩兒的命呢。母后不如把她賜婚給浩兒為側妃，也好讓先王妃和李家太太在天之靈安心。」

德妃話音未落，就聽到一聲尖利的叫罵聲──

「李玉梅，妳這個不要臉的賤蹄子！你們殺了我兒子，我要跟你們拚命！」

眾人嚇了一大跳，這裡可是皇宮，怎麼會有潑婦一樣的罵聲。

臺上跪著的李玉波和李家叔叔嬸嬸也嚇到了，手腳一軟，直接趴在地上了，他們當然知道這是誰的聲音，可這人不是死了嗎？

一位四十歲左右的婦人衝上舞臺，向正席這邊跪下叩頭。「民婦許劉氏拜見太后娘娘，拜見皇上，拜見皇后娘娘，拜見各位主子。」

鍾離赫喝道：「妳是何人，誰又殺了妳的兒子？」

許劉氏倒是沈著應答。「民婦許劉氏，夫家本是四品侍郎，因為夫君丁憂期間病故，家道中落，民婦帶著兒子到湘州老家。民婦的兒子腿有殘疾，但手巧，靠幫女子畫花黃為生。兩年前，李家找我兒子幫這個李玉梅點朱砂痣，許以報酬五百兩銀子，但是要擦拭不掉，以假亂真。我兒子研究了大半年才製出配方幫她點了一顆消不掉的朱砂痣。誰知就在當晚，李家殺人滅口，我們母子回家路上被劫，落下山崖，我兒子抱著我墊在我身下，他死了，我這個老婆子卻活了下來，被一戶獵戶救了，養了七個月的傷才康復。

「民婦暗查了很久，才知道李家原來有一對雙胞胎侄女，眉間都有一顆朱砂痣，在一場大火中燒死了。民婦心想他們讓李玉梅點痣，必定跟死去的那兩個女孩有關，於是跟蹤這家人來京城，目的就是要揭發他們，為我兒子報仇。」

「妳胡說，我們根本不認識妳，妳為什麼要誣衊我，我就是李玉波，不是什麼李玉梅。」李玉波指著許劉氏，哭得渾身都在顫抖。

眾人糊塗了。

「這李家小姐哭得這麼委屈，不像是假的。」

「可我看那位許劉氏不像是在撒謊。」

「對，我也這麼覺得，她看那一家人的眼神那麼憤恨，肯定是他們真的殺了她兒子。」

「皇上。」許劉氏再次開口。「民婦有證據，我兒子研製那個配方的時候還找出了消解之法，只要民婦洗去李玉梅額上的朱砂痣，就能證明民婦所言屬實。」

對對對，這個辦法最實在了，只要那顆痣消掉，肌膚又沒有受損，那一定是假的，眾人紛紛附和。只要與自己無關，大家都愛看戲啊！甚至還有人當場下了賭注，賭李家和許劉氏誰在撒謊。

「小女子冤枉啊！」李玉波「不堪受辱」，突然衝向左面的大石柱。

太醫很快趕來，檢查了一番。「稟皇上，她沒死，只是暈了過去。」

暈迷的李玉波額頭上一片血肉模糊，在太醫扎了一針後醒過來，繼續哭喊——

「讓我去死，讓我去死……」

一驚一詫的人群又開始議論紛紛——

「嘖嘖嘖，這李小姐心氣這麼高，應該是真的，小女兒家誰能忍受被冤枉？」

「我怎麼覺得她是故意弄傷額頭？如果是真的，讓許劉氏試試不就能證明自己清白了？」

「就是就是，這撞柱子的力道拿捏得可真好，既沒死，又把額頭撞破了。」

「可惜可惜，好好一個美人破相了。」

「沒辦法證明真假，慶親王爺這下真的要把這個破相的女人給娶回去了，否則不就是忘恩負義？」

李玉波的叔嬸似乎嚇傻了，呆愣了片刻才撲過去抱著李玉波大哭。「波兒，波兒，妳怎麼這麼傻啊！妳要真有個三長兩短，我們怎麼向妳死去的爹娘交代啊！」

「呵呵，這天下間還真有人咒自己死的啊？李玉梅的爹娘不就是你們自己？也不怕詛咒多了就成真了？」鍾離浩冷冷的聲音，讓看熱鬧看得正熱血沸騰的人群突然感覺到寒冷徹骨。「玉波、玉濤，妳們還不上來見過妳們的叔嬸？」

四個人影應聲而落，其中兩個黑衣人眨眼間又消失了，慶親王妃身旁多出兩個一模一樣的俏麗女子，眉間都有一顆朱砂痣，她們的長相倒是同舞臺上的「李玉波」有兩分相似，還更明媚幾分。

李家嬸嬸看清了那兩人的長相，嚇得大叫出聲。「鬼啊，鬼啊！」

這一叫，頭腦轉得快的人立刻都知道了那兩姑娘是誰，自然就是先前許劉氏口中「在一場大火裡燒死的雙胞胎姊妹」，也就是慶親王爺救命恩人的女兒。

「太后伯母，她們是四年前到夏府自賣為奴婢的麗芙、麗蓉，也是真正的李玉波、李玉濤。」安然站起身向太后解釋道。「她們被叔嬸毒啞了嗓子，侵吞了家產，還要被賣去青樓，多虧忠僕提醒，這才引火燒了自家屋子，乘亂逃了出來。」

麗芙、麗蓉走到太后身前，雙雙跪下，從脖子上摘下一對玉珮，嬤嬤接了玉珮遞給太后。

太后一看，說道：「這不是依依嫁妝裡的那對蝴蝶玉珮嗎？原來給了妳們。可憐的孩子，妳們的娘救了浩兒，以後，就讓浩兒和然兒照顧妳們。真是天可憐見，妳們竟然就那麼巧投奔了然兒！」依依是鍾離浩母親的閨名。

麗芙用隨身的小本子和炭筆寫了幾行字，由嬤嬤遞給了太后。太后看完後鼻頭泛酸，對身邊的嬤嬤說道：「讀出來給大家聽聽。」

嬤嬤接過那張紙，大聲讀道：「我們的爹娘從來就沒有想過讓我們嫁進王府，說門不當戶不對，不能挾恩圖報。娘病重的時候讓我們收好先太妃的信物，希望我們兩個孤女在必要的時候可以得到王府的幫助，但是叔叔嬸嬸趁著我們守靈的時候，偷走了我們屋子裡值錢的東西，包括王府的玉笛，還毒害我們，若不是王妃這麼多年來的照顧，我們姊妹如今也不知道是死是活。」

皇上怒道：「謀奪兄嫂財產，毒害親侄女，如今還欺君罔上，向慶親王府騙婚，你們還真是無惡不作！來人啊，把他們丟去大牢，僅欺君之罪就可以砍頭了，李家所有財產歸還給李玉波、李玉濤姊妹。」

李家叔叔嬸嬸嚇得拚命磕頭。「波兒、濤兒，救救我們，我們是一家人啊，我們是妳嫡親的叔叔嬸嬸和堂姊啊。」

李玉梅則是直接暈死過去。

有「觀眾」氣憤不過罵了出來。「這會兒知道是一家人了？奪人家產、給人下藥時怎麼不說是親叔嬸？」

德妃的手在袖子的遮掩下死死抓住座椅的扶手——這群蠢貨！不行，也不知那李玉梅一家人到底知道多少事，她要想辦法除掉他們，至少，要先拿回李玉梅頭上的簪子，那簪子可是趙煊給她的聯絡信號，暗示李玉梅是他送來幫她的棋子。

侍衛將李玉梅一家人拖了下去，宴會繼續進行。

這麼一個一波三折的小插曲並不影響今晚的氣氛，生活多枯燥，有人演真人話本給他們看，好事！

郝秀媚倒是恢復得快，若無其事地接受了「大昱之蘭」的禮部文書和金鑲玉蘭花，只是看向安然的眼神帶上了仇恨，雖然一閃即過，還是被安然捕捉到了。不過安然並不在意，她又不是金子銀子，豈能人人喜歡，何況還是覬覦她男人的女子？

鍾離靜也贏得了「大昱之蓮」的榮譽，今日慶親王府可以稱得上是大贏家，鍾離靜、鍾離嫣這兩朵姊妹花算是打出名聲了。

回王府的時候，兩人身邊又各自多了一個嬤嬤一個丫鬟，是太后和皇后賞的。

# 第一百零一章　長嫂如母

一眾人剛到王府門口，門房就上前回報。「梅心院走火了！」

不知什麼時候無聲無息飄過來的一個黑衣護衛補充道：「大家救火的時候，有賊人想闖進靜好苑放毒蛇，被東成下令連人帶蛇捆在麻袋裡送去京城府尹那裡了。」

一身狼狽趕過來迎太妃外加哭訴的許側太妃母女，正好聽到「連人帶蛇捆在麻袋裡」幾個字，差點沒有暈死過去，她知道「賊人」中有鍾離麒，他親自動手是為了偷鍾離浩的印信，他有沒有被抓到？連人帶蛇捆在一起，不要等到京城府尹大牢就被咬死了吧？

梅心院那麼大的火，不是所有人都跑去救火了嗎？難道靜好苑裡的暗衛看到王府走火也不去救？那她的院子不是白白燒了嗎？

鍾離浩瞥了許側太妃一眼，閒閒地笑道：「抓到了就行，沒有漏網的吧？」

黑衣護衛立即回道：「王爺放心，五個人全部落網，他們才進院子就被一鍋端了。」

許側太妃立刻跪了下來。

「求王爺救救麒兒，求您放過麒兒，你們是親兄弟啊！」

鍾離青大驚，她娘這是不打自招啊，她們在梅心院裡，怎麼知道有賊，還知道那賊是鍾離麒，這不是承認她們裡通外賊嗎？上次皇族長可是當眾說過，發現她們與鍾離麒有任何來往，就要被驅逐出去，她開春就要嫁人了，可不能在這當口被趕出府。

「娘，您被大火燒糊塗了嗎？他們抓的是賊，又不是鍾離麒，就算是鍾離麒，他已經被驅逐出族了，哪裡來的什麼親兄弟？娘，我們還是趕緊求太妃另外給您安排一個院子，要不您今晚就沒處住了。」鍾離青緊緊拉住許側太妃，還在她手臂上重重掐了一下，希望能掐醒她娘。

鍾離青的嘴貼著許側太妃的耳朵。「娘，您不是只有一個孩子。」

許側太妃怔了怔，眼裡閃過一絲痛楚，不過還是咬著牙轉向吳太妃。「姊姊，梅心院失火，燒了半個院子，妾……妾身求姊姊另外分配一個院子。」

吳太妃今天一肚子氣正沒處發，鍾離靜和鍾離嫣不但聲名鵲起，進入前十，現在身邊還盡是太后和大長公主的人，那兩個嬤嬤一看就是精明厲害的，以後她是拿捏不了這兩個庶女了。鍾離浩和冷安然又是狡猾狠辣、油鹽不進，他們母子三人以後在王府真的沒有翻身之日了。

焦頭爛額之際，這個許側太妃竟然還敢燒院子？燒就燒了，能放毒蛇咬死鍾離浩和冷安然也好，什麼都沒做成還想換院子，銀子是天上掉下來的嗎？而且現在那個鍾離麒估計不死也去了半條命，這兩母女又是吃閒飯的，留著幹麼？不如乘機趕出去，還能省點嫁妝給鍾離菡，也好讓鍾離麟徹底斷了和許側太妃的聯繫，死心塌地地孝順侍奉她這個母妃。

想到這裡，吳太妃挑眉問道：「為什麼會那麼巧，剛好妳院子裡走水就有賊人進入王府？難道賊人就是鍾離麒？好妳個許氏！竟敢裡通外賊，監守自盜?!本妃不把妳送去官府就不錯了，還敢要求換院子?!來人啊，好好查查梅心院走水的原因。王爺，明日一早請皇族……」

吳太妃回過頭才發現，之前站在一側的鍾離浩和安然早已走出了老遠。

她咬牙握了握拳。「王嬤嬤，讓大管家明日一早報給皇族長，就說許氏母女私通賊人鍾離麒，火燒王府。」

許側太妃撲上前抱住吳太妃的腳。「不要啊，姊姊，妳救救麒兒吧？他為妳做……」

「閉嘴，鍾離麒早已經不是慶親王府的人，妳還是想想妳們母女被逐出府以後怎麼辦吧，裡通外賊，差點把整個王府都燒了，別想再帶走王府的一文錢。」吳太妃閃身避開許側太妃，厭惡地瞪了她一眼，上轎走了。

「沒有，我沒有！憑什麼趕我出府……」鍾離青覺得天要塌了，她要是被趕出府，親事肯定就要泡湯。不，她不會出府的，她是慶親王府的大小姐，誰也別想讓她出府！

許側太妃卻是還在求鍾離麟。「三爺，救救你大哥，他是你的同胞大哥啊。」

鍾離菡一撇嘴。「我三哥可是嫡子，誰跟那個賊人是兄弟了，三哥，我們走！」

鍾離麟一眼都沒看許側太妃，跟鍾離菡先後上了小轎。

鍾離青指著許側太妃。「您滿意了？這就是您想要的結果？您想陪著您的寶貝兒子去死，不要拉著我們啊。從現在開始，我跟您沒有任何關係。」說完怒氣沖沖地掉頭就走，帶著丫鬟回自己的院子裡去了。她堅信，只要自己撇清跟娘的關係，吳太妃也拿她沒有辦法，沒有證據證明她有跟鍾離麒聯繫過，從來都是她娘聯繫的。

許側太妃望著親生兒女疏離狠絕的背影，突然仰天大笑，她算計了一輩子，爭奪了一輩子，到底為了什麼？又得到了什麼？先王爺至死都沒有真正對她動心過，現在大兒子死了，小兒子正眼都不瞧她一眼，女兒也恨死她，要跟她斷絕關係。她做這一切到底為了什麼？是報應嗎？做了一輩子惡事，報應真的來了？

她不會離開慶親王府，從她費盡心機嫁進來的那一日起，她就從來沒有想過會離開這兒，她是上了皇家名冊的側妃，死，也要死在這兒。

第二日一早，梅心院的婆子發現許側太妃吊死在燒得空空、只剩個空架子的廢墟裡。吳太妃卻沒有放過她，提交了充足的證據給皇族長，把她除了名，讓幾個婆子抬出去，隨便找個荒蕪的墓地草草葬了。

王府這個年並沒有因為許側太妃的死帶來一點影響。

讓安然驚訝的是，鍾離青和鍾離麟竟然一聲不吭，沒有任何為親生母親爭取的意向。

鍾離浩把安然摟緊。「傻丫頭，妳以為那樣的人教出的子女會如何重情重義？如果許氏不被除名，鍾離青作為親生女兒，就要守孝三年。她現在就怕侯府退親，哪裡還願意冒這個險？鍾離麟早已經過繼到吳太妃名下為嫡子，更不會惹火上身了。」

安然嘆息。

「這個女人惡毒了一輩子，沒有想到死後連親生子女都不願意送一程吧？」

大年初三，宮裡傳來聖旨，冊封鍾離靜和鍾離嫣為郡主，雖然沒有封地，卻是同鍾離菡一個級別，從此以後，鍾離菡並不比鍾離靜二人高貴。母憑女貴，崔氏和喬氏兩位太姨娘作為郡主的親娘，享受側太妃的待遇。

隨聖旨而來的，還有太后娘娘的賜婚懿旨，諷刺的是太后給鍾離靜二人指婚的對象，都是吳太妃之前給鍾離菡相中、但被人家拒絕的人選，而鍾離靜的未婚夫婿，更是所謂「正在議親，這幾日就要訂下的」安西侯嫡次子。

吳太妃再次噴了一口血，暈死過去。

太醫搖頭道：「太妃您需要靜養，再這樣下去，只怕……」

崔氏和喬氏不顧安然的阻攔，堅持帶著鍾離靜、鍾離嫣給鍾離浩和安然行了大禮，兩人都是淚流滿面，哽咽得說不出話來。

安然嘆道：「二位太姨娘又何必如此執著？從『理』上說，妳們都是長輩，靜兒和嫣兒都是王爺的親妹子；從『情』上說，妳們對王爺都有過救命之恩。王爺和我多看顧靜兒和嫣兒一些，還不都是情理之中的事，以後請二位太姨娘不要這麼生分了。」

喬氏哭道：「王妃這話折殺婢妾了，婢妾們都是慶親王府的人，先王爺、先太妃還有王爺王妃都是婢妾們的主子，能夠護到王爺分毫，是婢妾們的本分，也是福氣。怎麼能說是『恩』呢？請王妃千萬別再這麼說。」

安然知道這兩人根深柢固地都是傳統、本分的妾室思想，一時半會兒也改造不了，笑道：「好好好，那我們都不再提那些恩啊情啊之類，我們就是一家人，開開心心過日子就好。」

崔氏囁嚅道：「婢妾……婢妾們可不可以給小世子準備衣物？」

王妃肚子裡的寶寶不論是小世子還是小郡主，都無比金貴，怕是會嫌棄她們做的東西，但是她們真的很想為王爺王妃和小寶寶做點事。

鍾離浩難得地笑道：「當然可以，妳們也是寶寶的姨祖母呢，然然年紀小，以後還希望二位太姨娘能幫著照顧寶寶。」

崔氏、喬氏激動得破涕為笑。「欸，欸，這是婢妾們的福分。」太后、皇后賞了她們一些好料子，她們藏起那些特別柔軟舒適的，就想著能為小寶寶做衣物。現在王爺親口說她們是寶寶的姨祖母，還說她們以後可以幫著照顧小世子小郡主，還不激動得半死？孫子孫女欸，想到以後小世子小郡主糯糯地稱她們「姨祖母」，心裡就像灌了蜜一樣甜。

鍾離嫣興奮地歡呼。「我們也要做小衣服，我們是姑姑呢！」

安然笑呵呵地打趣。「妳們就算了，還是抓緊時間繡嫁妝吧，特別是靜兒，年底就要出嫁了，很多東西要準備的。」

「哈哈哈哈——」歡樂的笑聲再次縈繞在靜好苑上空。

初四，安然要回娘家，去向吳太妃辭行。

吳太妃一反常態，笑得無比慈祥。「知道妳今日回娘家，我已經準備好了一車給親家的禮物。」

安然好笑，今日太陽從西邊出來了？當然，面上客氣有禮地回道：「多謝太妃。」

無事獻殷勤，非奸即盜。不過她也沒拒絕，慶親王府的財物本來就有他們的分，還是大頭。照常理，她回娘家的禮物也是要由公中準備的。

「咳咳！」吳太妃嘆道：「太醫說我的身體已經一日不如一日了，讓我少操心，可是菡兒和麟兒年紀都不小了，親事還沒訂下來，我怎能不操心？」

安然笑道：「怎麼會？安然看太妃的身體一向挺好，偶爾不舒服，好好養養就是。別說給菡妹妹和三弟訂親，就是抱外孫、孫子的時候，您也一定還是精神奕奕。」

吳太妃真是氣悶啊，她就知道，這個冷安然從來就不會照著她的思路走，只能挑明道：「安然啊，妳是他們的大嫂，長嫂如母，菡兒和麟兒的親事，妳還要多費心。」

「我？」安然一臉無害的笑。「太妃說笑了，安然比菡妹妹大不過兩歲，哪會看人？王府還有太妃您在呢，哪輪到安然去張羅，豈不讓人笑話安然托大？再說了，現在王爺限制安然出府，要安然乖乖待在府裡養胎呢。」安然邊說，邊瞄了一眼窗外正在同大管家說話的鍾離浩，意思就是——有膽子妳找王爺說去！

吳太妃真恨不得伸手扒下安然那張「純真無害」的笑臉，可是不夠膽，估計她的手還沒抬起就被打飛了，安然身後那四個婢女的眼睛裡都是戒備。

「是這樣的，我倒是已經有了人選，不過現在太醫說我需要靜養，就想請安然費心去說項。」吳太妃不容安然找理由拒絕就趕緊接著說道：「其實也不需要安然奔波，都是安然很熟悉的人，只要安然和王爺願意，這兩樁親事一定沒有問題。」

安然繼續品著手中的茶，沒有準備答腔，似乎一點好奇心都沒有。

躲在屏風後面的鍾離菡都恨不得衝出來了。

吳太妃現在已經頗為「瞭解」安然，知道自己不乾乾脆脆地說出來，安然是不會問的。

「我很滿意妳弟弟夏君然，是個好孩子，跟菡兒年紀也相配。至於麟兒嘛，白家那位剛回京的白伊淩小姐就很不錯。」

安然「噗哧」一聲笑出來。「安然也覺得白小姐很好呢，可是太妃，您晚了一步，君然和白小姐年前就在議親了，是大長公主姑母為君然去提的親，燕王妃保的媒，白老將軍和白老太君已經同意，就等白小姐及笄那日交換庚帖和信物呢。」

「夏君然和白小姐？」吳太妃相信這必然是真的，安然要拒絕有很多理由，沒必要扯這個謊，稍微查問一下就能查出來，何況這關乎白家小姐的聲譽。

「妳騙人，為什麼之前都沒聽妳說過？」鍾離菡終於忍不住衝了出來。

安然一早就注意到屏風後面的影子，倒沒有被嚇到，不過還是皺了皺眉。「這種關乎白家小姐聲譽的事可以胡亂編的嗎？何況君然不是慶親王府的人，他議親，我沒有必要到處通知吧？」

「妳……」鍾離菡語塞。「不是還沒有確定嗎？妳讓他退了這門親。」

安然差點沒暈倒，這個姑娘沒有毛病吧？以為她自己是誰？

「住口！」吳太妃喝住了鍾離菡。「好了，安然，既是這樣，就當本妃沒有提過，時間不早了，你們早去早回吧。」

「是。」安然起身告退。

看著安然和鍾離浩走出院子，鍾離菡急得直跺腳。「母妃，您為什麼不讓她退了那門親，等訂下來就來不及了！」

吳太妃揉了揉兩邊太陽穴。「人家已經談定了，妳憑什麼讓人家退？何況這門親事還是大長公主作的主。姑娘家這樣大吼大叫，傳出去人家怎麼看妳？從明日起，好好跟著嬤嬤學規矩。」

「是您！都是您！他們不喜歡您，所以才不喜歡我！太后伯母和大長公主姑母給鍾離靜和鍾離嫣那麼多賞賜，還封她們做郡主和我平起平坐，卻連正眼都不看我一眼……都是您害我的！」鍾離菡大哭著跑了出去。

「噗——」吳太妃吐出一大口血，雙手用力壓住胸口，喘著粗氣……

「太妃，太妃，您消消氣……」王嬤嬤嚇得臉都白了，太醫說過，太妃不能再受刺激，切忌大急大怒。「太妃，您不能再這樣急怒攻心了，郡主還小，自己都不知道自己說了什麼話，您不用跟她計較。」

吳太妃眼睛都紅了。「她沒說錯，確實因為她是我生的，太后和大長公主才都不喜歡她，現在連她的親事都受影響了，那些人扒高踩低，都怕跟我扯上關係，得罪了鍾離浩，得罪了太后。」

先王爺在的時候，出去外面，人家對她這個慶親王妃還是恭恭敬敬，客客氣氣。先王爺一走，加上先王爺十幾年來陸續轉移財產的事爆出，別人看她的眼神就變了，明顯的不屑和疏離，甚至還有鄙視。她知道，外面都在傳說慶親王爺鍾離浩從小到大幾經生死與她這個太妃脫不了干係。雖然，這是事實。

她錯了嗎？不，人不為己，天誅地滅，怪只怪她生不出兒子，怪鍾離浩命太硬了。

可是，現在鍾離菡和鍾離麟的親事怎麼辦？

花園的「念嬌亭」三樓，鍾離麟的貼身小廝順才正在彙報。「香兒說太妃真的讓王妃去說合您和白家的親事了，沒想到大長公主早就已經為王妃的弟弟夏君然去白家求親，兩家已經基本說定。這個王妃真是的，有好親事不想著三爺，只念著自個兒娘家的弟弟。」

鍾離麟冷笑。「她憑什麼要想著我？」自己的親娘養娘都屢次對鍾離浩下手，他們不想著把自己趕出去就不錯了吧？

王府裡吳太妃母子幾個的喜怒哀樂不在安然和鍾離浩的考慮範圍，難得回娘家的他們正在冷府靜好苑裡吃水果呢。

鍾離浩今日一早得到兩個大消息——一是趙煊為了認兒子秘密回京，二是德妃昨晚讓秀娥偷偷出宮給謝氏傳話，要她想辦法在十日內引安然獨自外出，並用藥迷暈，承諾事成之後就立即讓謝氏見到自己的長子。

這不，他們就回娘家來了，送機會給謝氏。

讓鍾離浩好笑的是，安然臉上沒有害怕，倒是一臉好奇和興奮。「浩哥哥，你說這兩件事會不會有關聯？大鬍子此次冒險回京不但要認兒子，還要挾持我逼你就範吧？你不是說京畿護衛軍副統領也是他的人，他是不是怕夜長夢多，想盡快搞定？對了對了，老大將那半份名單上的人都監控起來了嗎？」

鍾離浩無奈地捏了一下安然的鼻尖。「不會的，我們之前暗中查出的幾個可疑的人，確實有兩個不在那名單上，李玉梅進京的目的有兩個，一是誘惑我，暗中給我們下藥；二是找機會將名單交給拿出跟她一樣竹葉簪子的人。她說她的主子交代她告訴接頭的人，原來那半份名單上的人為主，要先聯繫，後面這半份為輔，作為備用。」

安然懷疑道：「大鬍子那麼小心的人，怎麼會把這麼重要的名單交給李玉梅一家？還有，那另一支簪子一定在德妃那兒嗎？還是宮裡還有其他間諜？否則大鬍子幹麼不直接告訴她找德妃，害德妃還等得那麼辛苦？」

鍾離浩搖頭。「趙煊和德妃都喜歡用毒藥控制人，他給李玉梅一家下了毒，又扣押了李玉梅的弟弟、李家唯一的男丁繼承人，堅信李玉梅一家不敢背叛。他沒想到的是，那李二太太生了李玉梅之後，李二爺玩女人被人廢了身子不能再生育，便跟德妃一樣，耍了一招假懷孕，買一個嬰兒成為嫡子，不是親生的，畢竟抵不過他們自己三條命。黎軒又幫他們解了身上的毒，可不竹筒倒豆子，什麼都說出來了？只求保命。

「至於德妃那支簪子，福公公有印象德妃在很多年前戴過那支玉簪，福公公喜歡雕玉嘛，看到稀奇精緻的玉雕都會留意幾眼。說起來趙煊對德妃似乎還是有幾分真情的，也或者是德妃這顆棋子比較重要，他不告訴李玉梅找德妃就是要保護德妃，萬一李玉梅失敗，德妃不會那麼容易被牽扯出來。」

安然大悟。「想想還真的是，這個大鬍子果然深諳『地下鬥爭』之道，哈哈。」

兩人正在說笑，舒捷敲門回報。「王爺、王妃，冷夫人求見。」

謝氏？她來做什麼？執行德妃的計劃？安然和鍾離浩相視一笑。「請夫人到花廳。」

安然二人進了花廳，才發現謝氏竟然是一個人過來的，連個丫鬟都沒帶。

謝氏敏銳地發現安然眼裡的驚訝，解釋道：「我讓六月、七月在靜好苑門口等了，王爺王妃，可不可以讓我單獨跟你們說幾句話？」

鍾離浩一擺手。「舒安舒敏，讓人都退到十尺之外，妳們四人在門外守著。」

如果謝氏要單獨跟安然談，他是不會同意的，不過有他在，自然沒有問題。他很好奇，謝氏要說什麼？

讓鍾離浩和安然意想不到的是，謝氏向他們跪了下來。「王爺、王妃，老夫人壽宴那次是我的不是，還請你們寬恕。除那次之外，我沒有做過任何對不起你們的事。」

安然和鍾離浩對視一眼，冷聲說道：「夫人這是做什麼？過去就過去了，還是先起來說話吧。」

謝氏沒有起身，聲淚俱下地將她和德妃之間的所有恩怨，從德妃給她和虞有慶下藥開始，到虞家被趙煊要脅的經過，再到此次進京後德妃與她的幾次談話，二皇子和冷紫鈺的身世，以及懷疑趙煊還沒有死的事，都詳詳細細地說了出來。

鍾離浩和安然沒有打斷她，即使在她哽咽得說不出話的時候，他們也很耐心地等待，沒有吭一聲，謝氏的敘述解開了一些他們之前想不通的疑惑。

最後，謝氏將這次德妃給她的「任務」和盤托出後，甚至將「虞美人」玉珮和秀娥的「臥底」身分，都交代得清清楚楚。

鍾離浩面無表情，淡淡問道：「本王相信妳所說的都是真的，但是，妳現在供出這些，是想讓本王幫妳報仇？幫妳擺脫德妃的控制？還是想將功贖罪，為虞家爭取什麼利益？或者，妳想讓本王替妳求情，用那個山洞裡的東西跟皇上談條件？」

謝氏搖頭，聲音很平靜，帶著一抹淒涼。「不忠就是不忠，做了就是做了，不管原因是什麼，虞家都罪無可赦。虞家沒有資格跟皇上談條件，只是想叩求皇上饒二皇子一命，並不是因為我交出那些東西，而是因為他確實是無辜的。當然，這只是我的叩求，皇上允不允，要怎麼處置，我都不敢有任何怨言。

「至於報仇，我希望自己親手報仇，不敢煩求王爺。只是，為了不引起德妃和趙煊的懷疑，在我告訴德妃自己已經得手期間，請求王爺、王妃配合我一下，不要讓人知道王妃不在我手上。其實這樣做對王妃也有好處，德妃和趙煊既然盯上了王妃，我不動手他們就會讓別人動手，與其時時刻刻防著，不知道何人何時會出手，不如給我一個報仇的機會。」

鍾離浩回答得很爽快。「沒有問題，到時候妳把『挾持王妃』的計劃和時間給本王即可，報不報仇是妳的私事，只要於大昱、於王妃沒有不利，本王不會干預，也與我們無關，但是本王要知道趙煊的蹤跡，所以一定會派人跟蹤。」

謝氏恭恭敬敬又拜了一拜，從袖袋裡掏出一張紙。「如此我已經非常感謝，另外，這是秀娥無意中偷抄下的一張名單，但她也不知道這是做什麼的，只是覺得德妃對名單非常重視，藏得很緊，也許是幫她做事的人或者她想籠絡的人吧。現在交給王爺，希望是有用的東西。」

謝氏說完，站起身告退出去了，沒有多囉嗦一個字。

鍾離浩看著手上的名單，一開始嘴角向上彎起，接著眼神越來越複雜。

「是你要找的那半份名單嗎？」安然輕聲問。

鍾離浩皺眉。「應該是，我會馬上讓人調查，如果這張是真的，謝氏倒是立了一大功，這裡面有兩、三個人挺受皇兄重視，我們還從來沒有懷疑過。若他們確實跟趙煊有勾搭，危害性極大。」

安然嘆道：「其實謝氏也很可憐，不過她這次倒是乾脆，什麼都交出來了，不會是準備跟仇人同歸於盡吧？」

鍾離浩點頭。「應該是，她隱忍了這麼多年，支撐她的信念就是兒女和報仇。不過，她也是個聰明的，有時候，讓人充分看到自己的誠心，比開口提要求更有用。」

# 第一百零二章　報仇

「皇上，白家悄悄給白伊淩訂親，不是打皇上和二皇子的臉嗎？皇上，您可不能縱著他們！」德妃看到坐在皇上肚子上玩得正歡的四皇子，牙咬得更疼了，這還是皇上嗎？

鍾離赫小心地用雙手護著四皇子。「人家兩家你情我願，怎麼就打朕的臉了？妳也不希望妳兒子娶個不喜歡自己的媳婦吧？這種事自然要皆大歡喜才好。」

「……」德妃一噎，皇上說話的口氣，讓她覺得有點……冷。他發現什麼了嗎？不可能啊！

「行了，妳回去吧，朕也要回御書房了。」鍾離赫下了逐客令。

德妃只好告退，轉過身的一剎那，眼裡迸出決絕的恨意——鍾離赫，你會後悔的，你一定會後悔的！

她不知道的是，她轉過身以後，鍾離赫看著她背影的眼神也很複雜。

明知道這不是自己心愛的女子，但是對著那張一模一樣的臉，狠下心並不是一件容易的事，畢竟那張臉曾經時時出現在他的夢裡，讓他牽腸掛肚。

德妃回到旻和宮，尤嬤嬤正好從外面回來。「娘娘，成了！現在慶親王爺正在發瘋一般地尋找王妃姊弟，很快，太后和皇上他們應該也會知道了。」

今年正好是夏芷雲過世九年，九九歸一，謝氏為了表示對原配嫡妻夏芷雲的敬重，討好夏家和安然姊弟，特意花重金請白雲庵的靜安師太給夏芷雲做法事。

沒有人能想到，靜安師太是趙煊埋了近二十年的釘子，因為靜安師太只在緊急時同趙煊和德妃聯繫，其他人都不知道，上次起事時也沒有被發現。

法事中的誦經儀式過後，有一個「靜思」儀式，安然和君然要跪坐於蒲團上默默「哀思」，與亡母夏芷雲的靈魂獨處，這樣夏芷雲就可以完全放下這一世中的一切眷戀，「九九歸一」。靜安師太帶著眾尼姑在殿外的院子裡繼續吟誦超渡經文，婢僕、護衛也只能在門外守著。

特製的香燭前面一小段沒有問題，一盞茶之後卻是德妃給的特效迷香……

「但是娘娘，」尤嬤嬤囁嚅道：「謝氏說了，她要三十萬兩銀票，要您單獨帶著銀票過去，還有，三日之後她要見到她兒子，否則就把一切捅出去。」

德妃冷笑。「這個蠢貨，自以為聰明。三十萬兩？也要她有命用才行。」

尤嬤嬤遞過手上的一個紅色玉葫蘆。「娘娘，謝巧巧讓我帶這個給您，也不知道是什麼意思？」

德妃一臉蔑視地看過來，卻在目光觸到那東西時渾身一震，劈手搶過去細細地看了一下，在看到葫蘆底部那個特別的圖案時，整個人怔住了，拿著玉葫蘆的手控制不住地發抖。

尤嬤嬤大驚。「娘娘，這、這是？」

德妃淚如雨下。「這是我當年親手戴在孩子身上的。」

「這、這……小主子在謝氏手上？可是……她怎麼知道是娘娘您的孩子？」

「我們從小一起長大，她見過我戴在身上的這個玉葫蘆。」德妃閉上眼睛靠在椅子上，孩子怎麼會被謝氏發現的？什麼時候？她想做什麼？用兒子換兒子嗎？難怪感覺她最近變了，還說什麼「兒子找不找無所謂」，原來是手上有了跟自己對峙的籌碼。

棘手啊，看來她要調整對謝氏的策略了，暫時還得籠絡著，不能翻臉。

慶親王妃姊弟失蹤的消息很快傳開來，皇宮、大長公主府、大將軍王府、蓉軒莊園、白將軍府……跟安然姊弟相關的幾個府裡都亂了，紛紛派出大批人手出去尋找。

正準備陪梅琳離京回娘家一趟的薛天磊，留下一句「晚幾天再走，我要先去幫著找人」就沒影了。

梅琳現在也想開了，薛天磊確實一直在努力地做個好相公，她現在只想著好好調理身子，希望能有自己的寶寶。梅琳真心不希望安然有什麼閃失，否則薛天磊一定會很難過吧？鍾離浩和安然都是薛天磊最重視的朋友。

錢莊一般都有自己的護衛隊，梅琳叫來隊長。「你們都幫著去尋找慶親王妃和夏公子，不得有怠。」

最高興的人莫過於吳太妃母女和鍾離青了，直呼報應啊報應，最好被弄死，至少弄掉孩子，還要以後都不能生育了才好！安然要是死了，鍾離浩應該至少也死了一半了吧？

吳太妃興奮地看著鍾離麟，如果那樣的話，她名下的鍾離麟就值錢了，孫子更值錢。

鍾離麟淡淡蹙了蹙眉，不知為什麼，他覺得不大真實，可是又想不通哪裡有問題，他希望看到鍾離浩，遠遠地看一眼也行，也許能從他的身上臉上找到端倪，可惜，鍾離浩發瘋般地在外面找安然，一直沒有回府。

冷弘文得知消息，差點沒有把謝氏打死，那兩個都是他的嫡親兒女啊，既是謝氏帶出去的，怎麼就平白失蹤了呢？為什麼他的兒女都失蹤了，謝氏卻毫髮無損地回來？

白雲庵！那個白雲庵一定有問題！清源寺多好，好好的去什麼白雲庵？還不是謝氏說白雲庵有一個「雲」字，跟夏芷雲有緣，又說自己經常去白雲庵，和靜安師太很熟悉。

這個女人是不是跟白雲庵有什麼勾結？綁架自己的子女換取利益？誰不知道安然是慶親王爺的至愛，兩姊弟還都是皇上、太后跟前的紅人？

冷弘文一腳一腳地踢向謝氏。「快說，妳把我的兒女弄到哪兒去了？」

北戰及時趕到。「冷大人，您現在打死冷夫人也無濟於事，冷夫人熟悉白雲庵的環境和裡面的尼姑，還是趕緊讓她去找王妃吧，再找不到王妃，王爺就要瘋了。」

冷弘文驚醒。「滾！快滾出去找然兒和君兒，他們要是有什麼閃失，我要你們母子三個給他們陪葬！來人，把冷紫鈺和冷紫月鎖在柴房，沒有我的指令，不許放出來。」冷弘文這是準備拿冷紫鈺兄妹做人質了，他怕謝氏帶著他們兩個逃跑。

北戰忙道：「冷大人，冷夫人一個弱質女子，現在又被您打傷了，走幾步都困難，她一個人哪行，還是讓紫鈺少爺跟她一起吧，也好有個照應，現在找回王妃和君然少爺才最重要。您放心，他們跑不掉的。」

冷弘文現在頭腦一片混亂，幾乎不會思考，北戰又是鍾離浩的人，自然覺得他怎麼說都是對的，反正他也看得出謝氏最看重的是冷紫月，扣著那丫頭就行。

德妃向皇上請求出宮一趟，去清源寺為皇上和二皇子祈福。

皇上看了她一眼，允了。「自己小心，朕給妳配半副皇后儀仗，帶三十名護衛。」

「不，皇上，心誠則靈，臣妾這次想微服去上香，只帶尤嬤嬤和秀娥兩人，請皇上成全。」德妃跪下。

鍾離赫皺眉。「這怎麼可以？妳乃四妃之首，怎麼能只帶兩名隨侍出去？有個閃失如何了得？安然和君然失蹤到現在都還未找回來呢，浩兒都快瘋了。」

「皇上，求神拜佛重在心誠，太大陣勢會讓菩薩和寺裡的大師們不喜。其實，越是大陣勢，越容易被匪賊盯上，如果不是大家事先都知道安然姊弟在白雲庵做法事，也許還不會出事，有誰會去劫一個普普通通的香客？皇上，臣妾萬分想以一個普通妻子、母親的身分去為皇上和瑞兒祈福，求皇上成全。」

鍾離赫蹙著眉頭想了好一會兒。「好像也有道理，就讓瑞兒陪妳走一趟吧。」

「不，皇上，瑞兒這幾天正在攻讀《史記》，說先生要考核，臣妾不希望耽誤瑞兒的學習，皇上放心，秀娥的功夫不弱。」

「也罷，那妳自己要多加小心。」

「是，多謝皇上成全。」德妃這才起身告退，去皇后那裡領出宮的牌子。

回到旻和宮，德妃寫了一張短箋捲好遞給秀娥。「馬上讓小灰飛一趟。」

秀娥應下，趕緊去了後院。

第二日一大早，德妃就素裝打扮，帶著尤嬤嬤和秀娥悄悄出宮了。一輛外表普通、裡面卻舒適豪華的馬車已經在約定的地點等候，駕車的是尤嬤嬤的侄子。

當然，還是要先去一趟清源寺，萬一以後有什麼變故查起來不會露了馬腳。這就是微服出行的好處了，若是帶著鑾駕、護衛，什麼時候到哪裡都一清二楚。

在清源寺用了簡單的素齋，德妃三人就下了山，七轉八彎到了一個偏僻的小院。

尤嬤嬤敲門，敲三下，停頓，再敲兩下，停頓，再敲一下，才聽到門「咿呀」打開一條縫，開門的是一身農婦打扮的六月，往德妃她們身後看了一圈，六月才把門開大一些，讓三人進去，隨手又把門栓插上了。

六月帶三人到了後院，左眼和嘴角都有一大塊烏青的謝氏正坐在桌邊喝茶，見德妃進來，並沒有起身，只是點了一下頭。「我身上有傷，恕不能行禮了，還請娘娘見諒。」

德妃「驚」呼。「誰把妳打成這樣？表姊告訴我，我一定為妳出氣。」

謝氏面無表情地扯了扯嘴角。「我害人家寶貝嫡女失蹤了，被揍一頓很正常，再過兩天找不到人應該就會把我殺了給他女兒陪葬。閒話不說了，三十萬兩銀票帶來了嗎？還有，明天我就要見到我兒子，然後他們兄弟倆要離開，妳給他們準備好路引。」

謝氏的神情語氣讓德妃冒火，不過她也知道謝氏挨打情緒不好，而且自己還有重大把柄在她手上，遂強壓怒火，陪上笑臉。「表姊放心，本宮自然有辦法護住妳和妳的子女，沒必要讓他們流亡在外。」

六月端來一杯熱茶。「娘娘請喝茶，上等的普洱。」

德妃把茶水倒在地上，拿起桌上僅剩半壺茶的茶壺倒了茶出來喝，眼角的餘光果然瞥見謝氏眸中一閃而過的懊喪。

謝氏很快恢復臉上的平靜。「娘娘不是一向最喜歡剛沖好的普洱嗎？這壺放久了，有些涼。」

德妃笑笑。「本宮一路趕來，喝這溫的剛剛好，剛才那茶太燙了。」

謝氏抬頭。「六月，帶尤嬤嬤和秀娥到前院喝茶。」

尤嬤嬤二人看向德妃，見她點頭，才跟著六月走了。

「妳收到東西了？」謝氏「專注」地看著手上的茶杯。

德妃一臉的埋怨。「表姊，能不能不要這麼生硬地談話？從小到現在，我們可都是最好的姊妹。」

謝氏撇嘴。「最好的姊妹會扣住我兒子這麼多年嗎？」

德妃快哭了。「表姊為何這樣誤會璃兒？就因為上次月兒的事？我什麼時候扣住妳的孩子了？這麼多年我一直盡心盡力地幫妳尋找孩子，這不也才送回京城沒多久。是，我想讓妳幫我的忙，所以說要等妳做了事之後才讓妳見兒子，這是我不好，心急了。

「可是表姊有沒有想過，只有幫助瑞兒成事，我們才有好日子，說不定還能想辦法恢復虞家的榮耀，妳的子女才能真正光明正大地享受富貴？即使現在鈺兒和月兒有了冷家的身分，但他們的兄長怎麼辦？」

謝氏冷哼。「這麼說妳都是為我們母子幾個好了？我不想跟妳繼續討論這個問題，我的兩個兒子必須離開，明日見到我的長子和路引，我會讓妳見到戴紅玉葫蘆的那個男孩子。」

德妃握著拳頭笑道：「好好好，表姊妳要堅持，我自然會滿足妳的要求。不過表姊，妳要記住，我們是最好的姊妹，是一條船上的人，一榮俱榮，一損俱損。我希望我們以後還是能好好……謝巧巧，妳的茶裡放了什麼？妳……妳敢給我下藥？」

德妃臉色大變，霍地站起來指著謝氏怒吼。

「這不是妳最喜歡做的事嗎？怎麼，自己不想嚐嚐？」謝氏悠悠地繼續喝著手裡的茶。

藥效很強很快，沒一會兒，德妃就雙頰火紅，媚眼如絲，呼吸越來越急促。

「尤嬤嬤、秀娥……」德妃強力克制著體內迅速燃起的火焰，使出渾身力氣大聲喊叫，不過半天沒有回應，心知不妙，那兩個人應該也中招了，自己太小看謝巧巧了，沒有想到竟然真的著了她的道，怎麼會？自己明明沒有喝那杯茶！
熱！像被火燒一樣！德妃開始不能控制地拉扯著身上的衣物。
謝氏看到德妃眼中的疑惑，很「善解人意」地解釋道：「妳倒掉的那杯茶真的一點問題都沒有。」
德妃的理智已經漸漸迷離了，也不知道有沒有聽見謝氏的話，此時的她眉目含春，右手用力撕扯著衣服，左手揉捏著自己的左乳，極具魅惑之色。
六月和秀娥即時走了進來，架起正在發騷的德妃扔進最靠邊的一間屋子，裡面是冷紫鈺找來的三個髒兮兮的流浪漢，也全都中了藥。冷紫鈺不知道他娘要他找這麼多流浪漢做什麼，不過謝氏說是報仇用，他就乖乖出去找了。
很快，屋裡傳來銷魂至極的聲音。
謝氏跪倒在地，仰天大笑，眼淚都笑出來了。「慶哥，你聽到了沒有？小姑，妳聽到了沒有？你們都聽到了沒有？哈哈哈，是不是很解氣？哈哈哈，慶哥，你們再等等，一會兒你們會更解氣，我今天就要為虞家報仇了，等報了仇，我就來找你們了，你再等等，再等等！哈哈哈——」
秀娥也跪下含著淚對天禱告。「大少爺、虞美人，大少奶奶給你們報仇了，給虞家報仇了，你們睜大眼睛看啊，好好看啊！」
六月過來拉起謝氏和秀娥。「時辰差不多了，夫人，我們該躲起來了。」

秀娥跟著攙起謝氏。「大少奶奶，妳們快躲起，剩下的交給秀娥了。」

此時，通往這個院子的偏僻小路上，一個戴著斗笠的大鬍子正匆匆趕來，他很興奮啊，以為這輩子斷子絕孫了，沒想到還有一個兒子找回來了，那年聽璃兒說兒子的右腳底有七顆紅痣，他就知道這個兒子必是大富大貴之人，果然福大命大，這麼多年終於被找回來了，還是在這麼關鍵的重要時刻。

興奮歸興奮，這麼多年的「隱身」生活還是讓他時刻警惕，時不時突然回頭，留意著四周的一切。

看到了指定的院子，往左右身後又溜了一眼，正想抬手敲門，卻發現門是虛掩的。大鬍子一凜，往周圍再瞄了一眼，略想了一下，突然用力把門一推，人卻閃到邊上——

沒有動靜。

他探頭進去，卻見院子中間的石桌子上趴著一個人，正是葉璃兒身邊的尤嬤嬤。

走過去探了探鼻下，早已沒氣了。

從桌子這邊往裡，一地的血跡……

大鬍子豎起手上的利劍，小心地往裡面走去，過了穿花門，就看見一間屋子前面的地上趴著一個女子，渾身是血。

上前一看，是璃兒的另一個心腹秀娥，到底出了什麼事？璃兒和他們的兒子遇害了？他唯一的兒子啊！大鬍子撲過去，正想看看秀娥還有沒有氣在，就聽到哪裡傳來曖昧至極的聲音。

他豎起耳朵，聲音像是從屋裡傳來。

就在他凝神推開屋門時，感覺有殺氣襲來，正要回頭，後背上刺痛，被扎進了針。他用力推出一掌，卻立刻感覺到由於自己運氣的緣故，有一股熱流從背上針刺的部位迅速竄向全身。還沒回過神來，體內已經火燒起來，全身的血液都在沸騰。

此時中了一掌的秀娥，爆發出所有的力量用力一推，大鬍子被推進虛掩的門裡。

秀娥拉上門，屋裡靡爛的氣味混合「桃夭」的香氣，相信趙煊是不可能衝出來開門了。

謝氏和六月從另一間屋裡跑過來的時候，看到的是癱在地上的秀娥，嘴裡還在往外淌血，臉上卻是燦爛的笑容，右手掌的指間，挾著三根銀針。

「秀娥！秀娥！妳怎麼樣？」謝氏抱著秀娥渾身是血的身子哭道。

秀娥的聲音微弱但明顯的愉悅。「大少奶奶……我……成功了……先走一步……」秀娥閉上了一直笑著的眼睛，再也說不出一個字了。

「秀娥！秀娥……」謝氏緊緊抱著秀娥，撲在她的肩上痛哭。「妳先走一步，我很快就會趕來找你們的。」

屋子裡，由於增加了一個人，聲音和動靜越發的大。

謝氏又想朝天大笑。

「六月，裡面的桃夭應該燒完了，一會兒我進去點了軟香散，妳就走吧，妳還是一個姑娘家，不要看到那些骯髒的場面。妳把那三十萬兩的銀票和那封信交給老爺，替我求他看在我們夫妻一場的分上，看顧月兒幾分。剛才給妳的那個包袱裡面有一千兩銀票，還有妳的身契。妳願意跟著月兒就跟著她，另有打算就離開京城找個人好好過日子。」謝氏一邊為秀娥重新梳理髮髻，一邊對六月說道。

「夫人，我們一起走吧，反正裡面這幾個人都是要犯，您只有功，沒有罪，可以繼續過您的日子啊。」六月哭道。

謝氏淒然一笑。「不了，我活著的唯一信念就是兒女和報仇，現在仇報了，月兒的親事訂了，至於燁兒，我相信皇上和慶親王終究是仁善的，我已經沒有牽掛了，也沒有了活下去的動力。對了，妳告訴月兒，她的床下，我給她和燁兒各留了一封信。」

六月跪下，給謝氏磕了一個頭，哽咽著說道：「夫人，當年是您幫奴婢安葬了娘親，還出銀子幫奴婢治病。這麼多年，夫人待奴婢的好，奴婢不會忘記。夫人放心，以後奴婢會跟著小姐，幫您好好照顧她。六月沒有親人，這世上，夫人和小姐就是奴婢最親的親人。」

謝氏拉起六月。「謝謝妳，六月，有妳這句話，我可以更安心地走了。」

謝氏看看天色，用一條帕子掩了口鼻，從荷包裡掏出兩顆香球進屋丟進香爐，走了出來。「時辰差不多了，六月，妳趕緊走吧，一會兒鈺兒該回來了，我們母子倆還要陪那兩個賤人好好聊聊呢。」

六月又跪下磕了一個頭，取了包袱哭著離開了。

官兵包圍清平侯府的時候，清平侯就知道葉家完了。

他剛剛在街上聽說慶親王爺、慶親王妃還有夏狀元高高興興地回了王府，就知道大事不妙。

眾人都在傳說，騎在馬上的夏狀元氣色極好，精神奕奕，沒有半點被挾持的頹樣。而那個所謂「快要發瘋」的慶親王爺一臉燦爛的笑容，又哪裡有一絲瘋狂的痕跡？倒是一路上的大姑娘小媳婦，被這姊夫和小舅子兩個美男迷得七葷八素。

清平侯一趕回府裡，就要去密室找趙煊，才知道趙煊已經出府了，一個隨從都沒帶。

還沒等他回過神，管家就進來回報，幾百名官兵包圍了侯府。

清平侯叫來葉子銘。「如果慶親王妃看在你媳婦的面上護住你們一家三口，你要記住，保住你們自己就好，千萬不要為葉家其他任何人求情，否則，就是大不孝。」

葉子銘大驚。「父親，你們做了什麼？」

清平侯的眼神很平靜。「不管我們做了什麼，都與你們三個無關，你們本來什麼也沒做，就沒必要知道了。如果你還是我兒子，還敬我這個父親的話，就記住，只要有一絲希望，就想法子和葉家脫離關係，好好生活。如果沒有那個福氣，就是父兄拖累你們了，誰讓你命不好，投胎在葉家呢？」

「父親……」葉子銘哽咽。

清平侯拍了拍他的肩。「你兒子和你媳婦才是你這輩子最重要的親人，只要有機會，為了他們，你也不能犯傻。好了，我還有事，你回到自己院子去，記住我的話，不要讓我死不瞑目。」

如清平侯所料，清平侯府上上下下都被抓了，侯府也被封了，唯獨沒有抓葉子銘一家三口。清平侯看到，接走葉子銘夫妻和小孫子的馬車上，有蓉軒莊園的標記。

侯夫人鬆了一口氣。「幸好你沒有讓柔兒做那些事。」他們葉家十幾年前本就該亡，現在還能留下一子一孫，她很滿足了，做任何事，都是要付出代價的。

安然回到慶親王府，一下馬車，鍾離靜和鍾離嫣就撲上來，一左一右攙著安然。「大嫂，妳嚇壞我們了，姨娘昨晚唸了通宵的經文。」大嫂臉色紅潤、雙目明亮，精神比她們還好，哪裡像是被人劫持了？阿彌陀佛，千萬別再玩失蹤了，她們的小心臟差點都受不住。

安然見這兩對母女神色憔悴，頂著烏青的眼圈，大為愧疚。「是安然的不是，讓兩位太姨娘擔心了。」

崔氏含著眼淚笑道：「王妃回來就好，只要王妃和小世子平安，婢妾們哪怕日日唸經也是開心的。」

另一邊，吳太妃和鍾離青被官兵押了出來，何玉供認，吳太妃與她有勾結，還收了她十萬兩的銀票。

而鍾離青，已經兩次幫著鍾離麒對安然下手，只是沒有得逞，許側太妃和鍾離青母女都知道鍾離麒是趙煊的人。

證據確鑿，兩人都無從抵賴。

鍾離青大聲哭喊。「大哥大嫂救我！我是被我娘和二哥逼迫的，我沒有謀反，沒有謀反啊！」

鍾離麟和鍾離菡呆愣愣地看著被官兵拖走的吳太妃，謀反？母妃怎麼敢謀反？這謀反大罪可比謀害大哥大嫂可怕多了！

一個時辰之內，京城裡好幾戶與趙煊有牽連的人家同時被抄了，真正是電閃雷鳴，讓人措手不及。

而那個偏僻的小院內，某間屋子裡，卻是激情剛剛褪去，大開的門窗，冷風颼颼。昏迷的五人裡，德妃畢竟是弱質女流，最先凍醒過來。

當她迷迷濛濛睜開眼睛的時候，發現自己光溜溜地躺在兩個男人的中間，一人的腦袋枕在自己的私處上，另一個男人撲在自己胸前，嘴裡含著自己左乳頂峰的嫣紅。突然，她打了個寒顫，腦袋瞬間清明起來，不久前發生的一幕幕在腦海中閃過，她……她似乎跟三個髒兮兮的陌生男人一起……翻滾，然後、然後趙煊也加入了……

德妃想推開身上的男人，才驚覺竟然連抬起手的力氣都沒有，珍藏著各種毒藥的她，知道自己定是中了軟香散之類的迷藥。

謝巧巧！她好不容易轉過頭，簡直是使出了吃奶的勁。

果然，大開的門外，擺著一張高背椅，謝氏端著一杯茶坐在那兒，正笑咪咪地看著她，謝氏的身後站著一個男孩。只一眼，她就愣住了，那男孩完全是年輕時候的趙煊。

這時，趙煊也醒了，同樣盯著紫鈺的臉。「兒……兒子。」

冷紫鈺，不，應該是趙紫鈺撇了撇嘴。「誰是你的兒子？」

謝氏悠悠地喝了一口茶，說道：「呵呵，葉璃兒，你們不是最喜歡給人下藥嗎？尤其是春藥。妳看，表姊我對妳多好，你們剛才用的，除了桃夭，還有我花巨資請人為妳量身打造的極品激情丹呢！哦，對了，那三個渾身臭烘烘的乞丐可是你們的兒子找來送給妳的，多孝順！」

「噗」，德妃吐出一口血來，不過，此時的她連吐血都沒有力氣，血慢慢滲出嘴裡，慢慢流下來。

趙紫鈺困惑地看著一臉微笑的謝氏，這到底是怎麼回事？娘在說什麼？流浪漢不是他找來的嗎？

「賤人！」趙煊血紅的眼睛野豹子一般瞪著謝氏，似乎要淌出血來。

謝氏又喝了一大口茶。「確實是賤，還有誰比你們這對狗男女更賤！哈哈哈！同幾個乞丐一起分享這個賤女人，趙煊你很爽吧？」

「歹毒！」德妃咬牙切齒。

謝氏不屑地笑。「有你們兩個在呢，這兩個字還輪不到我。妳說你們這對賤人，自己要通姦、要謀反都好，有本事你們自己奪天下去，卻成天用這個藥那個藥來害人，逼著人跟你們走絕路，逼著那麼多人家家破人亡，逼著忠臣變奸臣被滅九族，那時你們怎麼不說歹毒？葉璃兒，你們葉家這會兒已經滅了，侯府都封了吧？妳去地底下要小心你們葉家列祖列宗把妳撕成碎片。」

德妃閉上了眼睛，完了，全完了，原來這個謝巧巧早已經投靠了皇上和慶親王。難怪皇上那麼輕易答應她微服出宮，她還以為自己的「誠意」打動了皇上，以為皇上對自己還猶有餘寵。原來，早已經有一張大網張開等著自己。

她突然想起什麼，問趙煊。「你怎麼來了？我不是讓你待在侯府等我，不要出門嗎？」

趙煊訝異道：「我收到飛鴿傳書，妳讓我來這裡見兒子。」

「秀娥……」德妃恍然醒悟。

突然，謝氏身旁的趙紫鈺嘿嘿傻笑，不停地笑，似傻似癲，原來他不是母親的親生兒子，他只是一顆用來報復他親爹親娘的棋子！

「兒子，殺了她！」德妃和趙煊同時喊道。

謝氏心口一痛，畢竟是她一手養大的孩子，幾乎剛出生就到她身邊，怎麼可能沒有一點感情？曾經以為找不回兒子，就把紫鈺當親生兒子照顧培養，她也不忍心這樣對待紫鈺。

「紫鈺，不要怨我，虞家上下一千多口人的仇，我不能不報。紫鈺，你如果想為你爹娘報仇就動手吧！趁你現在還有力氣。」謝氏說著說著淚如雨下，將茶杯裡的茶水一飲而盡，茶杯落地，碎裂成片。

紫鈺神色很快又恢復了清明。「娘，我姓虞，娘，我還是您的兒子。」他剛才也喝了娘遞過來的茶水，此時已經感覺到不對，很明顯，娘也要不行了，娘還是願意帶著他一起離開這個骯髒的世界。

謝氏的嘴角已經開始往外流血，但是她仍然笑著。

趙煊怒極。「兒子，你還不動手殺了……」卻見紫鈺的嘴角也滲出了血，癱軟在謝氏腳邊。

謝氏用盡力氣拉了拉腳邊的一根繩子，噼哩啪啦，牆邊的一排酒罈倒地，酒液湧出。剛剛醒過來的那三個流浪漢中有一人驚恐地瞪大眼睛。「火……火……」可惜他也動彈不了。

那拴著酒罈的繩子最末端正是兩盞燭檯，油燈倒下的瞬間，火苗四竄，迅速熊熊燃燒……

# 第一百零三章　歲月如歌

一場風暴過後，京城裡很快恢復了平靜。

謝氏的信攛到了二皇子鍾離旭瑞，不，應該是虞紫煒的面前。念在謝氏最後的「立功」，鍾離赫給了虞紫煒一條生路，讓他去南方的一個小鎮上重新開始生活，而且可以恢復「虞」姓。

冷弘文出人意料地將謝氏的那三十萬兩銀票交出，讓鍾離浩轉交給虞紫煒，還在他臨行前讓紫月去與他見了一面。

不知道冷弘文從虞家以及謝氏的悲慘遭遇中悟到了什麼，還是當日安然姊弟的「失蹤」讓他頓悟，竟然主動向皇上提出調職去新建的「國立藏書館」任職，希望能為那些來看書借書的莘莘學子做點事，也想在編修史書的事情上做出點成績。

冷弘文還是有才學的，去藏書館倒是合適，只是那裡真是一個沒有油水、沒有權勢的地界。

鍾離赫很感慨，允了，讓冷弘文全面負責藏書館，還保留了他現在的官階品級。

安然驚愕，這個渣爹開竅了？不過，這是好事，以前她還擔心冷弘文會給鍾離浩和君然帶來麻煩呢。這樣也好，至於清水衙門沒有錢倒不是問題，隔段時間多孝敬點銀子她還是很樂意的。

君然也開始經常去藏書館，「偶然」遇到冷弘文，從最初的疏離到客氣，到坐在一起探討史書，再到一起祭拜夏芷雲，後來甚至發展到帶了煲湯到藏書館餐廳與冷弘文共進午餐。當然，這都是後話了。

安然的日子很安然，沒有了吳太妃、許側太妃之流的王府，真是山好水好空氣好。吳太妃因為勾結反賊被處死並驅逐出皇族，鍾離麟和鍾離菡兩位原本的嫡子嫡女現在連庶子庶女都不如了，平日裡根本不敢出府。

沒多久，沈淪於酒色的鍾離麟，因為爭奪一個妓子被江湖中人砍死，其後鍾離菡更加沈默了，幾天都不說一句話，也不知什麼時候勾搭上了吳家的表哥，鍾離浩也不為難她，給了一份不薄的嫁妝，但是當眾宣布從此斷絕關係。當然，這些也都是後話了。

王府中饋，安然交給了崔氏和喬氏兩位太姨娘共同打理，自己就專專心心地養胎。

三個月開始，安然的肚皮像吹氣球似地脹了起來，眾人都笑咧開了嘴，是不是雙胞胎呀？

黎軒一把脈，一臉崇拜地看著鍾離浩。「大冰塊，你太厲害了，一舉得仨！」

三胞胎？屋裡侍候的丫鬟趕緊奔相走告，要告訴太姨娘，還要往宮裡、大長公主府、大將軍王府、夏府傳喜訊啦！啊呀呀，再過幾個月，王府可要熱鬧了！

鍾離浩最初的驚詫之後，卻是無比緊張、甚至有點惶恐地拉著黎軒。「我……我們可……可不可以少……少要一個？然然那麼瘦弱，一次生三個有……有沒有問題？黎軒，求求你，然然不能出一點點問題，我寧願不要孩子。」

安然瞋了他一眼。「說什麼呢？孩子已經長成了，任何一個都不能傷害。你不要那麼緊張，自己嚇自己好吧？」

黎軒先是一怔，隨即釋然，他知道鍾離浩有多麼愛重安然，就有多麼害怕。就如他，也是寧願沒有孩子也不能失去蓉兒的。

都說女人生孩子就如同一隻腳踏進棺材，尤其是頭胎，何況現在安然是頭胎就懷了三個！

「放心吧。」黎軒拍了拍鍾離浩的手。「然兒的身體很好，胎也坐得很穩，雖然第一胎就生三個會很辛苦，但是照顧得當也不會有問題。有我這個大哥在呢，我每隔幾日，就會過來看看。」

鍾離浩立刻跑去宮裡告了假，說要養胎沒精力當差了，讓皇上批八、九個月的假。

鍾離赫剛剛得到消息說安然懷了三胞胎，大喜之後也是很擔心。這裡是古代，可沒有剖腹產，也沒有高科技的現代醫療設備，生一個都危險，現在安然竟然要一次生三個！從懷孕到生產，一不小心都會很危險啊！他想都沒想，就一口允了鍾離浩的「產假」，讓他好好照顧安然。

一眾太監宮女愣住了，慶親王爺要休產假？要養胎？這哪跟哪啊？

安然無奈地嘆了口氣，撫著鍾離浩的臉。「放心，不要這麼緊張，我答應你，我和寶寶們都會好好的，你太緊張，會讓我們四個都跟著緊張。」

「我不緊張，一點都不緊張，我只是想偷偷懶，陪著妳和寶寶們。」鍾離浩趕緊讓自己的笑容「輕鬆」起來。

安然哈哈大笑，捏著鍾離浩的兩邊臉頰，在他唇上重重親了一下。

鍾離浩寵溺地笑笑，輕摟著安然，讓她靠在自己懷裡。「寶貝兒，這幾個月要辛苦妳了，我陪著妳。」

慶親王妃懷三胞胎的消息很快傳遍了京城的大街小巷。

羨慕嫉妒恨啦！這個王妃還真是福星，什麼都強，連生孩子都比別人厲害。成親不到幾個月就懷上了，一懷就是三個。唉，人比人，氣死人啊！

那些貴婦夫人們真是想上門求教，也不知道有沒有什麼秘方？那時大長公主得肺癆，不就是慶親王妃獻出的秘方治好了？

可是下一刻，就聽說慶親王爺休「產假」，在府裡陪著王妃養胎呢，誰還敢去？只好等上幾個月，等王妃生產完，什麼洗三啊、滿月啊、百日啊，總有機會見到王妃的。

萬眾期待中，安然終於被送進了早已備好的產房，經過五個多時辰的奮戰，生下了兩個兒子一個女兒，其間雖然有些驚險波折，好在有義兄黎軒親自坐鎮在產房門口，倒也是有驚無險。

歲月如風，轉眼間，慶親王府的小主子們已經會踉踉蹌蹌地搖擺著小屁股跑了。王府花園裡，鍾離浩經常抱著安然坐在搖椅上，看三個小傢伙追逐遊戲。

老大鍾離旭日最像鍾離浩，才兩歲多，在人前就會擺著一張酷酷的冰山臉，小大人似的，很有世子風範，只有在安然面前才會撒嬌賣萌。

老二鍾離旭亮最霸道護短，自己怎麼欺負哥哥妹妹都成，別人說一句都不行，小小年紀鬼主意一籮筐。

老三鍾離星兒簡直是慶親王府的一霸，聰明漂亮鬼機靈，長得跟她的貝貝姊姊有得一拚，兩個小小美女走到哪裡都吸引了所有人的視線。

爹爹寵著，哥哥護著，小嘴一噘兩位姨祖母恨不得爬上天去摘下星星來哄她笑。

在她娘的帳本上畫漂亮裙子，被娘訓一頓，竟然跑到宮裡去找皇伯父和皇伯母告狀，然後跑到皇伯祖母那裡，哄得皇伯祖母保證在她娘找來打她小屁屁時給她撐腰。

安然看到被接回來、坐在鍾離浩肩膀上吃著糖葫蘆的鍾離星兒，簡直氣不打一處來，剛要舉起小竹篾，鍾離星兒拿出一幅黃絹來。

「聖旨到——皇伯父說星兒認錯了就是好孩子，下次不敢了。所以娘不能打星兒，要不然就是違抗聖旨，是家暴。」

鍾離浩討好地笑笑。「然然莫氣了，聖旨真的是皇兄寫的，他已經教訓過星兒了，星兒也知錯了，她剛剛還說她最疼娘，捨不得讓娘生氣呢。」

鍾離嫣牽著鍾離旭日和鍾離旭亮趕來，兩個小傢伙抱著安然的腿。「娘，妹妹知錯了，不要打妹妹。」

鍾離嫣也拉著安然的手，悄悄藏起了竹篾。「大嫂，靜姊姊派人回來報喜了，生了一個六斤六兩的小外甥呢。」

安然大喜。「快，讓人備禮，我們去看靜兒。」

看著安然匆匆而去的背影，星兒得意地「耶」了一聲，在鍾離浩臉上啵了一下。「爹最好了。」他們進門的時候剛好碰到報喜的人，爹趕緊對大管家交代了一番，所以嫣姑姑才會帶著兩個哥哥來得這麼及時。

鍾離浩享受了寶貝女兒的香吻和誇讚，得意之餘還沒忘記囉嗦一句。「星兒答應爹的不能忘記哦，可不能再畫妳娘的帳本惹妳娘生氣。」

在鍾離赫的辛勤努力下，大昱的政治、經濟發展到前所未有的高峰，堪比前世的「開元盛世」。

鍾離赫五十歲壽辰剛過後不久，突然一病不起，御醫說是多年辛勞，加上早年被劫持時留下的腦部舊傷復發。

皇上駕崩前，特召慶親王夫婦覲見，沒有人知道他們談了什麼。

太子鍾離旭衍即位後，在輔政王叔鍾離浩的輔佐下，將大昱的繁榮又推進了一步。

一晃眼數十載匆匆過去，安然到這個時空時十三歲，如今已經七十三歲。

油盡燈枯之時，她仍然帶著幸福的笑容靠在丈夫的懷裡。

白雲之上，鍾離赫來接她了。「下一世，我盯緊了妳。」

慶親王府的靜好苑裡，鍾離浩緊緊摟著她。「等我，我很快隨妳而去。」

——全書完

新鮮解悶·好玩風趣／雙子座堯堯

2015年6月出版

# 福星小財迷

姊穿都穿過來了，銀兩是一定要賺的，
老公最好挑，一不擋她財路、二不三妻四妾、三呢只愛她一個！
姊才考慮要嫁！

文創風 300 1

既來之，則安之！她冷安然從來也不是個認死理的人，
握著幾千年智慧沈澱的精華，她打算好好大賺一筆銀兩，
為自己姊弟倆掙出一片天來……
否則她肯定會被冷家生吞活剝，甚至落得被爹賣了求官的下場。
不過這時代還真特產美男子啊，她身邊出現了三位養眼「絕色」，
尤其那位一臉冷冰冰又腹黑的鍾離浩，
可惜他似乎「名草有主」了，不然她肯定要芳心淪陷了……

文創風 301 2

是，她是小財迷，她可是小姐愛財有道、生財有方，
她寫的食譜、繡的花樣、設計的服裝，讓她賺進大把銀兩，
偶然相交的三個來頭不小的美男子，
有他們幫著罩著她的生意，簡直就像順風順水似的容易，
她這個小財迷真真是個福星來著，太走運啦！
那些嫡庶爭奪的糟心事，防不勝防的陰謀算計，
也因為有鍾離浩這個冰塊男的全方位防護，讓她安心不少，
她真要大嘆，這樣的絕品美男子，真的不考慮喜歡女人嗎？

文創風 302 3

他鍾離浩這輩子還沒對誰動心過，偏偏就愛上冷安然這小丫頭，
她既不溫柔，又老愛對好看點的男人發花癡，
說起做生意賺錢的事，就兩眼放光，主意特多，
還很有點小個性……可就是很對他的胃口！
最教他難以下手又氣得牙癢癢的是——
她竟誤以為他和自己的好兄弟是「一對」，真是天殺的大誤會！
幸好他懂得及時運用這個誤會，藉機「親近」她，
最好是可以打蛇隨棍上，假戲真做娶了她！

文創風 303 4 完

做生意賺銀兩是她的強項，但男人……她似乎看了個大走眼了！
當初為了不想進宮當皇上的妃子，與別的女人共享一個男人，
開口問鍾離浩願不願意娶她？還問他會不會很難接受……
心想喜歡男子的他，需要一個妻子當幌子，沒想到——
他根本不難受，還挺享受的，吻她吻得好熟練……她才恍然大悟！
他幾時喜歡男人來著，他分明就是對她很有「陰謀」……
不過，她倒也很喜歡被他「得逞」就是了！

2015年3月出版

# 如意盈門

文創風 275～277

出身侯門，
別家的嫡女活似寶，自家的嫡女猶如草？
再不想辦法贏回自己的裡子和面子，
未免太愧對她「如意」之名了～～

宅門心計，鋒芒暗藏／暖日晴雲

身為侯府嫡女，雖名為「如意」，前世的她卻與此徹底絕緣，
貴為侯爺的老爹不疼也就罷了，
嫁作王妃竟還被側妃給扳倒，連自己的小命也賠上……
幸虧今生重來一回，讓她得以扭轉命運，
當初父親既以孝為由，將她們母女倆安置到莊子上冷待十年，
如今她也能讓母親以孝婦的美名風光地重回侯府！
不過，這侯門深似海還真所言不虛，
沈老夫人不知與長房結下什麼冤仇，一回府即給足下馬威，
平日更是處心積慮要她們母女倆難堪，
更別說在後頭窺伺家產爵位的孀娘們了，各個都不省心。
可她沈如意也不是什麼省油的燈，
既然這宅門戰帖已下，
她也就摩拳擦掌，準備出招！

流浪貓狗介紹所

# 為流浪貓狗加油 和貓寶貝 狗寶貝 廝守終生(一定要終生喔！)的幸福機會

對人來說，貓寶貝狗寶貝只是生活的一部分，但妳（你）對牠們來說，卻是生活的全部，領養前請一定要考慮清楚——

## ▲ 軟萌的黑糖麻糬小姊妹

性　　別：小女生
品　　種：米克斯（黑貓&玳瑁）
年　　紀：6個月
個　　性：小黑糖，像顆勁量電池，好奇心強，較不怕人。
小麻糬，文靜膽小易緊張，太靠近牠的地盤（紙箱）會哈氣，非地盤會跑走。
健康狀況：已結紮，已驅蟲除蚤，打過2劑三合一疫苗，二合一篩檢皆過關
目前住所：台北市士林區

本期資料來源：http://www.meetpets.org.tw/content/59735

## 『黑糖&麻糬』的故事：

去年秋天，當黑糖和麻糬還在媽媽肚子裡時，就曾隨著其母黑嚕嚕來過我家，那時完全沒想到黑嚕嚕一副小貓樣，卻已經是懷孕小婦人。而在生產後，消失了兩個多月的牠某天突然帶著三隻小貓再次回來討食，接著又發情了。

前後半個月，很幸運地紛紛抓到牠們一家四口，黑嚕嚕因此成為我第一隻TNR的貓咪，最早逮住的小貓嚕小小也順利送養。於是忙完另一對流浪兄妹的TNR事情後，身為新手中途的我想著：要來好好努力和最後拐到的小黑糖、小麻糬搏感情啦！

然而四個月大的黑糖居然發情了！還好黑糖發情時不那麼抗拒我摸牠，我就乘機對牠上下其手、左搓右揉，訓練牠的容忍度。現在的黑糖可是能摸、能從後面提抱，還會磨蹭呼嚕了呢～～麻糬雖還不大親人，但在安全距離下會玩逗貓棒，也能自在玩耍，尤其喜歡在床上打滾休憩。麻糬還會在有小魚乾時快速現身，小心翼翼地叼走手上的小魚乾，根本可愛小吃貨一隻。

這對小姊妹，半大不小了還是很愛玩。放風時間，兩隻小貓會暴衝追逐、玩躲貓貓狩獵遊戲、摔角互毆呼貓拳，也會互相理毛，相親相愛極了！雖然牠們其實很有警戒心且比較慢熟，但只要懷著真誠的善意相待，相信牠們很快就會和你親近起來。可以的話，希望姊妹倆一起被認養，彼此有玩伴，照顧起來也省心些。有意者，歡迎來信：genjikei@hotmail.com。

**認養資格：**

1. 認養者須年滿20歲，有穩定、獨立的經濟能力，
   並獲得家人與同住室友的同意(家人支持是很重要的助力)。
2. 不關籠(短期／醫療可)，不放養，不鍊養。
3. 學生情侶或單獨在外租屋的學生，須能提出絕不棄養的保證。
4. 貓咪也有生老病死，壽命可長達一、二十年，請評估能否對一個動物伴侶負責。
   認養者需有自信對牠們不離不棄，愛護牠們一輩子。
5. 若確定認養者，請同意交換看下彼此身份證。
6. 能不定期傳些照片（FB、line、email皆可），讓我知道牠們過得很幸福！

**來信請說明：**

a. 個人基本資料：姓名、性別、年齡、居住地、職業與經濟來源等。
b. 想認養「黑糖」和「麻糬」的理由；您理想中的同伴動物，期待牠們有什麼樣的個性。
c. 過去養寵物的經驗（若無，可敘述對照顧該動物的認識），及簡介 您的飼養環境
（家中人口組合、現有寵物的基本狀況、預估未來寵物的活動空間等）。
d. 未來若有當兵、結婚、懷孕、畢業、出國或搬家等計劃，將如何安置「黑糖」和「麻糬」？

文創風 303

# 福星小財迷 4 完

國家圖書館出版品預行編目資料

福星小財迷 / 雙子座堯堯著. --
初版. -- 臺北市 : 狗屋, 2015.06
冊 ; 公分. --（文創風）
ISBN 978-986-328-460-4（第4冊：平裝）. --

857.7　　104006390

| | |
|---|---|
| 著作者 | 雙子座堯堯 |
| 編輯 | 王佳薇 |
| 校對 | 黃亭蓁　蔡佾岑 |
| 發行所 | 狗屋出版社有限公司 |
| 地址 | 台北市104中山區龍江路71巷15號1樓 |
| 電話 | 02-2776-5889～0 |
| 發行字號 | 局版台業字845號 |
| 法律顧問 | 蕭雄淋律師 |
| 總經銷 | 知遠文化事業有限公司 |
| 電話 | 02-2664-8800 |
| 初版 | 2015年6月 |
| 國際書碼 | ISBN-13　978-986-328-460-4 |
| 原著書名 | **《我心安然》**，由起點女生網（www.qdmm.com）授權出版 |

定價250元

狗屋劃撥帳號：19001626

網址：love.doghouse.com.tw　E-mail：love@doghouse.com.tw